위대한 개츠비

세계교양전집 31

위대한 개츠비

F. 스콧 피츠제럴드 지음

정윤희 옮김

올리버

F. 스콧 피츠제럴드Francis Scott Key Fitzgerald

• 차례 •

"다시 한번 젤다에게"

그렇다면 황금 모자를 쓰렴,

그것으로 그녀의 마음을 움직일 수 있다면,

높이 뛰어오를 수 있다면,

그녀를 향해 높이 뛰렴.

그녀가 이렇게 외칠 때까지.

"내 사랑아, 황금 모자를 쓰고 높이 뛰어오르는 내 사랑,

그대를 꼭 내 것으로 만들 거예요!"

– 토머스 파크 딘빌리어스

1장

   지금보다 젊고 더 유약했던 시절, 아버지가 조언 하나를 해주셨는데 나는 그 조언을 지금까지도 마음 속 깊이 새기고 있다.

   "다른 사람을 비판하고 싶어질 때마다 반드시 명심해 둘 것이 있단다." 아버지는 말씀하셨다. "세상 사람들 모두가 너처럼 유리한 위치에 있지 않다는 걸 말이다."

   아버지는 긴 설명을 덧붙이지는 않으셨지만, 우리 둘은 신기하다 싶을 만큼 서로 마음이 잘 통했다. 그래서 아버지가 하신 말씀 속에는 더 많은 의미가 함축되어 있다는 사실을 감지할 수 있었다. 그때부터 나는 세상사를 판단함에 있어 잠시 판단을 늦추는 습관이 생겼고, 그로 인해 기이한 성격을 가진 이들이 지겨울 정도로 접근하는 탓에 말 그대로 거머리처럼 달라붙는 이들에게 시달리기 일쑤였다. 본래 비정상적인 사람들은 정상처럼 보이는 사람에게 그런 낌새가 느껴지면 곧바로 알아채고 거머리처럼 달라붙는 법이니 말이다. 그래서 나는 대학 시절에도 억울하게 정치적인 구석이 있는 사람이라는 비난을 받았는데, 다름 아닌 별로 친하지 않지만 폭군 같은 구석이 있는 친구들의 은밀한 슬픔을 속속들이 알고 있었기 때문이었다. 내가 굳이 원하지 않아도 대부분 제 발로 찾아와 자신의 속내를 털어놓고는 했으니까. 그래서 혹시라도 비밀스러운 고백을 하려는 것처럼 보인다 싶을 때면, 잠든 척하거나 뭔가 골똘히 생각하는 척하기도 했고 적대감을 드러내며 일부러 차갑게 굴기도 했다. 한창 나이의 청년들이 내뱉는 비밀스러운 고백이란, 꼭 고백까지는 아니더라도 비밀을 입 밖으로 표현하기 위해 사용하는 언어는 보통 누군가 했던 표현을 그대로 차용하기 쉽고, 뭔가를 꽁꽁 숨기려는 의도 탓에 거칠고 흠이 나 있기 일쑤였다. 판단을 늦추다 보면 대개는 무한한 희망을 불러오게 마련이다. 언젠가 아버지가 점잖게 충고하셨던 것처럼, 그리고 이제 와서 나 역시 점잖은 척하며 다시 이야기하는 것처럼, 인간은 태어날 때부터 모두가 공평하지 않은 예절 감각을 타고 난다는 사실을 망각하게 되면 혹시 무언가 놓친 게 있는 건 아닐까 싶은 찜찜한 마음이 든다.

지금까지 타인에게 관대하다는 사실을 자랑조로 떠들었음에도 불구하고 나의 관대함에도 일정한 한계가 있다는 사실을 깨닫게 되었다. 본래 인간의 행동이란 굳건한 바위가 되었든 아니면 촉촉하게 젖은 습지가 되었든 어느 정도는 일정한 밑바탕이 있게 마련이다. 하지만 일정 단계를 거치고 난 뒤에는 그 밑바탕이 무엇인지에 대해서는 별 관심을 두지 않는 편이다. 작년 가을, 동부 지역에서 돌아온 나는 이 세상이 빳빳한 제복 차림으로 도덕적인 긴장 상태를 계속 유지하고 있기를 바랐다. 더는 내가 가진 특권에 기대어 시끌벅적한 인간 속내를 탐구하고 싶지 않았기 때문이다. 오직 이 책에 이름이 거론되는 개츠비만이 지금까지 나의 방식을 벗어나 반응하게 되었던 예외적인 인물이었다. 개츠비는 지금까지 내가 노골적으로 경멸했던 인간상의 모든 면모를 지닌 존재였다. 하지만 인간의 개성이라는 것이 성공을 예견하는 몸짓이라고 치면, 개츠비는 그중에서도 엄청나게 멋진 개성을 가진 존재였다. 그러니까 16,000킬로미터나 떨어진 지역에서 발생하는 지진을 감지하는 복잡한 기계와 하나로 연결된 사람처럼 삶이 가진 가능성에 대해서 매우 예민한 감수성을 가졌던 것이다.

이는 '창의적 기질'로 애써 포장해서 표현되는 그저 그런 감수성과는 완전히 다른 차원의 것이었다. 개츠비가 가진 개성은 밝은 희망을 감지하는 뛰어난 재능이자, 예전에 그 누구에게서도 찾아보지 못했으며 앞으로도 찾아보기 힘들 낭만적인 예민함이었다. 아니, 결국 개츠비가 옳았다. 아주 잠시였지만, 내가 인간이 느끼는 찰나의 슬픔 혹은 벅찬 행복에 대해 무감각해졌던 이유는 바로 개츠비를 희생양으로 삼았던 것들, 그리고 그의 꿈이 스치고 간 자리에 뿌옇게 남은 지저분한 먼지 때문이었을 것이다.

우리 가문은 중서부 도시 근교에서 3대에 걸쳐 명성을 쌓아온 부유한 집안에 꼽혔다.

캐러웨이 가문은 일종의 문중을 구축하였고 누군가는 버클루 공작의 후손이라고 주장하기도 했다. 하지만 캐러웨이 가를 실제로 구축한 분은 나의 조부의 형님이셨던 분으로, 1851년도에 이곳 중서부에 자리를 잡고 남북전쟁 당시에는 다른 사람을 대신 전쟁터에 보내고서 철물도매업에 뛰어들었는데, 그 사업이 지금까지 대를 이어 내려와 현재는 아버지가 철물업계에 종사하고 계셨다.

비록 큰 조부님을 직접 뵌 적은 없었지만, 가족들 말로는 나와 가장 많이 닮았다고 했다. 특히 아버지의 집무실에 걸린 매우 차가워 보이는 큰 조부님의 초상화와 내 모습이 가장 닮았다는 것이다. 나는 아버지의 대를 이어, 그러니까 정확히 25년이 지난 후인 1915년 뉴헤이븐에 있는 명문 사립학교 예일 대학교를 졸업했고, 졸업 후 얼마 지나지 않아서 1차 대전이라 불리는 게르만족 대이동에 합류하게 되었다. 미국의 역습 현장을 직접 경험하면서 짜릿함을 느꼈던 나는 고향으로 돌아온 후에도 한참 동안 흥분감에 도취되어 있었다. 그래서일까 미국 중서부 지역은 거대한 세상의 중심이자 활기로 가득 찬 도시가 아니라 그저 거대한 우주에 있는 초라한 시골처럼 느껴지는 것이었다. 마침내 나는 중서부를 벗어나 동부로 가서 증권업에 종사해 보겠다는 다짐을 했다. 주변에 증권업에 종사하는 이들이 워낙 많았던 터라, 나 같은 미혼 남성 하나쯤은 증권업에 뛰어들어도 그럭저럭 먹고살 수 있을 거라 생각했기 때문이다. 주변 친척 어른들은 좋은 학군을 골라주기라도 하듯, 나의 결심에 대해 오랜 토론을 하더니 결국 매우 진지한 표정으로 "그래, 괜찮은 선택 같구나…"라고 말씀하셨다. 그 결과 일 년간 아버지의 재정적 지원을 약속받은 상태로 여러 일을 처리한답시고 지체를 거듭하다가 1922년 봄이 되어서야 마침내 평생 안식처로 삼겠다는 마음가짐을 품고 동부 지역으로 이주하게 되었다.

가장 먼저 시내 부근에 적당한 거처를 구해야 옳았겠으나, 워낙 날이 좋은 봄인데다가 방금 전까지 드넓은 잔디와 낯익은 나무 숲이 펼쳐진 시골 마을에서 지내다가 와서, 같은 회사에 근무하던 친구가 통근 거리가 적당한 지역에 함께 세를 얻어서 지내자는 제안을 덥석 수락하게 되었다. 동료는 오랜 세월 비바람에 시달린 흔적이 완연한 방갈로 하나를 월세 80달러에 구했다. 그런데 방갈로로 이사를 가기 직전, 워싱턴 지사로 발령이 나는 바람에 동료는 떠나고 나 혼자만 그 집에 입주하게 되었다. 결국 나는 이사한 지 며칠 만에 쥐도 새도 모르게 도망쳐 버린 개 한 마리와 털털 거리는 중고 자동차, 그리고 아침 식사와 침구 정리를 도와주는 핀란드 출신 가정부와 함께 방갈로에서 지내게 되었다. 핀란드 출신 가정부는 종종 전기난로 쪽으로 몸을 숙이고 고향 속담을 중얼거리고는 했다.

이틀 정도 고독하게 방갈로 생활을 즐겼을 무렵이 되자, 나보다 조금 늦게 근처로 이사를 온 이웃이 나를 찾아와서 이렇게 물었다.

"웨스트에그에 가려고 하는데, 어느 쪽으로 가야 하죠?" 그는 난처한 표정으로 말했다.

나는 선뜻 길을 알려주었다. 그렇게 계속 걸음을 옮기다 보니, 어쩐지 더는 외롭다는 생각이 들지 않는 것이었다. 그래, 나는 안내자이자 낯선 이들의 길잡이였고 결국 이곳에 정착한 초기의 개척자가 된 것이었다. 물론 의도치는 않았겠지만, 방금 전 길을 물어 온 이웃 덕분에 비로소 이곳 마을의 일원이 되었다는 사실을 비로소 깨닫게 된 것이다.

그 순간 마치 영화 속에서 순식간에 만물이 성장하듯, 쑥쑥 자라는 잎사귀와 따스한 햇살을 보며 뜨거운 여름 햇살과 함께 나의 인생이 다시 시작됐다는 확신에 가득 차게 되었다.

그러기 위해서는 먼저 읽어야 할 책이 산더미처럼 쌓여 있었고 무엇보다 신선하고 맑은 공기를 만끽하며 건강부터 챙겨야 했다. 그래서 은행 경영과 신용 대부, 그리고 증권 투자 관련 도서를 열 권 넘게 구입했다. 그 책들은 방금 조폐국에서 찍어 낸 지폐처럼 황금색과 적색을 반짝이면서 책꽂이에 나란히 자리 잡았고, 오직 미다스 왕과 금융업의 대가 모건, 그리고 마이케나스만이 알고 있는 화려한 비밀을 내게 알려주겠노라고 약속하는 것처럼 서고에 꽂혀 있었다. 그 밖에 다른 분야의 책도 여러 권 읽을 생각이었다. 사실 대학 시절부터 나는 문학에 어느 정도 소질이 있는 편이었기 때문이다. 언젠가는 〈예일 소식지〉에 진지하고 확신에 가득 찬 논조로 논설문을 기고한 적도 있었다. 이제부터는 내가 가진 모든 재능을 다시 한번 내 인생으로 끌어내어, 증권업 전문가 중에서는 찾아보기 힘든 '다재다능한 인간'이 될 참이었다. 우리가 살아가는 인생이란 하나의 창을 통해서 바라볼 때에 더욱 성공적인 식견을 가질 수 있는 법이니까. 이는 흔한 격언으로 치부하기는 어려운 말이었다.

북아메리카 대륙에서도 가장 유난스럽기로 소문난 지역 중 하나인 이곳에 자리를 틀게 된 건 그야말로 우연이었다. 내가 사는 방갈로는 뉴욕 시에서 동쪽으로 곧게 뻗은 길고 소란스러운 섬에 자리하고 있었다. 그곳에서는 여러 신기한 자연현상 중에서도 유난히 눈에 띄는 특이한 지형을 두 군데 찾아볼 수 있었다. 뉴욕 시에서 32킬로미터 남짓 떨어진 곳에 위치한 커다란 달걀 형태의 타원형의 지역이었는데 그 두 지역은 육안으로 보기에도 쌍둥이처럼 닮아 있었고, 그 사이로 좁게 파고든 해수로를 중심으로 서반구에서 가장 개발이 빠른 지역으로 꼽히는 습한 지역인 롱아일랜드 해협을 향해 돌출된 모습이었다. 물론 서로 맞닿은 양쪽 끝 부분이 평면이라 콜럼버스의 달걀이 연상될 정도로 완벽한 타원형은 아니었지만, 그 형태가 워낙 유사해서 하늘을 나는 갈매기조차 신기하다고 생각할 것이 분명했다. 갈매기처럼 날개가 없는 인간의 입장에서 보면, 그 형태와 면적의 유사함을 제외하면 두 지역은 모든 면에서 확연히 다른 특성을 가지고 있었다.

내가 사는 웨스트에그 지역은 이스트에그 지역과 비교해 상류 사회 느낌이 덜 묻어나는 지역이었다. 이런 표현 자체가 둘 사이의 기묘하고 불길한 차이를 묘사하기에는 역부족인데다 한낱 이름표에 불과하다고 할 수도 있겠지만. 아무튼 내가 살던 방갈로는 롱아일랜드 해협에서 불과 50미터 남짓 거리, 달걀 모양의 끝부분에 위치해 있었다. 게다가 한 시즌에 만 2천 달러부터 만 5천 달러를 지불해야만 사용이 가능한 고가의 저택이 좌우로 떡하니 버티고 있었다. 우측에는 누가 봐도 으리으리한 고급 주택이 떡 하니 버티고 있었는데, 노르망디에 위치한 옛 파리 시청을 그대로 본 따 지은 곳이었다. 저택 한쪽으로는 얇은 수염처럼 담쟁이덩굴이 길게 늘어져 있고, 새로 지은 높은 탑과 대리석 자재로 만든 수영장, 그리고 5만 평에 이르는 푸른 잔디와 정원이 가꾸어져 있었다. 그곳이 바로 개츠비의 집이었다. 아니, 당시에는 개츠비라는 존재를 알기 전이니 그저 개츠비라는 이름을 가진 신사가 머무는 저택이었다고 말하는 게 정확할 것이다. 내가 사는 방갈로는 그 집에 사는 사람 눈에 눈엣가시처럼 보이기에 충분했으나, 워낙 존재감이 없어서 그저 무시해 버리고 말 정도였다. 그 덕에 내 집에서 바다는 물론이고 고급 저택의 드넓은 잔디밭 구석을 한눈에 볼 수 있었고, 더불어 지척에 백만장자들이 거주하고 있다는 심적 안도감까지도 만끽할 수 있었다. 그러니까 매달 80달러를 내고서 이 모든 걸 만끽할 수 있었다는 뜻이다.

만灣이라고 불러도 되나 싶을 만큼 비좁은 해수로의 건너편에는 해안가를 따라 이른바 상류 사회로 불리는 이스트에그의 새하얀 고급 저택들이 늘어서 있었다. 그해 여름의 역사는 톰 뷰캐넌 부부와 저녁 식사를 하기 위해서 자동차를 끌고 그 집을 찾아갔던 때부터 시작된다고 할 수 있다. 톰 뷰캐넌의 아내, 그러니까 데이지는 나의 8촌이었고 남편인 톰과는 대학 시절부터 알던 사이였다. 전쟁 직후에 두 사람과 시카고에서 며칠 간 함께 지내기도 했다.

데이지의 남편인 톰은 운동 신경이 뛰어나 다방면에서 빛을 발하는 친구였다. 그중에서도 예일 대학교 풋볼 팀에서 손꼽히는 최고의 '타이트 엔드'로 꼽혔다. 그런 면에서 보자면 미국 내에 널리 알려진 유명인사로 불과 스물한 살부터 타고난 재능으로 최고의 위치에 올라 명성을 떨쳤기에 오히려 그 뒤로 점차 하향세로 들어서고 있는 것처럼 보일 정도였다. 대학 시절에도 돈을 물처럼 펑펑 써서 사람들의 입방아에 오르내릴 정도였지만, 집안이 워낙 부유한 편이었고 이제는 시카고를 벗어나 누가 봐도 입이 떡 벌어질 만큼 위풍당당한 기세로 동부 지역에 입성하게 되었다. 일례를 들자면, 폴로 경기를 한답시고 시카고 근처 레이크 포레스트 지역에서부터 경주용 말 한 무리를 데리고 왔을 정도였다. 나와 동년배인데 그 정도로 재력이 뛰어나다는 사실 자체가 나로서는 그다지 실감이 나지 않았다.

톰 뷰캐넌 부부가 왜 동부로 이사를 왔는지는 나도 알지 못했다. 부부는 특별한 이유 없이 일 년을 꼬박 프랑스에서 보내기도 했고, 폴로 경기가 열리는 장소를 찾아 이동하거나 부자들이 돈 자랑을 하는 곳이라면 이곳저곳에 빠지지 않고 나타났다. 그렇게 이곳저곳으로 이동을 할 때마다 데이지는 내게 전화를 걸어서 이번 여행이 마지막이 될 거라고 했지만 나는 믿지 않았다. 데이지의 속내가 어떤지는 정확히 알 수 없었지만, 톰의 경우는 아쉬움을 품고 드라마를 방불케 하는 격정적인 풋볼 경기를 영원히 좇아서 이리저리 방황할 수 있을 거라고 충분히 예상이 되었다.

그런 이유로 어느 따뜻한 바람이 부는 저녁 시간에 그다지 친하지 않은 옛 친구 부부를 만나기 위해서 차를 끌고 이스트에그로 향하게 된 거였다. 기대했던 것 이상으로 정성을 들여 지은 저택이었다. 붉은색과 흰색의 활기 넘치는 색상이 더해진 조지 왕조 시대의 식민지풍으로 된 건물로 해안을 한눈에 내다보는 구조였다. 해안가에서 시작된 드넓은 잔디가 벽돌이 깔린 산책로와 작렬하는 태양 아래 이글이글 타오르는 정원을 따라 저택 현관 앞까지 400미터가량 뻗어 있었다. 푸른 잔디는 그 기세를 이어가듯 저택의 벽면을 따라 밝은색 덩굴을 길게 뻗었다. 뷰캐넌의 저택의 정면에는 프랑스 건축 양식의 창문이 일렬로 나 있었고, 온화한 여름 바람이 부는 밤공기를 향해 활짝 열린 창문 위로 밝은 빛이 반사되어 조명처럼 반짝였다. 승마복 차림의 톰 뷰캐넌은 다리를 쩍 벌린 채로 현관 앞에 당당히 서 있었다.

톰 뷰캐넌은 예일 대학교에 다니던 때와는 사뭇 달라진 모습이었다. 이제는 꽉 다문 입매와 거만한 태도를 풍기는 금발 머리의 건장한 30대 남자로 보였다. 특히 고집스러운 얼굴에서도 거만함으로 번뜩이는 눈동자가 눈에 띄었는데, 그래서일까 지금도 상체를 숙이고 공격 직전의 태세를 갖추고 있는 것처럼 보였다. 매끈하게 뻗은 우아한 승마복을 입고 있음에도 건장한 몸에서 풍기는 어마어마한 육체적 에너지를 감추지 못했고, 번쩍번쩍 광을 낸 승마 부츠의 가장 윗부분의 끈은 당장이라도 끊어질 것처럼 팽팽하게 매듭이 지어져 있었다. 어깨가 움직일 때마다 가벼운 외투 사이로 탄탄한 근육이 실룩거렸다. 그야말로 육중한 지렛대의 위력을 갖춘 엄청난 체구의 소유자가 아닐 수 없었다.

허스키한 고음으로 내뱉는 목소리 탓인지 평소의 신경질적인 인상이 더욱 도드라지게 느껴졌다. 심지어 본인이 호감을 가지는 이들에게조차 아버지라도 되는 것처럼 남을 깔보는 듯한 톤이 고스란히 전달이 되었기 때문이다. 그래서일까 뉴헤이븐에서 함께 지내던 대학 친구 중에서는 그의 거만함을 혐오하는 무리까지 생길 정도였다.

"이 문제에 대한 내 의견을 최종적인 것으로 반영하지는 말게." 그의 태도가 이렇게 말하는 것 같았다. "비록 내가 자네보다 더 강하고 남자답다고 해도 말이야." 대학 시절 같은 4학년 사교 모임에서 활동하면서 우리는 아주 친밀한 사이까지는 아니었지만, 언제나 나를 인정하는 것 같은 태도를 보였다. 본인이 다소 거칠고 호전적인 성격을 가졌음에도 나만큼은 자신에게 호감을 가져주었으면 하는 인상을 주었던 것이다.

우리는 여름 햇살이 비추는 현관에 서서 몇 분간 대화를 이어 갔다.

"꽤 마음에 드는 집을 구했어." 톰은 멈추지 않고 사방을 두리번거리며 말했다.

그는 한 팔로 내 몸을 잡아서 반대쪽으로 돌리더니, 두툼한 손을 들어 눈앞에 펼쳐진 풍경을 가리켰다. 그의 손을 따라가자, 저지대에 자리한 이탈리아풍의 정원과 톡 쏘는 향을 뿜는 2천 평방미터에 달하는 장미들, 물살에 흔들리는 들창코 모양의 모터보트 한 대가 눈에 들어왔다.

"석유업자 드메인의 소유였던 곳이야." 그는 다시 한번 정중하고도 갑작스레 내 몸을 돌리며 말했다.

"이제 들어가지." 우리는 천장이 높은 복도를 지나 화사한 장밋빛 공간으로 들어갔다. 양쪽 끝으로 난 프랑스식 창문이 실내 쪽으로 가볍게 고정되어 있었다. 살짝 열린 창문은 파릇하게 자란 잔디를 배경 삼아 새하얗게 빛났다. 가벼운 바람이 방 안으로 불자, 창백한 하얀 깃발처럼 커튼이 펄럭였고 커튼 한쪽은 실내로, 다른 쪽은 창밖으로 펄럭이더니 마치 설탕을 뿌린 웨딩 케이크처럼 부풀어 오른 천장으로 휘몰아치게 했다. 잠시 후 커튼이 와인색 양탄자 위로 은은한 잔물결을 만들면서 바람이 바닷물 위로 불어오듯 잔잔한 그림자를 드리웠다.

방안에 유일하게 고정된 것이라고는 거대한 소파 하나뿐이었다. 소파 위에는 젊은 여자 둘이 마치 고정된 풍선에 올라탄 것처럼 붕 떠 있는 것 같았다. 두 사람 모두 하얀 옷을 입었는데 새하얀 드레스가 막 비행을 마치고 바닥에 착륙한 것처럼 바람에 펄럭거렸다. 그렇게 잠시, 커튼이 바람에 펄럭이며 내는 채찍 소리와 벽에 걸린 액자들이 내는 신음 소리를 들으며 그대로 서 있었다. 바로 그때 톰 뷰캐넌이 뒤쪽 창문을 요란하게 닫는 소리가 들렸고 그제야 방안을 가득 채웠던 바람이 서서히 잦아들면서 펄럭이던 커튼이 양탄자 위로 내려앉았고 젊은 여성 둘도 서서히 바닥으로 가라앉았다.

소파에 있던 둘 중 더 젊어 보이는 쪽은 초면이었다. 그녀는 기다란 소파에 몸을 완전히 편 채로 앉아 미동조차 하지 않았다. 턱을 살짝 든 모습을 보니 마치 위에서 무언가 떨어질 것에 대비해 균형을 잡고 있는 것처럼 보였다. 곁눈질로 내가 들어오는 모습을 보았는지는 알 수 없으나, 겉으로는 전혀 내색을 하지 않았다.

그래서 하마터면 불쑥 들어와 미안하다고 개미 목소리로 사과를 할 뻔했다.

옆에 앉아 있던 데이지가 자리에서 일어서려고 하며 진지한 표정으로 몸을 살짝 굽히면서 다소 우스꽝스럽고 매혹적인 웃음소리를 냈다. 나 역시 웃으며 방안으로 걸음을 옮겼다.

"행복으로 온몸이 마비된 것 같아요." 데이지는 대단히 재치 있는 말이라도 내뱉은 것처럼 다시 한번 활짝 웃었다. 그리고 내 손을 잡으며 세상에서 나만큼 보고 싶었던 사람이 없다는 표정으로 나를 빤히 쳐다보았다. 이것이 데이지만의 표현 방식이었다. 그녀는 소파 위에 균형을 잡고 있는 여자의 성이 베이커라고 살짝 귀띔해 주었다(언젠가 데이지가 귓속말을 하는 것이 대화 상대가 자신에게 몸을 기울이도록 하기 위한 것이라는 말을 들은 적이 있었는데, 말도 안 되는 험담이기도 했고, 설사 그렇다고 해도 데이지의 매력이 반감되는 효과는 전혀 나지 않았다). 어쨌거나 베이커 양은 살짝 떨리는 입술로 눈에 거의 보이지 않을 정도로 살짝 고개를 끄덕이더니 다시 고개를 뒤로 젖혔다. 아무래도 애써 균형을 잡고 있다가 뭔가 흐트러지면서 조금 놀란 눈치였다. 다시 한번 입술 사이로 사과의 말이 튀어나올 뻔했다. 자만심으로 가득 찬 이들을 보고 있노라면, 나도 모르게 그들에게 대단한 찬사를 보내지 않을 수가 없었다.

낮고 떨리는 목소리로 속사포처럼 질문을 던지는 8촌을 향해 다시 고개를 돌렸다. 단어 하나하나가 다시는 연주되지 못할 기묘한 음의 배열인 것처럼 느껴져서 나도 모르게 목소리의 높낮이에 따라 귀를 쫑긋 기울이게 되었다. 반짝이며 빛나는 눈동자, 열정적인 입술이 자리 잡은 데이지의 얼굴은 구슬프지만 아름다워 보였다. 하지만 그녀의 목소리에는 한때 그녀를 사랑했던 남자라면 쉽게 잊지 못할 묘한 흥분감이 서려 있었다. 마치 노래하듯 속삭이며 상대를 압박하는 목소리로 "자, 잘 들어요"라고 말하는 것 같았다. 방금 전까지도 흥겹고 신나는 시간을 보냈으면서도 곧이어 또다시 흥겹고 신나는 일이 벌어질 거라는 기대에 부푼 약속을 하는 것처럼.

나는 동부로 오는 길에 시카고에서 하루를 보냈는데, 열 명도 넘는 지인들이 그녀에게 안부를 전했노라고 말했다.

"저를 보고 싶다고 하던가요?" 그녀는 황홀함을 느끼듯 소리쳤다.

"시카고 전체가 휑하게 느껴질 정도였어. 자동차 왼쪽 뒷바퀴는 화환처럼 시커멓게 칠해져 있고, 노스쇼어를 따라 밤새도록 곡소리가 들릴 정도였다니까."

"정말 멋지네요! 톰, 우리 시카고로 가요, 내일 당장!" 그러고는 불쑥 이렇게 덧붙였다. "먼저 우리 딸을 봐야 하는데."

"나도 보고 싶어."

"지금 잠들었어요. 벌써 세 살이에요. 아직 한 번도 못 봤죠?"

"응."

"그렇다면 꼭 봐야 돼요. 우리 애는…." 불안한 표정으로 방 안을 계속 왔다 갔다 하던 톰 뷰캐넌이 걸음을 멈추고 내 어깨 위에 손을 올렸다.

"닉, 요즘은 무슨 일을 하나?"

"증권업을 하고 있어."

"누구랑?"

나는 회사 이름을 이야기했다.

"처음 듣는데." 톰은 단호한 투로 대꾸했다.

그의 태도에 짜증이 솟구쳤다.

"곧 알게 될 거야." 나는 짧게 쏘아붙였다. "계속 동부에서 지내게 된다면."

"앞으로 쭉 동부에서 지낼 계획이니 걱정 말게." 톰은 뭔가를 경계하듯 데이지를 살짝 쳐다보더니 다시 한번 나를 보며 말했다. "이 동네 말고 다른 곳으로 가서 산다면 내가 바보짓을 하는 셈일 테니까."

그 말을 듣자 베이커 양이 "물론이죠!"라고 갑자기 끼어드는 바람에 소스라치게 놀라지 않을 수 없었다. 내가 방에 들어온 후로 처음으로 내뱉은 말이었으니까. 나만큼이나 본인도 놀란 건지 하품을 하면서 자연스럽게 소파에서 일어나더니 방 한가운데 멀뚱하니 섰다.

"몸이 뻐근해요." 베이커 양이 투덜거리는 투로 말했다. "소파에 몇 시간 동안 누워 있었는지 기억도 안 나요."

"쳐다보지 마." 데이지가 받아쳤다. "난 오후 내내 뉴욕에 데려가려고 애썼으니까."

"난 안 마실래요." 베이커 양이 막 저장실에서 만들어 온 넉 잔의 칵테일을 보며 말했다. "지금은 철저한 관리 중이라서."

집주인이 놀란 눈으로 그녀를 쳐다보았다.

"그렇군!" 톰은 술잔 바닥에 남아 있는 한 방울을 털어 마시듯 한입에 술잔을 비웠다.

"당신이 어떻게 일을 해내는 건지 나로서는 전혀 알 수가 없어."

나는 베이커 양이 '해내는' 일이 뭔지 궁금해 하며 그녀를 쳐다보았다. 베이커 양을 바라보는 건 즐거운 일이었다. 늘씬한 몸매, 비록 가슴은 빈약했지만 사관생처럼 어깨를 똑바로 젖히고 있어

마차에 탄 사람을 연상케 했다. 남자의 관심에 화답하기라도 하듯, 햇살이 비춘 회색빛 눈동자가 나를 돌아보았다. 매력적인 얼굴, 하지만 어딘지 모르게 불만스러운 표정이었다. 자세히 보니, 언젠가 사진 속에서 본 듯한 얼굴이 아닌가 싶은 생각이 스쳤다.

"웨스트에그에 사신다고 하던데요." 그녀는 다소 무시하는 투로 말했다. "지인 하나가 그쪽에 사는데."

"저는 아는 사람이 하나도….."

"개츠비 씨는 아실 텐데요."

"개츠비?" 데이지가 물었다. "어떤 개츠비?"

우리 이웃에 사는 사람이라고 대답을 하기도 전에 저녁 식사 준비를 알리는 소리가 들렸다. 톰 뷰캐넌은 체스판 위에 말을 다른 칸으로 옮기듯, 육중한 팔을 내 팔 아래 끼우고 나를 밖으로 데리고 나갔다.

두 명의 젊은 여성은 우리보다 앞서 엉덩이 부근에 손바닥을 올린 채로 나풀거리며 가벼운 걸음으로 장밋빛 현관을 향해 걸어갔다.

"촛불은 왜 켰지?" 데이지는 눈살을 찌푸리며 불평했다. 그녀는 손가락으로 촛불을 꺼버렸다. "이제 2주만 지나면 일 년 중에 해가 가장 긴 하지가 돌아오는데." 데이지는 환한 얼굴로 일행을 쳐다보았다. "일 년 중 가장 해가 긴 날이 오기만 기다리다가, 막상 그날이 되면 깜빡 잊게 되지 않아요? 난 언제나 손꼽아 기다리는 편인데 정작 그날이 되면 잊기 일쑤거든요."

"그러니까 뭔가 계획을 세워야 해요." 베이커 양이 잠을 청하려는 사람처럼 하품을 하며 식탁에 앉았다.

"좋아." 데이지가 말했다. "무슨 계획을 세울까?" 그녀는 대책이 없는 눈빛으로 나를 보며 물었다. "보통 사람들은 무슨 계획을 세워요?" 내가 대답을 할 틈도 없이 그녀는 겁먹은 표정으로 새끼손가락으로 시선을 고정했다.

"이것 봐!" 데이지가 투덜거렸다. "손가락을 다쳤잖아." 모두의 시선이 그녀의 손가락으로 향했고, 손가락 관절 부분이 검푸르게 멍들어 있었다.

"톰, 당신 때문이에요." 데이지가 비난조로 말했다. "일부러 그런 건 아니겠지만, 어쨌거나 당신 때문에 멍 든 거예요. 우락부락하고 덩치가 큰 야수 같은 남자와 결혼한 대가가 바로 이런 거라니…."

"그 우락부락이니, 야수라는 말 좀 그만해." 톰이 항의하듯 쏘아붙였다. "농담이라도 듣기 싫으니까."

"우락부락하잖아요." 데이지가 지지 않고 맞섰다.

데이지와 베이커 양은 때때로 별 화제도 없이 가벼운 대화를 주고받았는데, 수다라고 보기도 어려울 정도의 시시한 내용이 대부분이었다. 새하얀 드레스와 욕망이라고는 찾아볼 수 없는 허무란 눈동자만큼이나 별 볼 일 없는 대화라고 해야 할까. 두 사람은 그저 자리를 지키면서 톰과 나를 위해 최대한 예의를 갖추어 대접 받고 또 상대를 대접하기 위해 애쓸 따름이었다. 얼마 후면 저녁 식사를 마칠 것이고, 얼마 후면 저녁 시간이 지나가서 모든 게 마무리될 거라는 사실을 잘 알고 있었다. 서부의 분위기와는 딴판이었다. 그곳에서의 저녁 시간은 끝없이 다가오는 실망스러운 기대, 혹은 긴장감 넘치는 불안함 속에서 시간에 쫓기듯이 지나가 버리기 십상이었다.

"데이지, 너랑 함께 있다 보면 나 스스로가 미개인이 된 것 같야." 나는 코르크 냄새는 나지만 꽤나 맛이 좋은 프랑스 보르도산 와인을 두 잔째 들이키며 솔직하게 말했다. "농작물 재배 같은 평범한 얘기를 할 수는 없는 거야?"

별다른 의미를 담은 말은 아니었는데, 기대와 다르게 대화의 주제가 흘러가버렸다.

"문명이 산산조각이 나고 있다니까." 톰이 순간 버럭 하며 입을 열었다. "요즘 나는 격렬한 비관론자가 되었어. 혹시 고다드라는 사람의《유색 제국의 부상》이라는 책 읽어 봤나?"

"아니." 나는 그의 말투에 다소 놀라 대답했다.

"정말 괜찮은 책이야. 모두가 읽어봐야 해. 그 책에서 말하기를, 주의를 기울이지 않으면 우리 백인이 완벽하게 소멸해 버리고 만다는 거야. 하나같이 과학적인 근거가 있는 확실히 증명된 이야기야."

"톰은 하루가 다르게 명석해지고 있어." 데이지가 무감각하지만 구슬픈 표정으로 말했다. "머리가 아플 정도로 긴 단어로 가득한 책을 읽거든요. 그 단어가 뭐였죠? 우리가…."

"흠, 그 책들은 모두 과학적인 내용이야." 톰이 초조한 듯 데이지를 보며 끼어들었다. "작가는 모든 진실을 속속들이 파헤쳤어. 세상을 지배하고 있는 우리 백인종에게 경종을 울린 거지. 만약 조심하지 않으면 다른 인종이 세상을 지배하게 되는 날이 올 거라고 말이야."

"우리가 나서서 물리쳐야겠네요." 데이지가 이글이글 타오르는 태양을 향해 눈을 깜빡이면서 속삭이듯 대답했다.

"캘리포니아에서 한번 살아보면…." 베이커 양이 입을 뗐지만, 톰이 요란하게 의자에 앉아 몸을 뒤척이며 끼어들었다.

"작가 말은 우리 백인종이 사실은 북유럽 종족의 후손이라는 거야. 나도, 자네도, 베이커 양도 그리고…." 그는 잠시 주저하더니 고개를 살짝 끄덕이며 데이지까지 포함시켰다. 그러자 데이지가 나를 보며 눈을 찡긋해 보였다. "그러니까 문명을 이루는 모든 요소는 우리가 만들어낸 거라고…. 과학과 예술, 그 밖의 모든 걸 말일세. 내 말 뜻 이해하겠나?"

예전과 비교해 더욱 극심해진 자기만족의 태도도 더는 충분치 않은 것처럼, 열정적으로 문장을 쏟아내는 그의 모습을 보자 이제는 애처로움마저 느껴졌다. 바로 그때 집안에 요란한 전화벨이 울렸고 집사가 현관을 떠나자 그 찰나를 놓치지 않고 데이지가 나를 향해 슬쩍 몸을 기울이며 말했다.

"우리 집의 비밀 하나를 알려줄게요." 그녀는 열정적으로 속삭이기 시작했다. "집사의 코에 관한 건데, 얘기해 줄까요?"

"그 얘기 들으려고 온 거야."

"우리 집사는 원래는 집사가 아니었어요. 본래 뉴욕에서 만찬용 은 식기를 세척하는 일을 했대요. 200명 분량의 은 식기를 가진 사람 밑에서 일을 했다나. 아침부터 밤까지 매일 은을 닦다가 결국 코에 영향을…."

"그래서 상태가 악화된 거군요." 베이커 양이 슬쩍 끼어들었다.

"맞아. 그렇게 악화가 되는 바람에 결국 그릇 닦는 일을 그만두게 된 거야."

뉘엿뉘엿 저무는 햇살이 잠시나마 데이지의 얼굴 위로 다정한 빛을 드리웠다. 그녀의 나지막한 목소리는 나도 모르게 숨죽이고 그녀 쪽으로 몸을 기울이게 만들었다. 그녀의 얼굴을 따스하게 비추던 석양이 어린아이들이 신나게 뛰놀던 거리를 뒤로하고 아쉬워하며 떠나듯 서서히 그녀의 얼굴에서 사라졌다.

집사가 돌아와 톰의 귓가에 대고 뭐라고 속삭이자, 그는 눈살을 찌푸리며 의자를 뒤로 밀고 자리에서 일어나 말없이 자리를 떴다. 남편이 자리를 비우자, 데이지는 뭔가 더 신이 난 것처럼 몸을 숙이더니 잔뜩 달아오른 목소리로 지저귀듯 말했다.

"닉 오빠, 이렇게 함께 저녁 식사를 하게 되어서 얼마나 기쁜지 몰라요. 오빠를 보면 항상 생각하는 게 있는데, 그러니까 장미, 흠잡을 데 없이 아름다운 장미가 떠올라요. 안 그래?" 데이지는 베이커 양이 있는 쪽으로 몸을 돌리며 동의를 구했다. "정말로 장미 같지?"

데이지의 말은 전혀 사실이 아니었다. 나는 장미와 닮은 구석이 하나도 없었다. 즉흥적으로 튀어나온 말이었지만, 마치 심장이 두근거리는 황홀한 단어 중 하나가 밖으로 튀어나오려고 하는 것처럼 상대를 흥분시키는 따뜻함이 흘러나오는 듯했다. 그러더니 갑자기 냅킨을 식탁 위에 던지고 실례한다는 말 한마디를 남기고 집 안으로 들어가 버렸다.

베이커 양과 나는 무의미하게 짧은 시선을 주고받았다. 내가 뭔가 말을 꺼내려고 하자, 그녀는 의식적으로 허리를 세우고 자세를 바로잡으며 "쉿!" 하며 조심하라는 신호를 보냈다. 저쪽 방에서 다소 격앙된 상태에서 소곤대는 듯한 목소리가 새어나왔다. 베이커 양은 낯 두껍게도 몸을 숙이고 새어나오는 목소리를 엿들으려고 애썼다. 소곤대는 소리는 한껏 격앙되었다가 흥분했다가를 반복하다가 어느 새 완전히 멈추고 말았다.

"아까 말했던 그 개츠비라는 사람, 우리 이웃이에요…." 내가 말했다.

"조용히 해요. 상황이 어떻게 돌아가는지 들어야 한단 말이에요."

"무슨 상황 말입니까?" 나는 천진난만하게 되물었다.

"전혀 모르고 계신 거예요?" 베이커 양이 누가 봐도 놀란 표정으로 말했다. "다들 아는 줄 알았는데."

"저는 모릅니다."

"그럴 리가⋯." 베이커 양이 머뭇대며 말을 이었다. "톰은 뉴욕에 여자가 있어요."

"여자라고요?" 내가 놀라서 되물었다.

그러자 베이커 양이 고개를 끄덕였다.

"최소한 저녁 시간에는 전화를 걸지 않는 예의는 갖추어야 정상인데. 안 그래요?" 그녀의 말에 담긴 본의를 미처 파악하기도 전에, 펄럭이는 드레스 소리와 가죽 부츠가 저벅거리는 소리가 들리더니 톰과 데이지가 식탁으로 돌아왔다.

"어쩔 수가 없었어요!" 데이지가 괜히 쾌활한 척하며 말했다.

데이지는 베이커 양을 탐색하듯 쳐다보다가 나를 보며 말을 이어나갔다. "잠깐 바깥 풍경을 봤는데 정말이지 낭만적이더군요. 푸른 잔디밭에 새 한 마리가 앉아 있었는데, 아무래도 커나드호나 화이트스타 여객선을 타고 여기까지 날아온 나이팅게일 같아요. 한참 지저귀더니 날아가 버렸어요⋯." 데이지의 목소리는 마치 새가 지저귀는 소리 같았다. "정말 낭만적이에요. 안 그래요, 톰?"

"무척 낭만적이군." 그는 대답을 마치고 지친 기색으로 내게 말했다. "식사를 마치고 나서도 해가 남아 있다면 자네에게 마구간을 구경시켜 주고 싶군."

갑자기 전화벨이 다시 요란하게 울렸고, 데이지는 톰을 보면서 단호하게 고개를 저었다. 순간 마구간은 물론이고 모든 대화의 주제가 허공으로 사라져버렸다. 저녁 식사 자리에서의 마지막 5분 동안의 부서진 기억의 조각 중에 유일하게 기억에 남는 것은 무의미하게 초에 불을 붙인 것뿐이었다. 나는 의식적으로 다른 사람을 똑바로 보고 싶었으면서도, 오히려 다른 사람의 눈길을 피하기에 급급했다. 톰과 데이지가 무슨 생각을 하고 있었을지는 감히 상상조차 되지 않았다. 지독한 회의주의를 터득한 베이커 양의 경우도 다섯 번째 불청객처럼 요란하고 날카롭게 울리던 금속성의 절박한 벨소리를 머릿속에서 완벽히 지울 수 있을지는 확신할 수 없다. 타고난 기질에 따라서 이런 상황이 흥미로울 수도 있겠지만, 나의 경우에는 본능적으로 경찰에 즉시 전화를 걸고 싶은 심정이었다.

다시 말할 필요도 없겠으나, 마구간의 말에 대한 언급은 그대로 묻혀버렸다. 톰과 베이커 양은 손을 뻗으면 닿을 거리에 시신을 두고서 밤을 새우려는 사람들처럼 황혼의 빛을 사이에 두고 몇 발자국 떨어진 거리를 유지하면서 서재로 걸어갔다. 하지만 나는 귀머거리라도 된 것처럼, 애써 즐거운 척하면서 데이지를 따라서 베란다의 주위를 돌아 현관 쪽으로 걸어갔다. 우리는 어둠 속에서 고리버들로 만든 의자에 나란히 앉아 있었다.

데이지는 사랑스러운 자신의 얼굴을 새삼 느끼려는 사람처럼 양손으로 얼굴을 감싼 채로 벨벳 같은 어둠 속으로 시선을 옮겼다. 뭔가 격렬한 감정에 사로잡힌 사람 같아서 어떻게든 그녀를 진정시켜 주고 싶은 마음에 데이지의 딸 이야기로 말문을 열었다.

"닉 오빠, 우리는 서로에 대해서 잘 알지 못해요." 그녀가 문득 말했다. "아무리 8촌지간이라고 해도. 내 결혼식에도 오지 않았잖아요."

"그때는 전쟁터에 나가 있을 때잖아."

"그건 그래요." 그녀가 머뭇거렸다. "오빠, 그런데 말이죠. 그동
안 나는 정말 힘들었어요. 그래서 매사에 냉소적인 사람이 되어버
린 것 같아요."

분명히 그럴 만한 이유가 있어 보였다. 다른 말이 이어지기를
기다렸지만, 더는 이야기하지 않았다. 얼마가 지나서야, 나는 어쩔
수 없이 다시 딸 이야기를 꺼냈다.

"세 살이면 말도 하고 밥도 잘 먹고, 다 잘하겠네."

"아, 맞아요." 데이지는 멍한 눈으로 나를 바라보았다. "오빠, 딸
아이가 태어났을 때 내가 뭐라고 했는지 듣고 싶지 않아요?"

"당연하지."

"그 얘기를 듣고 나면 내가 어떻게 변했는지 알 수 있을 거예요.
아이가 태어나고 한 시간도 채 지나지 않았는데, 톰이 말도 없이
사라져버린 거예요. 마취에서 깨어나자마자, 완전히 버림 받은 기
분이 들더군요. 정신이 들자마자 간호사에게 딸인지 아들인지 물
었어요. 그러니까 딸이라고 하더군요. 그 말에 고개를 돌리고 평
평 울었어요. '잘 됐어. 여자애라서 다행이야. 차라리 바보로 자랐
으면 좋겠다. 여자라면 바보로 사는 게 최고일 테니까. 아름답고
귀여운 바보.' 지금 내게 모든 일이 얼마나 끔찍하게 느껴지는지
알겠죠?" 데이지가 확신에 가득 찬 투로 말을 이었다. "모든 사람
이 그렇게 생각해요. 가장 진보적이라는 사람들조차. 나는 잘 알
아요. 나는 안 가본 곳이 없고, 못 본 것도 없고, 해보지 못한 일도
없으니까." 데이지는 남편 톰을 연상시키는 반항기 가득한 눈빛으
로 주위를 두리번거리더니, 등골이 오싹할 정도로 경멸 가득한 웃

음을 터트렸다. "완전 닳고 닳았어요. 난 닳아빠진 여자라고요!"

그녀의 목소리가 멈추고 더는 내 관심과 신뢰를 구하려고 하지 않게 되자, 그녀의 말이 근본적으로 진실하지 못하다는 느낌이 들었다. 오늘 저녁 내내 어떻게든 자신에게 유리한 감정을 느끼게 하려고 일종의 술책을 쓴 것 같아서 기분이 편치가 않았던 것이다. 나는 가만히 기다렸다. 아니나 다를까, 잠시 후 데이지는 사랑스러운 얼굴에 능글맞은 미소를 지으면서 나를 바라보는 것이었다. 마치 톰과 자신이 엄청나게 유명한 비밀조직에 속해 있다고 주장이라도 하는 사람처럼 말이다.

방으로 들어서자, 사방이 온통 장밋빛 조명으로 가득했다. 톰과 베이커 양은 기다란 소파의 양쪽 끝에 앉아 있었고, 베이커 양은 〈새터데이 이브닝 포스트〉의 내용을 큰소리로 읽어주고 있었다. 어조의 변화 없이 속삭이는 듯 글을 읽어 내려가는 목소리가 마치 어린아이를 달래는 것처럼 들렸다. 톰의 부츠를 밝게 비추면서, 베이커 양의 노란 낙엽 같은 머리칼을 흐릿하게 비추는 조명은 그녀가 가는 팔로 페이지를 넘길 때마다 종잇장을 따라 반짝거렸다.

우리가 안으로 들어가자, 베이커 양이 한쪽 팔을 들며 잠시 조용히 하라는 신호를 보냈다.

"다음 호에서 계속." 그녀는 잡지를 테이블에 휙 던졌다. "다음 호에서 계속 된다고 하네요." 그녀는 불편한지 무릎을 들썩이더니, 마침내 자리에서 벌떡 일어섰다.

"10시예요." 마치 천장에서 시계를 확인하기라도 한 듯 확신에 찬 어조였다. "착한 아이는 이만 잠자리에 들어야겠어요."

"조던은 내일 골프 경기가 있어요." 데이지가 설명을 덧붙였다. "웨스트체스터에서 골프 경기가 있더군요."

"아, 당신이 조던 베이커 양이로군요." 그제야 그녀의 얼굴이 낯익었던 이유를 깨달았다. 활기차고 뭔가 다른 사람을 얕보는 듯한 표정을 애슈빌, 핫스프링스, 팜비치에서의 선수 활동을 담은 사진을 통해 여러 차례 접했기 때문이었다. 골프 선수로서 그녀를 비판하는 이야기도 몇 번 들은 적이 있었지만, 워낙 오래된 일이라 전혀 기억이 나지는 않았다.

"잘 자요." 그녀가 부드러운 어조로 말했다. "8시에 깨워줄 거죠?"

"일어난다고 약속하면."

"그래야죠. 닉 씨도 잘 자요. 다음에 또 만나요."

"당연히 다시 만나야지." 데이지가 확신에 찬 투로 말했다.

"사실은 내가 중매를 설 생각이에요. 닉 오빠, 자주 놀러 와요. 그러면 두 사람을 한꺼번에 해치워버릴 수 있을 테니까. 그러니까, 실수인 양 두 사람을 옷장에 넣는다거나 보트에 태워 바다로 보낸다거나, 뭐 그런 거 말이야…."

"잘 자요." 베이커 양이 계단에서 소리쳤다. "난 아무 말도 못 들은 걸로 할게요."

"괜찮은 여자야." 톰이 잠시 후에 말했다. "이렇게 시골구석에서나 전전하게 두면 안 되는데."

"누가 말이에요?" 데이지가 차갑게 쏘아붙였다.

"조던 가족 말이야."

"가족이라고는 천 살 정도 된 숙모 한 분뿐인 걸요. 앞으로는 닉 오빠가 돌봐줄 거예요. 안 그래요, 오빠? 베이커는 올여름에는 우리 집에서 주말마다 함께 지내게 될 거예요. 가족적인 분위기가 저 친구에게 많은 도움이 될 거라고 생각해요." 데이지와 톰은 잠시 말없이 서로를 바라보았다.

"조던 베이커 양은 뉴욕 출신인가?" 내가 서둘러 질문을 던졌다.

"루이빌이요. 우리는 순수한 소녀 시절을 루이빌에서 함께 보냈어요. 아름답고 순수했던 시절…."

"베란다에서 닉에게 별 이야기를 다 한 거 아니야?" 톰이 다그치듯 물었다.

"내가?" 데이지가 나를 쳐다보았다. "기억이 잘 나지는 않지만, 북유럽 인종에 대해서 이야기했던 것 같은데. 맞아, 그랬어. 어쩌다 보니 그 주제가 나왔는데, 당신이 알아야 할 건…."

"닉, 무슨 이야기를 들었든 전부 믿지는 말게." 톰이 나에게 충고했다.

나는 아무 이야기도 듣지 못했노라고 짧게 대꾸했다. 그러고는 잠시 후 집에 가기 위해서 자리에서 일어났다. 나를 따라 나온 부부는 아름다운 현관 조명 아래 나란히 서 있었다. 차에 시동을 걸고 떠나려는 찰나, 데이지가 외쳤다. "잠깐만요! 물어볼 게 있었는데 깜빡 했어요. 중요한 얘기예요. 서부에서 어떤 여자랑 오빠가 약혼했다는 소식을 들었는데."

"맞아, 그랬지." 톰이 친절하게도 그녀를 거들었다. "나도 자네가 약혼했다고 들었어."

"말도 안 되는 헛소리야. 그럴 돈도 없고."

"하지만 분명히 들었단 말이에요." 다시 꽃을 피우듯 환한 표정을 짓는 데이지의 모습에 나는 다시 한번 놀랐다. "결혼 소식을 전

한 사람이 셋이나 되니까, 우리 입장에서는 사실이라고 생각하게
되잖아요."

물론 두 사람이 무슨 이야기를 듣고 그러는지는 알고 있었다.
하지만 절대로 약혼을 한 적이 없었다. 굳이 동부까지 떠나오기로
결심한 데는 결혼에 대한 헛소문이 퍼진 이유도 한몫했다. 그렇다
고 해서 헛소문 때문에 오랜 친구와 절연할 수도 없는 노릇이고,
반대로 소문에 못 이겨 결혼할 생각도 없었기 때문이다.

톰 부부가 보여주는 관심이 내게는 감동이었고, 한편으로는 두
사람이 생각보다 으리으리한 부자는 아닌 것 같다는 생각도 들
었다. 그럼에도 차를 몰고 집에 돌아오는 길에 머릿속이 혼란스럽
고 혐오스러운 기분도 살짝 들었다. 내 생각에는 데이지가 당장
아이를 품에 안고 그 집에서 도망쳐야 옳은데, 데이지는 그럴 생
각이 추호도 없어 보였기 때문이다. 톰의 경우에는 '뉴욕에 있는
여자'의 존재보다도 오히려 책 한 권 때문에 우울증에 시달린다
는 사실 때문에 더 놀랐다. 강력한 육체적 자만심으로는 더는 그
의 독단적인 기질을 충족시키지 못하게 된 것처럼, 백인의 몰락이
라는 진부한 주장이 사고의 가장자리를 서서히 갉아먹고 있는 것
같았다.

도로변에 늘어선 술집 지붕과 밝은 조명이 비추는 빨간 주유
기 펌프의 주유소에는 이미 여름이 한창 물들어 있었다. 웨스트에
그에 있는 집에 도착하자마자, 차고에 주차를 한 뒤 마당에 내팽
개쳐 둔 잔디 깎는 기계 위에 한참을 앉아 있었다. 바람이 멈추자,
환한 밤의 빛 아래 요란하게 나무에 날갯짓을 해대는 소리만이 가
득했고 개구리에게 생기를 불어넣듯 대지를 가득 채우는 오르간
소리가 귓가를 간질였다. 서서히 움직이는 고양이의 그림자가 달

빛에 어른거렸고, 그림자를 따라가다 보니 어느 새 내가 혼자가 아님을 깨닫게 되었다. 15미터가량 떨어진 이웃 저택의 어두운 그림자 아래, 누군가 나타나서 주머니에 손을 찔러 넣은 채로 마치 은으로 된 후춧가루를 뿌려놓은 듯 반짝이는 하늘의 별을 바라보고 있었다. 여유가 넘치는 동작과 잔디를 굳게 딛고 선 안정감 넘치는 모습으로 미루어, 자신이 소유한 하늘의 크기를 살피기 위해서 일부러 밖으로 나온 개츠비 씨라는 사실을 알 수 있었다.

나는 개츠비 씨를 큰소리로 불러봐야겠다 싶었다.

조던 베이커 양이 저녁 식사 자리에서 그의 이름을 언급했으니, 그 정도면 소개는 충분히 하겠다 싶었다. 하지만 그를 부르지 않았다. 한순간 그가 혼자 있음에 만족한다는 암시를 보낸 것 같았기 때문이다. 개츠비는 어두컴컴한 바다를 향해 두 팔을 뻗었다. 한참 멀리 떨어져 있었지만 왠지 모르게 그의 몸이 파르르 떨리고 있음을 확신할 수 있었다. 나 역시 무의식적으로 바다 쪽으로 시선을 돌렸다. 부두의 끝자락에서 깜빡거리는 녹색 불빛 하나를 제외하고는 아무것도 보이지 않았다. 다시 한번 고개를 돌리자, 개츠비는 이미 사라져버린 후였다. 그렇게 나는 다시 고요함이 사라져버린 시커먼 어둠 속에 홀로 남겨졌다.

2장

　웨스트에그와 뉴욕시의 중간 정도 되는 지점에는 황량한 땅에서 서둘러 몸을 피하려는 듯 철도와 차도가 나란히 달리는 400미터 정도 되는 지점이 있다. 이곳이 바로 재의 언덕이다. 뿌연 잿더미가 밀처럼 높이 자라서 산등성이와 언덕 그리고 기괴한 정원으로 만들어진 환상적인 농장이다. 희뿌연 잿더미는 집과 굴뚝에서 서서히 연기처럼 피어오르다가 안간힘을 써가며 희미하게 움직이다가 잿빛 사람의 형체를 만들었다가 또다시 뿌연 공기 중으로 사라져버리곤 했다. 가끔 회색 자동차들이 한 줄로 늘어서서 한 치 앞도 보이지 않는 도로를 엉금엉금 기어가다가 소름 끼치는 끼익 소리를 내다가 잠잠해졌다. 그러면 잿빛의 사람들이 잿빛 납으로 된 삽을 들고 우르르 몰려와 앞을 볼 수 없을 정도로 뿌연 구름을 만들어 냈고 그 뿌연 구름 탓에 안에서 무슨 일이 벌어지는지 전혀 알 수 없게 만들었다.

　그러다가 잠시 후에는 잿빛 땅과 그 위로 끊임없이 피어오르는 뿌연 먼지 너머로 T. J. 에클버그 박사의 눈동자를 볼 수 있다.

　에클버그 박사의 눈동자는 파랗고 거대하다. 망막의 지름만

90센티미터에 달했다. 비록 얼굴의 형체는 없지만, 박사의 두 눈동자는 눈에 보이지 않는 콧잔등에 고정된 커다란 노란색 안경테 너머로 세상을 내려다보고 있다. 아마도 퀸스 자치구에 안과를 운영하는 의사가 환자를 끌어볼 요량으로 익살스럽게 광고판을 세워놓고, 어쩌다 실명하여 병원 문을 닫았거나 광고판의 존재를 완전히 잊고 멀리 이사를 가버린 게 분명해 보였다. 워낙 오랜 세월 페인트칠을 덧대지 않은 채로 햇빛과 빗방울을 맞아서 온통 흐리게 바랬지만, 두 눈동자는 곰곰이 생각에 잠긴 것처럼 여전히 침울한 쓰레기 더미를 바라보고 있었다.

재의 언덕의 한쪽은 더럽고 폭이 좁은 강물에 둘러싸여 있어서 화물선을 통과시키기 위해 도개교가 열리는 시간대에는 대기 중인 열차에 탄 승객들이 30분 가까이 그 음울한 풍경을 바라보게 되어 있었다. 그 시간이 아니라도 최소 1분 정도 열차가 그 지점에 정차하게 되어 있었는데 톰 뷰캐넌의 정부를 처음 만난 것도 바로 그 때문이었다.

톰 뷰캐넌에게 정부가 있다는 사실은 그를 아는 이들 사이에서 언제나 입방아에 오르곤 했다. 유명한 식당에 정부를 데리고 나타나서 어쩌다가 아는 사람을 만나면 여자는 자리에 앉혀둔 채로 한참 떠들어댄다면서 분개하는 지인들도 있었다. 나 역시 그 여자가 누구인지 궁금했지만 실제로 만날 생각은 추호도 없었다. 하지만 결국은 만나게 되었다. 어느 오후, 나는 톰과 함께 기차를 타고 뉴욕으로 향했다. 그러다가 재의 언덕 앞에서 잠시 멈추자, 톰이 자리에서 벌떡 일어나더니 내 팔을 잡고 말 그대로 억지로 끌어내렸다.

"여기서 내리지!" 그는 고집스럽게 말했다. "내가 만나는 여자를 소개해주겠네."

점심 식사를 하면서 술을 거하게 마신 터라, 굳은 의지로 이끄는 그의 행동이 폭력적으로 느껴질 지경이었다. 오만하게도 나 같은 사람은 일요일 오후에 별다른 약속이 없을 거라고 예단을 한 모양이었다.

새하얀 석회를 칠한 낮은 울타리를 넘어 그의 뒤를 따랐다. 에클버그 박사의 집요한 시선을 받으면서 90미터가량 뒤쪽으로 걸음을 옮겼다. 눈앞에 보이는 건물이라고는 황무지 가장자리에 자리 잡은 샛노란 벽돌 건물 하나뿐이었다. 나름 중심가처럼 보였지만, 주위에는 아무것도 보이지 않았다. 건물 내부에 위치한 상점세 개 중 하나는 임대가 나와 있었고, 재의 언덕 쪽에 있는 한 상점은 24시간 영업을 하는 레스토랑, 마지막 상점이 바로 차량 정비소였다. 정비소 앞 간판에 '조지 B. 윌슨, 자동차 정비소. 차량 매매'라고 적혀 있었다. 나는 톰을 따라 정비소로 들어갔다.

정비소 안은 휑하니 비어 있었다. 눈에 보이는 차라고는 어두운 구석에 먼지를 뒤집어 쓴 채로 주차된 낡은 포드 한 대뿐이었다. 분명 눈속임용으로 허름한 정비소를 차려놓고 위쪽에는 호화롭고 낭만적인 방이 숨겨져 있을 거라 생각하고 있는 사이, 주인이 헝겊으로 손을 닦으면서 사무실 문 앞에 나타났다. 환한 금발 머리, 핏기라고는 찾아볼 수 없는 모습이었다. 우리를 보자 푸른 눈동자 위로 약간의 희망의 빛이 퍼졌다.

"잘 지냈나, 윌슨." 톰은 반가워하며 그의 어깨를 툭하고 쳤다. "사업은 좀 어때?"

"그저 그래." 윌슨이라는 남자가 힘없는 목소리로 대답했다. "그 차는 언제 넘길 생각이야?"

"다음 주. 직원 시켜서 처리하는 중이야."

"일처리가 굼뜨군, 안 그런가?"

"아니, 그렇지 않아." 톰이 딱 잘라 말했다. "그렇게 불만이면 다른 데 넘기는 편이 낫겠는데."

"그런 뜻이 아니라." 윌슨이 서둘러 변명을 붙였다. "내 말은⋯."

윌슨이 말끝을 흐리자 톰이 쫓기는 사람처럼 정비소 주위를 두리번거렸다. 그때 계단 쪽에서 발소리가 들리더니, 살집이 통통한 여자 하나가 사무실 문으로 비추던 햇살을 가리고 섰다.

삼십 대 중반 정도, 키는 아담했지만 전체적으로 풍만한 체구로 꽤나 관능미가 풍겼다. 남색의 비단 재질로 된 물방울무늬 드레스를 입은 그녀는 눈에 띄게 아름답다는 느낌은 아니었지만, 온몸의 신경 하나하나가 타오르듯 엄청난 활력을 뿜어내고 있었다. 여자는 마치 유령을 대하듯 남편을 그대로 지나쳐 걸어오더니 톰을 똑바로 쳐다보며 악수를 나누었다. 그러고 나서 혓바닥으로 입술을 적시며 남편 쪽은 쳐다보지도 않은 채 끈적끈적한 목소리로 이렇게 말했다.

"손님 오셨는데 의자도 안 내오고 뭐해요?"

"아, 그렇지." 윌슨은 아내의 말을 듣더니 황급히 회색 벽 너머에 있는 작은 사무실로 갔다. 희뿌연 재를 뒤집어 쓴 언덕처럼, 새까만 작업용 외투와 윤기 없는 금발 머리 위에도 새하얀 먼지가 덮여 있었고, 유일하게 윌슨의 아내만 제외하고는 정비소 주변의 모든 것이 뿌연 재처럼 보였다.

"잠깐 보고 싶은데." 톰이 진지한 투로 말했다. "다음 기차를 타."

"알았어요."

"아래층 신문 가판대에서 기다릴게."

여자는 고개를 끄덕이더니, 남편이 의자 두 개를 들고 사무실 문 밖으로 나옴과 동시에 저만치 멀어졌다.

우리는 도로를 따라 걸어 내려가서 인적이 드문 곳에 자리를 잡고 여자를 기다렸다. 때마침 7월 4일, 독립기념일이 얼마 남지 않아서 뿌연 재를 뒤집어 쓴 깡마른 이탈리아계 어린이들이 철로를 따라서 일렬로 폭죽을 설치하느라 여념이 없었다.

"정말 끔찍한 곳이야, 안 그런가?" 톰 뷰캐넌이 에클버그 박사처럼 얼굴을 찡그리면서 말했다.

"맞는 말이야."

"여기서 탈출하는 게 그녀에게도 좋아."

"남편이 반대하지 않을까?"

"윌슨? 그 친구는 마누라가 뉴욕에 사는 처제를 만나러 가는 줄 알아. 얼마나 둔한지 본인이 살아 있다는 사실조차 제대로 모른다니까."

그렇게 톰 뷰캐넌과 그의 정부, 그리고 나는 함께 뉴욕으로 향했다. 정확히는 셋이 '함께' 이동한 건 아니었다. 윌슨 부인이 남의 눈을 의식하느라 다른 칸에 탔기 때문이다. 톰 역시 혹여나 같은 열차에 탔을지도 모를 이스트에그 주민들의 이목을 어느 정도는 신경 쓰는 눈치였다.

윌슨 부인은 갈색 무늬가 그려진 화려한 장식의 모슬린 드레스로 갈아입고 나왔다. 뉴욕에 도착해 기차 플랫폼에서 내릴 때, 톰이 그녀를 부축하려는데 육중한 엉덩이 위로 드레스가 찰싹 달라붙었다. 그녀는 신문 가판대에 멈추더니 〈타운 태틀〉 한 부와 영화 잡지, 그리고 기차역 상점에 들어가서 콜드크림과 작은 향수를 샀다. 지상으로 올라온 후에는 요란한 고성이 메아리치는 거리에서 4대의 택시를 보내고 나서 회색 시트가 덮인 라벤더색의 신형 택시에 올라탔다. 그렇게 우리 셋은 북적이는 기차역을 벗어나 환한 햇살이 비추는 거리로 들어섰다. 그런데 윌슨 부인이 창문을 보다가 갑자기 몸을 숙이더니 앞 유리를 톡톡 두드리는 것이었다.

"저런 강아지 한 마리 키웠으면 좋겠어요." 사뭇 진지한 말투였다. "아파트에서 키우고 싶은데. 애완견 키우는 건 좋은 일이잖아요."

우리가 탄 택시는 급작스럽게 존 D. 록펠러를 쏙 닮은 잿빛 머리칼의 노인 쪽으로 후진을 했다. 노인의 목에 걸린 커다란 바구니에 잡종으로 보이는 강아지 열댓 마리가 꼬물대고 있었다.

"품종이 뭐죠?" 노인이 택시 창문 쪽으로 다가오자 윌슨 부인이 열정적으로 물었다.

"모든 품종이 다 있어요. 어떤 놈을 원하시나요, 부인?"

"경찰견 한 마리 키우고 싶은데, 여기는 없겠죠?"

노인은 자신 없는 눈으로 바구니 안을 살피더니 손을 뻗어 꼬물거리는 강아지 한 마리의 목덜미를 잡고 들어올렸다.

"그건 경찰견이 아닌 것 같은데." 톰이 말했다.

"물론 정확히 말하면 경찰견은 아니에요." 노인이 실망한 목소리로 대답했다. "에어데일 종에 가까워요." 그는 세안용 수건처럼 복슬복슬한 등을 쓰다듬으면서 말을 이었다. "이 털 좀 보세요. 엄청나지요. 감기에 걸려 주인 고생시킬 놈은 아니라는 겁니다."

"귀여워라." 윌슨 부인이 신이 나서 말했다. "가격은요?"

"요놈 말입니까?" 노인은 감탄하는 눈으로 강아지를 살피더니 말했다. "10달러는 주셔야 해요."

놀랄 만큼 새하얀 다리털을 가진 녀석은 분명 에어데일 종인 것처럼 보였다. 녀석은 금세 바뀐 주인인 윌슨 부인의 무릎에 앉았고, 부인은 추위에 강하다는 그 복슬복슬한 털을 황홀한 듯 쓰다듬었다.

"수컷이에요, 암컷이에요?" 부인이 부드러운 목소리로 물었다.

"그 녀석이요? 수컷입니다."

"암컷이잖아요." 톰이 딱 잘라 말했다. "여기 돈 있어요. 가서 같은 놈으로 열 마리 더 사요."

우리는 택시를 타고 5번가를 향해 달렸고, 뜨거운 여름 일요일 오후의 공기가 어찌나 따뜻하던지 목가적인 분위기가 가득 느껴졌다. 혹여 하얀 양떼가 길모퉁이에서 갑자기 나타나더라도 전혀 놀랍지 않을 정도였다.

"여기 세워줘요." 내가 말했다. "난 먼저 내릴게."

"그러면 안 되지." 톰이 서둘러 만류했다. "자네가 아파트에 들르지 않으면 머틀이 섭섭해 할 거야. 안 그래, 머틀?"

"당연하죠." 그녀가 매달리듯 말했다. "내 동생 캐서린을 부를게요. 다들 예쁘다고 칭찬하는 애거든요."

"저도 그러고 싶지만…."

우리는 센트럴파크를 지나서 웨스트 100번가를 향해서 계속 달렸다. 158번가 근처에 이르자, 라벤더 색 택시는 새하얀 케이크 모양의 아파트 단지 한 구석에 멈추어 섰다. 마치 오랜만에 궁에 돌아온 듯 머틀 윌슨은 이웃 사람들을 내려다보며, 방금 데려온 개와 쇼핑한 물건들을 들고 사뭇 당당한 태도로 아파트 안에 들어갔다. "맥키 부부도 불러야겠어요." 엘리베이터에 타자마자 그녀가 말했다. "동생도 당연히 부를 거고요."

그녀의 아파트는 꼭대기 층이었다. 작은 거실과 부엌, 그리고 욕실이 딸린 작은 침실로 된 구조였다. 거실에는 알록달록한 실을 엮어 무늬를 만든 태피스트리 장식이 달린 거대한 가구가 문 앞까지 꽉 들어차 있었다. 그렇게 거실을 돌다 보면 베르사유 정원에서 그네를 타는 부인들 그림에 자꾸만 발이 걸려 넘어지기 십상이었다. 집안에 유일한 사진이라고는 흐릿한 바위 위에 앉은 암탉을 확대한 것 하나였다. 그런데 멀리서 보면 그 암탉은 모자처럼 보였고, 마치 뚱뚱한 노부인의 얼굴이 방안을 환히 비추며 웃고 있는 것 같았다. 탁자 위에는 지난 〈타운 태틀〉 몇 권과 〈베드로라고 불리는 시몬〉 한 권, 그리고 브로드웨이의 스캔들이 담긴 잡지들이 보였다. 윌슨 부인은 온통 강아지에 정신이 팔려 있었다. 엘리베이터 안내원은 별로 내켜하지 않으면서 짚이 든 상자와 우유를 사러 갔다가 딱딱한 강아지 비스킷까지 사가지고 돌아왔다. 그중 하나는 우유가 담긴 접시 안에서 오후 내내 흐물흐물해져 갔다. 톰 뷰캐넌은 자물쇠가 걸린 장식장으로 가서 위스키 한 병을 꺼냈다.

지금까지 살면서 딱 두 번 만취한 적이 있었는데, 그중 두 번째가 바로 그날 오후였다. 그래서 오후 8시가 지날 때까지 방안에 밝은 햇살이 가득했는데도 불구하고 그날 벌어진 일들이 그저 희미하고 흐릿한 기억으로만 남아 있다. 윌슨 부인은 톰의 무릎에 앉아서, 여기저기 전화를 돌렸다. 그 사이 나는 모퉁이에 있는 가게로 담배를 사러 갔다. 아파트에 돌아와 보니, 두 사람 모두 보이지 않았다. 나는 조용히 거실에 자리를 잡고 앉아 〈베드로라고 불리는 시몬〉을 읽기 시작했다. 내용이 엉망이었는지 위스키 때문에 머리가 혼미해져서인지는 알 수 없지만 아무리 읽어도 도무지 이해가 가지 않았다.

톰과 머틀(술을 마신 후 서로 편하게 이름을 불렀다)이 다시 모습을 드러냈을 때, 일행이 하나둘 도착하기 시작했다.

머틀의 여동생 캐서린은 서른 살 정도 되는 늘씬한 몸매의 세속적인 여자로 매끈하고 붉은 단발머리에 얼굴에 새하얀 분가루를 칠하고 나타났다. 본래 눈썹을 뽑고 더 각진 눈썹을 그렸는데 본래 눈썹이 있던 자리에 삐죽삐죽 털이 자라서 오히려 난해한 느낌을 주었다. 움직일 때마다 두 팔에 주렁주렁 매달린 도자 재질의 팔찌 장식들이 계속 딸랑거리며 부딪혔다. 마치 주인인 양 성큼성큼 들어와 자기 가구인 양 여기저기 둘러보는 바람에 마치 집주인처럼 보일 정도였다. 그래서 이 집에서 사는 거냐고 물었더니, 내 질문을 큰 소리로 되풀이하더니 자신은 여자 친구와 함께 호텔에서 지낸다고 했다.

아래층 이웃 맥키 씨는 얼굴이 창백하고 여성스러운 느낌이 물씬 풍기는 남자였다. 광대뼈에 흰 거품 자국이 남은 것으로 보아, 방금 면도를 한 모양이었다. 아파트에 들어서자마자 그는 모두에게 깍듯하고 다정하게 인사를 건넸다. '예술적 작업'에 종사하고 있다고 스스로를 소개했는데 나중에 알게 된 바로는 직업이 사진작가였다. 그제야 벽에 걸린 기묘한 느낌의 확대된 사진을 찍은 장본인이 바로 맥키 씨라는 걸 짐작할 수 있었다. 그의 아내는 귀에 거슬릴 정도로 고음의 목소리를 가졌지만 맥이 없어 보였고, 예쁘장했지만 왠지 모르게 소름이 끼쳤다. 결혼 후 남편이 자기 사진을 127번이나 찍어주었다면서 자랑스럽게 떠들어댔다.

방금 전 옷을 갈아입은 윌슨 부인은 이제 크림색 시폰 재질의 정교한 드레스 차림이었다. 드레스 자락이 바닥을 쓸고 다닐 때마다 바스락 소리가 났다. 옷이 사람을 만든다는 말처럼, 크림색 드레스가 그녀의 성격마저 뒤바꾸어 놓았다. 자동차 정비소에서 뿜어내던 강한 에너지는 어느새 오만함으로 바뀌었다. 그녀의 웃음소리, 몸짓 하나하나, 말투까지 시간이 지날수록 더욱 오만하게 변해갔다. 그럴수록 거실 주변 공간이 서서히 줄어드는 느낌이었고 어느 순간부터 머틀이 뿌연 담배 연기 가운데서 요란한 삐걱 소리를 내며 회전축을 빙글빙글 도는 것처럼 보일 정도였다.

"얘, 캐서린." 머틀이 한껏 고상한 척 큰소리로 말했다. "이 동네 사람들은 모두 널 속이려고 안달을 낼 거야. 모두 돈에 혈안이 되어 있거든. 지난주에 발이 아파서 어떤 여자를 불렀는데. 글쎄, 나중에 요금 청구서를 보고 나서 발 마사지가 아니라 맹장수술을 한 줄 착각할 뻔 했다니까."

"그 여자 이름이 뭐였어요?" 맥키 부인이 물었다.

"에버하트 부인이요. 직접 집에 찾아와서 발을 마사지해주거든요."

"그나저나 드레스가 너무 멋져요." 맥키 부인이 덧붙였다. "정말 우아해 보이네요."

머틀은 경멸하듯 눈썹을 한껏 치켜 올리면서 맥키 부인의 칭찬을 무시해버렸다.

"오래된 옷이에요. 가끔 편한 자리에서 꺼내 입는 정도니까요." 그녀가 말했다.

"그렇지만 너무 멋져 보이는 걸요. 제 말을 이해하실지 모르지만, 체스터가 그 멋진 모습을 제대로 포착할 수 있다면, 꽤 괜찮은 작품이 나오겠어요."

일행 모두 숨 죽인 채로 윌슨 부인을 쳐다보았고, 그녀는 눈앞을 가리던 머리칼을 걷어 올리며 환한 미소를 지으며 우리를 바라보았다. 맥키 씨는 머리를 까딱하고 기울이더니 그녀를 빤히 쳐다보면서 한 손을 들어 앞뒤로 천천히 움직였다.

"조명을 바꿔야겠어요." 잠시 후 그가 말했다. "이목구비를 입체감 있게 살리려면. 머리카락 뒷부분까지 한꺼번에 담아볼게요."

"조명은 지금도 괜찮을 것 같아요." 맥키 부인이 끼어들었다. "그러니까 내 생각에는…."

맥키 부인의 남편이 '쉿' 소리를 내자, 일행의 시선이 다시 피사체를 향했다. 바로 그때 톰 뷰캐넌이 요란하게 하품을 하며 자리에서 일어섰다.

"맥키 씨 부부가 마실 게 어디 있을 텐데. 머틀, 가서 얼음이랑 탄산수 좀 가져오지. 이러다가 자러 간다고 할지도 몰라."

"엘리베이터 담당 직원에게 가져오라고 부탁했어요." 머틀은 하류층 사람들의 무기력함에 절망하는 듯 눈썹을 치켜 올렸다. "아무튼 그런 부류의 사람들은 말이죠! 계속 닦달을 해야 한다니까요."

머틀은 나를 보며 공허한 미소를 지었다. 그러고는 새로 산 강아지에게 달려가 뽀뽀 세례를 퍼붓더니, 열댓 명의 요리사가 그녀의 지시만 기다리고 있는 것처럼 드레스 자락을 끌고 당당히 부엌으로 향했다.

"롱아일랜드에서 꽤 괜찮은 사진 몇 장을 찍었어요." 그가 진지한 투로 말했다.

톰은 멍하니 그를 쳐다보았다.

"그중에서 두 개는 아래층 거실에 걸어두었어요."

"두 개라니?" 톰이 물었다.

"사진 두 장 말이에요. 하나는 〈몬턱 포인트 – 갈매기〉, 다른 작품은 〈몬턱 포인트 – 바다〉라고 작품명을 정했어요."

머틀의 여동생 캐서린이 소파의 옆자리로 다가와 앉았다.

"당신도 롱아일랜드에 사세요?" 그녀가 물었다.

"웨스트에그에 살아요."

"정말요? 한 달 전인가, 그쪽에서 열린 파티에 갔었는데, 개츠비라는 사람의 저택이었어요. 혹시 누군지 아세요?"

"바로 옆집에 살아요."

"듣기로는 개츠비라는 사람이 빌헬름 황제의 조카라나, 먼 친척뻘이라고 하더군요. 그 사람 돈줄이 그쪽에 있대요."

"정말이에요?"

캐서린이 고개를 끄덕였다.

"나는 그 사람이 무서워요. 괜히 나에 대해 알리고 싶지도 않고요."

하필 그 순간에 맥키 부인이 캐서린 이야기를 꺼내는 바람에 이웃에 대한 흥미로운 정보를 더 많이 캐내지는 못했다.

"체스터, 당신 캐서린이랑 작업하면 꽤 괜찮은 작품을 건질 수 있을 것 같아요." 아내가 말을 꺼냈지만, 맥키 씨는 만족스럽지 않은 듯 무심히 고개를 끄덕이더니 톰을 향해 말했다.

"가능하면 롱아일랜드에서 작업을 더 해보고 싶어요. 기회만 된다면. 그저 기회가 오기를 기다릴 수밖에 없겠지만."

"머틀에게 부탁해 봐요." 윌슨 부인이 쟁반을 들고 나타나자, 톰이 너털웃음을 터트리며 말했다. "소개장 하나 정도는 써줄 텐데 말이에요. 안 그래, 머틀?"

"뭘 쓴다고요?" 머틀이 놀라 되물었다.

"당신 남편에게 맥키 씨에 대한 소개장을 써주지 그래. 그러면 두 사람이 작업을 할 수도 있을 거 아냐." 적당한 작품명을 짓느라 잠시 입술을 우물대더니 말을 이었다. "〈차량 정비소의 조지 B. 윌슨〉 같은 이름으로 말이야."

캐서린이 내게 바짝 다가오더니 귀에 대고 속삭였다.

"두 사람 모두 배우자가 마음에 안 든대요."

"그래요?"

"도저히 못 참겠대요." 캐서린은 머틀과 톰을 번갈아 쳐다보았다. "궁금한 건, 그렇게 못 참겠는데 왜 계속 같은 집에 사느냐는 거죠. 나 같으면 당장 이혼하고 둘이 결혼해 살 것 같은데."

"머틀이 윌슨 씨를 좋아하지 않나요?"

내 질문에 대한 대답은 상상하지 못한 데서 나왔다. 우연히 우리 대화를 엿듣고 있던 머틀이 직접 대답을 한 것이다. 그것도 난폭하고도 외설적인 대답이었다.

"내가 뭐랬어요." 캐서린이 의기양양해져 말했다. 그러더니 다시 한번 목소리를 낮추었다. "사실 저 두 사람을 떼어놓는 사람은 바로 톰의 아내예요. 가톨릭 신자라서 절대로 이혼을 할 수 없다고 하나 봐요."

데이지는 가톨릭 신자가 아니었기 때문에, 나는 겉으로는 그럴싸 해 보이는 거짓말에 다소 충격을 받았다.

캐서린이 말을 이었다. "두 사람이 만약 결혼하게 되면 소문이 잠잠해질 때까지 서부에 가서 지낼 거라고 하더라고요."

"유럽으로 가는 편이 더 나을 것 같은데요."

"오, 유럽 좋아하시나 봐요?" 캐서린이 놀라서 외쳤다. "사실 얼마 전까지 몬테카를로에 있다가 들어왔어요."

"그러시군요."

"작년에요. 친구들이랑 같이 갔어요."

"오래 머물렀나요?"

"아니요. 몬테카를로에만 갔다가 바로 돌아왔어요. 마르세유를 경유해서 갔죠. 출발할 때까지는 1,200달러 넘게 가지고 있었는데, 도박장에서 이틀 만에 사기를 당해 다 털린 거예요. 돌아올 때까지 얼마나 고생을 했는지 몰라요. 맙소사, 몬테카를로 말만 들어도 진저리가 쳐져요!"

늦은 오후의 하늘이 지중해의 쪽빛 바다처럼 잠시 창문 밖으로 펼쳐졌다. 바로 그때 맥키 부인의 찢어지는 고음이 나를 깨우는 통에 다시 정신이 번쩍 들었다.

"저도 실수할 뻔했다니까요." 꽤 큰 목소리였다. "몇 년 동안 졸졸 따라다니던 난쟁이 같은 유대인이랑 결혼을 할 뻔했어요. 저보다 한참 못났다는 걸 알고 있으면서도 말이에요. 하나같이 그렇게 말했어요. '루실, 그 남자는 너보다 한참 부족해!' 하지만 체스터를 만나지 못했다면 분명 그 남자의 차지가 되었을 거예요."

"그렇군요. 하지만 잘 들어봐요." 머틀 윌슨이 고개를 끄덕이며 말했다. "최소한 당신은 결혼까지 가지는 않았잖아요."

"그야 그렇지요."

"그런데 나는 결혼을 했어요." 머틀이 모호하게 말했다. "그게 당신과 나의 차이겠네요."

"언니는 왜 결혼한 거야?" 캐서린이 물었다. "아무도 언니한테 결혼을 강요하지 않았잖아."

머틀이 골똘히 생각에 잠겼다.

"그이가 신사라고 착각했던 것 같아." 마침내 머틀이 대답했다. "적어도 교양을 갖춘 사람이라고 생각했어. 그런데 알고 보니 강아지처럼 내 신발을 핥을 자격조차 없는 남자였어."

"한동안은 그 사람에게 미쳐 있었잖아." 캐서린이 캐물었다.

"내가 미쳐 있었다고?" 머틀이 믿기지 않는 듯 흥분조로 말했다. "내가 미쳐 있었다고 누가 그래? 저기 저 사람에게 미쳐 있지 않은 것처럼, 그 사람에게도 미쳐본 적이 없어."

머틀이 갑자기 나를 지칭하자, 모두들 비난하는 눈빛으로 나를 쳐다보았다. 나는 그녀의 애정과 전혀 상관이 없다는 사실을 어떻게든 표정으로 보여주려고 애썼다.

"유일하게 그 사람에게 미쳤을 때는 결혼한 직후였어. 하지만 곧바로 내가 실수했다는 걸 깨달았지. 심지어 결혼식에 남의 양복을 빌려 입고 왔으면서도 나한테 한마디도 하지 않았어. 어느 날, 윌슨이 집에 없을 때 누가 양복 주인이라고 찾아왔더라고. '아, 이게 그쪽 양복이었군요?' 내가 그랬어. '처음 듣는 얘기네요.' 양복을 돌려주고 나서 그날 오후 내내 얼마나 울었는지 몰라."

"어떻게든 형부에게서 벗어나야 할 텐데." 캐서린이 다시 나를 붙잡고 말했다. "그 자동차 정비소에서 벌써 11년째 살고 있다니까요. 톰은 언니가 만난 첫 애인이에요."

'술을 한 모금도 안 마셔도 최고의 기분을 낼 수 있다'는 캐서린만 제외하고, 자리에 동석한 일행의 끝없는 요구에 못 이겨 위스키병이 끊임없이 테이블에 나왔다. 톰은 심부름할 직원을 불러서 저녁 식사로 먹을 만한 샌드위치를 사오라고 시켰다. 사실 나는 아파트 밖으로 나가서 은은한 황혼이 내려앉은 공원을 따라 동쪽으로 산책이나 하고 싶었다. 하지만 자리를 벗어나려고 할 때마다 논쟁에 이끌려서 마치 밧줄이 잡아당기는 것처럼 다시 의자로 되돌아오게 되는 것이었다. 도시의 가장 높은 곳에 위치한 아파트의 노란 창문들은 서서히 어둠이 깔리는 길에서 불현듯 고개를 들어

머리 위를 바라보는 이들에게 속삭이듯, 뭔가 비밀을 나눌 수 있는 기회를 준 것이 분명했다. 나 역시 고개를 들어 위를 바라보면서 궁금함을 느끼는 축에 속했다. 그러니까 나는 그 안에 있으면서 동시에 밖에 있기도 했다. 그래서일까, 다양한 형태의 삶에 매력을 느끼면서도 한편으로는 혐오감이 들기도 했다.

머틀이 의자를 당겨 내 옆으로 가까이 다가오더니, 뜨거운 입김을 뿜어내면서 톰과 처음 만나게 된 계기에 대해 빠짐없이 털어놓기 시작했다.

"기차를 타면 항상 마지막까지 남아 있는 자리가 있는데, 서로 마주보는 좁은 좌석이거든요. 그날도 캐서린과 만나 하룻밤 자고 올 생각으로 뉴욕으로 가는 길이었어요. 톰이 외출용 정장을 입고 에나멜 구두를 신고 있는데, 도저히 눈을 떼지 못하겠더라고요. 하지만 그이가 나를 볼 때마다 애써 그 사람 머리 위에 광고판을 보는 척했죠. 기차역에 도착해서 그이가 바로 내 옆에 서게 됐는데, 글쎄, 새하얀 와이셔츠 가슴 부분으로 내 팔을 누르는 거예요…. 그래서 경찰을 부르겠다고 말했는데 내 말이 진심이 아니라는 걸 눈치 챈 거죠. 결국은 같이 택시를 타고 가는 동안에도 열차가 아니라는 사실까지 까맣게 잊을 정도였다니까요. 아무튼 그 당시에 내 머릿속에 계속 떠올랐던 말은 '인생은 영원하지 않아. 어차피 영원한 건 없잖아'라는 말이었어요."

머틀은 그 말을 마치고 맥키 부인 쪽으로 몸을 돌리더니, 방안을 가득 채울 만큼 큰소리로 가식적인 웃음을 내뱉었다.

"이봐요." 머틀이 외쳤다. "오늘만 입고 이 드레스 당신에게 선물할게요. 내일 다른 드레스를 한 벌 사야겠어요. 할 일이 많아서 아무래도 목록을 적어놔야겠네. 마사지, 머리 웨이브기, 강아지 목걸이, 스프링이 달린 아담하고 예쁜 재떨이, 여름 내내 어머니 무덤에 장식해 둘 검은 나비 모양 매듭이 달린 화환 하나. 절대로 잊지 않도록 미리 종이에 적어두는 게 좋겠어요."

이윽고 저녁 9시가 되었다. 잠시 후 다시 시간을 확인했을 때는 벌써 10시가 된 후였다. 맥키 씨는 활동적인 사람의 사진을 찍기 위해 포즈를 취한 것처럼, 주먹을 꼭 쥐고 무릎에 올린 채로 의자에 잠들어 있었다. 나는 슬며시 손수건을 꺼내서 오후 내내 눈에 거슬렸던 그의 뺨에 남은 면도 거품을 닦아냈다.

자그마한 강아지는 탁자 위에 앉아서 뿌연 연기가 가득한 방안을 보면서 가끔 작은 소리로 끙끙거렸다. 사람들은 자리에서 사라졌다가도 어느새 나타나 어디론가 갈 계획을 세웠고, 또다시 대화를 나누던 상대가 사라져서 헤매다가 멀지 않은 거리에서 다시 만나고는 했다. 그렇게 자정이 되어갈 즈음, 톰 뷰캐넌과 윌슨 부인이 언쟁을 벌이기 시작했다. 윌슨 부인이 데이지의 이름을 입에 올릴 자격이 있는지에 관한 문제로 한바탕 말다툼이 벌어진 모양이었다.

"데이지! 데이지! 데이지!" 윌슨 부인이 소리쳤다. "내가 원하면 언제든지 부를 수 있어요! 데이지, 데이…."

순간 톰 뷰캐넌이 짧고 노련한 손놀림으로 그녀의 코를 힘껏 내리쳤다.

잠시 후 욕실 바닥에 시뻘건 피가 묻은 수건들이 깔렸고 여자들이 반발하는 목소리가 들렸으며 주변의 혼란스러움을 뒤덮을 만큼 요란하게 고통을 호소하는 울부짖음이 이어졌다. 의자에 앉아 잠들었던 맥키 씨가 깜짝 놀라 잠에서 깼고 멍한 상태로 현관 쪽으로 걸어갔다가 다시 돌아와 눈앞에 펼쳐진 광경을 넋 놓고 바라보았다. 맥키 부인과 캐서린은 구급약 상자를 들고 커다란 가구 사이를 비틀거리며 정신없이 오갔다. 톰에게 화를 내다가도 윌슨 부인을 위로하는 말을 건네느라 바빴다. 절망한 표정으로 기다란 소파에 누워 피를 쏟는 와중에도 베르사유 궁전을 담은 태피스트리가 망가질까봐, 〈타운 태틀〉지를 그 위에 덮고 있는 머틀의 모습도 눈에 보였다. 맥키 씨는 다시 몸을 돌려 현관 쪽으로 향했다. 나도 샹들리에 위에 걸어두었던 모자를 들고 그의 뒤를 따랐다.

"언제 점심 식사나 한번 하시죠." 신음을 내며 엘리베이터를 타고 내려가는 사이, 그가 제안했다.

"어디서요?"

"어디든 좋습니다."

"레버에 손대지 마세요." 엘리베이터 담당 직원이 쏘아붙였다.

"미안하군." 맥키 씨가 점잖은 태도로 사과했다. "손이 닿은 줄 몰랐어."

"그러시죠." 나는 그의 식사 초대에 응했다. "기꺼이 함께 하지요."

… 그다음 나는 그의 침대 옆에 서 있었고, 그는 속옷 차림으로 양손으로 커다란 포트폴리오를 든 채로 침대에 앉아 있었다.

"〈미녀와 야수〉, 〈고독〉, 〈식료품 가게의 늙은 말〉, 〈브루클린 다리〉…."

그러고 나서 나는 펜실베이니아 기차역의 차가운 지하 대합실에 기대어 반쯤 잠이 든 상태로 조간신문 〈트리뷴〉을 보면서 새벽 4시 기차가 도착하기를 기다리고 있었다.

3장

　여름 내내 이웃 저택에서 음악 소리가 끊이지 않았다. 개츠비의 푸른 정원에서는 반짝이는 별들 아래서 남녀가 속삭이는 목소리와 샴페인이 나방처럼 오고 갔다. 오후 만조 무렵이 되면 저택을 찾은 손님들이 뗏목의 꼭대기에 올라가 다이빙을 하기도 했고, 개츠비 소유의 모터보트 두 대가 롱아일랜드 해협을 가르며 새하얀 물거품을 일으키면서 수상 스키를 끄는 사이 뜨거운 해변의 백사장 위에서 일광욕을 즐기는 손님들의 모습이 눈에 띄기도 했다.

　주말이 되면 개츠비의 롤스로이스가 승합차가 된 것처럼 오전 9시부터 자정이 넘은 시간까지 뉴욕 시내에서 파티장까지 손님들을 실어 날랐고, 그의 스테이션왜건은 기차로 오가는 손님들을 태우기 위해 샛노란 벌레처럼 재빠르게 이동했다. 그리고 월요일이 되면 특별히 고용한 정원사를 포함해 여덟 명이나 되는 하인들이 걸레와 수세미, 망치와 정원용 가위를 들고 주말 동안 망가진 정원 곳곳을 손보느라 종일 매달려 있었다.

　매주 금요일이면 뉴욕 시내의 청과상에서 오렌지와 레몬이 가득 든 상자 다섯 개가 도착했다. 그리고 어김없이 월요일에는 배달

되었던 오렌지와 레몬이 껍질만 덜렁 남은 채 피라미드처럼 저택 뒷문에 수북이 쌓였다. 주방에 저택에서 일하는 집사가 엄지손가락으로 버튼을 2백 번 누르면, 단 30분 만에 이백 잔 분량의 오렌지 주스를 추출할 수 있는 기계가 갖추어져 있었다.

적어도 2주에 한 번, 행사 진행 담당 회사에서 수백 피트에 달하는 캔버스 천막과 개츠비의 어마어마한 정원을 가득 메울 수 있을 만큼 수많은 전등을 들고 찾아와 정원을 크리스마스트리처럼 장식했다. 윤기가 흐르는 전채 요리와 매콤한 맛을 내는 구운 햄, 다채로운 색을 뽐내는 샐러드, 그리고 노릇노릇 밀가루를 발라 구운 돼지고기와 칠면조 요리가 서로 경쟁하듯 뷔페 테이블 위를 가득 채웠다. 저택 중앙의 홀에는 황동으로 만든 바가 설치되어 그 위에는 갖가지 진과 술, 코디얼이 빼곡히 놓여 있었는데 젊은 여성 손님들은 워낙 오래전에 잊힌 술이라 종류조차 제대로 구분하지 못할 정도였다.

오후 7시가 되면 오케스트라가 저택에 도착했다. 초라한 5인조 오케스트라가 아니라, 오보에, 트롬본, 색소폰, 비올라, 코넷, 피콜로 그리고 저음과 고음을 모두 구비한 드럼까지 그야말로 완벽하게 구색을 갖춘 오케스트라였다. 이쯤 되면 해변에 남아 마지막까지 물놀이를 즐기던 손님들이 돌아와 저택 위층에서 옷을 갈아입었다. 뉴욕에서 온 자동차들은 저택 안까지 길게 이어져 다섯 줄로 나란히 주차가 되어 있었다. 그리고 중앙 홀과 살롱, 베란다에는 원색의 드레스를 입고 최신 유행하는 단발머리에 스페인 카스티야 왕족을 연상케 하는 숄을 어깨에 두른 여자들로 북적였다. 바의 분위기는 최고조에 달했다. 칵테일을 가득 채운 쟁반을 어깨 위에 얹은 이들이 정원 밖까지 뱅글뱅글 돌아다니고 있었다.

그렇게 손님들의 수다 소리와 웃음소리, 풍자가 뒤섞인 대화들로 서로 이름조차 알지 못하는 여성들 사이에 열정적인 대화가 이어지면서 파티 분위기가 절정에 이르렀다.

지구가 태양에서 서서히 기울어갈수록 파티장의 조명은 점점 더 환해지기 시작했다. 이쯤 되면 오케스트라에서도 칵테일파티를 위해 잔잔하고 부드러운 선율을 연주하기 시작했고, 마치 오페라 공연장에서 들을 법한 고음의 목소리가 뒤섞이게 되었다. 시간이 지날수록 가벼운 농담에도 쉽사리 웃음이 터지고 대화를 나누는 그룹이 속속 바뀌었으며 새로운 손님이 하나둘 도착하면서 파티 그룹이 늘었다가 곧바로 흩어지고 다시 모이기를 반복했다. 벌써부터 파티장을 여기저기 배회하는 이들도 하나둘 눈에 띄었다. 자신감에 넘치는 젊은 여성들은 아직 술에 취하지 않은 사람들을 비집고 들어가 무리의 중심이 되어서 유쾌한 시간을 마음껏 만끽했다. 시시각각 변하는 조명 아래서 그들의 얼굴과 목소리 역시 여러 모습으로 바뀌었고 그렇게 젊은 여성들이 파티장을 종횡무진 누볐다.

집시를 방불케 하는 여성 중 살랑살랑 흔들리는 오팔 장식이 달린 드레스 차림의 여성 하나가 용기를 내려는 듯 칵테일 잔 하나를 공중에 번쩍 들었다가 한입에 들이키고는 코미디언 조 프리스코처럼 양손을 실룩거리며 캔버스 천막으로 만든 무대에 올라가 혼자 춤을 추기 시작했다. 순간 파티장이 고요해졌다. 오케스트라 지휘자는 그녀의 움직임에 맞추어 리듬을 바꾸었고 무대 위 여성이 풍자극에 나오는 유명 배우 질다 그레이의 대역 배우라는 무분별한 추측이 터져 나오자 사방이 술렁이기 시작했다. 드디어 진짜 파티가 시작된 것이다.

개츠비의 저택을 방문한 첫날 밤, 나는 정식 초대를 받은 몇 안 되는 손님 중 한 사람이었다. 보통은 초대를 받지 않고도 무작정 그의 파티에 찾아왔다. 롱아일랜드로 가는 자동차를 타고 어떻게든 그의 저택 문 앞까지 도착했다. 도착 후에는 개츠비를 아는 사람을 통해 소개를 받았고, 그 후부터는 마치 놀이공원의 규칙에 따르듯 알아서 행동했다. 때로는 개츠비의 얼굴조차 보지 못한 채로 파티장을 떠나기도 했는데 그저 파티에 참석하고 싶다는 소박한 마음을 초대장 삼아 찾아왔기 때문이다.

나는 개츠비에게 정식으로 초대를 받았다. 토요일 아침 일찍 녹색 제복을 입은 운전사가 고용주로부터 전달 받은 정식 초대장을 들고 우리 집 잔디밭을 가로질러 걸어왔다. 초대장에는 '오늘 열릴 조촐한 파티'에 참석해 주신다면 무한한 영광일 거라는 내용이 적혀 있었다. 예전부터 나를 몇 번이나 보았고, 우리 집에 방문하려고 했는데 여러 상황이 여의치 않아 그러지 못했다는 거였다. 초대장 끄트머리에는 위엄이 넘치는 필체로 적은 제이 개츠비의 서명이 적혀 있었다.

오후 7시 무렵, 나는 새하얀 플란넬 양복을 입고 개츠비의 저택의 잔디밭으로 향했다. 종종 통근 열차에서 본 듯한 낯익은 얼굴들이 있기는 했으나, 대부분 낯선 이들이라 그 틈을 비집고 이리저리 거닐면서도 괜히 겸연쩍은 기분이 들었다. 파티장을 가득 채운 수많은 영국 젊은이들의 숫자에 적잖이 놀랐다. 하나같이 멋진 옷을 빼입고 있었지만 어딘지 모르게 굶주린 모습이었고, 진지한 태도로 신뢰가 넘치는 부유한 미국인들과 낮은 목소리로 이야기를 나누고 있었다. 분명히 채권이나 보험, 자동차 등 뭔가를 판매하고 있는 모양이었다. 바로 눈앞에 쉽게 벌어들인 돈줄이 있다는 사실을 뼈저리게 느끼고 있었기 때문에 화려한 언변을 발휘해 몇 마디만 잘하면 그 돈을 자기 손에 넣을 수 있을 거라 확신하고 있었다.

파티장에 도착한 후, 곧바로 호스트를 찾아가 인사를 해야겠다고 마음먹었다. 그래서 몇 사람을 잡고 개츠비가 어디 있는지 물었지만, 상대는 오히려 놀란 눈으로 나를 쳐다보면서 그가 어디 있는지 모른다고 딱 잘라 대답했다. 결국 나는 칵테일 잔이 가득한 테이블 근처로 조용히 몸을 피했다. 그곳이야말로 파티장에 참석한 사람이 외톨이라는 사실을 들키지 않고 별다른 목적 없이 머물 수 있는 유일한 장소였다.

나는 어색하기 짝이 없는 기분에서 벗어나기 위해 한잔 두잔 술잔을 기울이며 서서히 취기가 올랐다. 그 즈음에 조던 베이커가 저택에서 나와 대리석으로 만든 계단 꼭대기에 서서 살짝 몸을 젖힌 채로 경멸스러운 눈길로 정원을 내려다보고 있었다.

그제야 지나가는 사람에게 자연스럽게 인사를 건네려면 바로 옆에 동행이 있어야 한다는 사실을 깨달았다.

"베이커 양!" 나는 그녀를 향해 걸어가며 크게 외쳤다. 정원을 가로질러 내 목소리가 지나치다 싶을 정도로 크게 울리는 것 같았다.

"어쩌면 올지도 모른다고 생각했어요." 내가 다가가자 베이커가 멍한 목소리로 대답했다. "바로 옆에 산다고 했던 것 같아서."

그녀는 이제부터 나에게 신경을 써 주겠노라고 약속하듯 손을 불쑥 잡고 계단 아래 서 있던 노란 드레스 차림의 여성 둘의 이야기에 귀를 기울였다.

"안녕하세요!" 여자들이 거의 동시에 외쳤다. "우승하지 못해

유감이에요."

지난 골프 경기를 두고 하는 이야기였다. 베이커가 아쉽게도 결승전에서 패배했기 때문이다.

노란 드레스 차림의 한 여성이 말했다. "저희를 기억 못하시겠지만 한 달 전쯤 여기서 인사를 나눈 적이 있답니다."

"새로 염색을 하셨네요." 조던의 말에 나는 살짝 놀랐고, 여자들은 그녀의 말에 별다른 관심을 두지 않고 걸음을 옮겼다.

결국 조던 베이커의 말은 파티장에 요리를 배달하는 사람의 광주리에서 나온 음식처럼 아직 뜨지도 않은 달에게 인사를 건넨 꼴이 되고 말았다. 조던 베이커의 늘씬한 갈색 팔이 내 팔을 붙잡아, 우리는 팔짱을 끼고 계단을 내려가 정원을 서서히 거닐기 시작했다. 불그레하게 뜬 황혼 속에서 칵테일 쟁반이 우리를 향해 다가왔고, 우리는 잔을 하나씩 손에 들고 노란 드레스 차림의 두 여자와 제각각 멈블이라고 소개한 세 명의 남자가 앉은 테이블에 자리를 잡았다.

"이런 파티에 자주 오시나요?" 조던이 옆자리 여자에게 물었다.

"저번에 프로님을 만났을 때 이후로 처음이에요." 까랑까랑한 투로 여자가 대답했다. 그리고 옆자리 친구를 향해 몸을 돌리며 말했다. "루실, 너도 그렇지?"

루실이라는 여성도 그렇다고 답했다.

"난 이런 파티를 좋아해요." 루실이 말했다. "내가 뭘 해도 아무도 신경 쓰지 않으니까 재미있게 즐길 수 있거든요. 지난번에 왔을 때 의자에 걸려 가운이 찢어졌는데, 그분이 주소와 이름을 묻더군요. 그 후로 일주일도 되지 않아서 크루아리 의상실에서 새 드레스가 든 소포를 보냈더라고요."

"그래서 받았어요?" 조던이 물었다.

"당연하죠. 오늘 그 드레스를 입으려고 했는데 가슴 부분이 너무 커서 수선을 해야겠더라고요. 라벤더 색 구슬이 달린 연한 푸른색 드레스예요. 265달러나 하는 비싼 거였어요."

"지나치게 호의를 베푸는 사람에게는 뭔가 미심쩍은 구석이 있던데." 다른 여자가 열심히 떠들었다. "그 사람은 누구와도 문제를 일으키고 싶지 않아 해요."

"누가 말이죠?" 그제야 내가 입을 열었다.

"개츠비 씨 말이에요. 누가 그러는데…."

두 여자와 조던 베이커는 뭔가 은밀한 이야기를 나누려는 듯 서로 몸을 바짝 기울였다.

"들은 바로는 그분이 사람을 죽인 적이 있다고 하더라고요."

순간 모두에게 전율이 흘렀다. 멈블 씨라는 세 명의 남자도 몸을 숙이고 열심히 귀를 기울였다.

"아닐 거예요." 루실이 회의적인 말투로 이의를 제기했다. "오히려 전쟁 당시 독일 첩자였다는 말이 사실일 것 같아요."

남자 중 하나가 동의하듯 고개를 끄덕였다.

"개츠비 씨와 독일에서 함께 자라서 모든 걸 알고 있다는 사람에게서 직접 들은 얘기예요." 그는 단정하듯 딱 잘라 말했다.

"어머, 아니에요." 첫 번째 여자가 말했다. "그건 사실이 아닐 거예요. 전쟁 중에 미군에 복무했다던데요." 모두가 자신의 말을 믿는 눈치에 그녀가 열심히 몸을 숙이며 말을 이었다. "다른 사람이 쳐다보지 않는다고 느낄 때, 그 사람 표정이 어떤지 보셔야 돼요. 분명히 사람을 죽인 적이 있는 얼굴이라고요."

여자가 실눈을 뜨며 몸을 부르르 떨었다. 루실도 몸서리를 쳤다. 우리는 모두 몸을 돌리며 혹시 개츠비가 쳐다보고 있지는 않은지 확인했다. 세상일에 별다른 관심이 없는 사람까지 개츠비에 대한 온갖 소문을 입에 올린다는 것부터가 그만큼 그의 존재가 사람들에게 관심을 끌고 있다는 증거였다.

자정 무렵 새로 음식이 나올 예정이지만 서서히 테이블 위로 간단한 먹을거리가 제공되기 시작했다. 조던은 정원 반대편 테이블에 둘러앉은 이스트에그 쪽 일행의 자리에 나를 초대했다. 결혼한 커플 셋, 그리고 조던을 에스코트하기 위해 따라온 남자 하나가 있었다. 집요한 태도로 거친 말투와 빈정대는 말투를 쓰는 대학생인데 조던 베이커가 얼마 지나지 않아 자신에게 굴복할 거라는 확신을 가진 모양이었다. 이스트에그에서 온 일행은 흥청망청하는 분위기가 아닌 어느 정도 차분하고 우아한 태도를 유지하면서 한적한 시골의 따분한 귀족을 대표하는 역할을 수행하고 있었다. 나름대로는 화려한 쾌락에 젖은 웨스트에그 사람을 대함에 있어 어느 정도 경계하는 태도를 보이고 있는 것 같았다.

"그만 가요." 30분 정도 어색한 분위기를 견디고 나서 조던이 조용히 속삭였다. "내가 있기에는 너무 딱딱한 자리 같아요."

나와 함께 자리에서 일어서며, 조던은 아직 개츠비를 만나지 못한 점이 마음이 쓰인다며 나와 함께 파티 호스트를 찾아가겠노라고 말했고, 그 말에 나는 왠지 마음이 쓰였다. 조던의 말에 남학생도 냉소적이고 잔뜩 가라앉은 표정을 지으며 고개를 끄덕였다.

맨 먼저 둘러본 칵테일 바 부근에는 사람들로 붐볐지만 호스트의 모습은 어디도 보이지 않았다. 계단 꼭대기에 올라가서 찾아보아도, 베란다를 둘러보아도 개츠비는 없었다. 그러다가 우연히 위풍당당하게 자리 잡은 문을 열고 천장이 높은 고딕 양식의 서재

안으로 들어서게 되었다. 영국산 참나무로 장식된 서재는 마치 해외 유적지를 그대로 옮겨놓은 듯했다.

큼지막한 올빼미 눈 모양의 안경을 쓴 건장한 체구의 중년 남자가 술에 취한 듯 큼지막한 테이블 끝자락에 걸터앉아, 흔들리는 시선으로 서가를 응시하고 있었다. 우리가 들어서자, 그는 몸을 돌리더니 조던을 머리부터 발끝까지 쭉 훑어보았다.

"어떻게 생각하십니까?" 그가 성급한 태도로 물었다.

"뭘 말씀이시죠?"

그가 서가를 향해 손을 뻗었다.

"저것 말입니다. 사실 일부러 확인할 필요도 없겠지요. 벌써 조사해 봤으니까. 저건 모두 진짜예요."

"책들 말인가요?"

그가 고개를 끄덕였다.

"완벽한 진짜예요. 페이지 하나 빠진 것 없이, 완벽하게. 처음에는 잘 만든 장식용 책일 거라고 생각했는데. 그런데 하나 흠잡을 데 없이 진짜더군요. 여기, 내가 직접 보여드리죠!"

그는 우리가 회의적인 태도를 보일 거라고 확신한 건지 당장 서가로 달려가 《스토더드 강연집》 1권을 들고 돌아왔다.

"이것 봐요!" 그는 의기양양해져서 소리쳤다. "진짜 인쇄물이에요. 처음에는 나도 가짜인 줄 알았지요. 아무래도 이 친구는 벨라스코 같아요. 대단한 연출 아닙니까? 이 정도로 완벽할 수가 있다니! 그야말로 말도 안 되는 사실주의 아니냐는 거예요. 정확히 멈춰야 하는 선을 알고, 페이지 하나도 칼로 잘라내지 않았다니 말입니다. 그런데 여기는 왜 온 겁니까? 무엇을 찾는 거지요?"

남자는 내게 책을 낚아채듯 빼앗아 곧바로 서가에 꽂으며, 하나라도 빠지면 책 전체가 흐트러질지도 모른다며 중얼거렸다.

"누가 당신들을 데리고 왔나요?" 그가 말했다. "아니면 그냥 온 건가요? 나는 그냥 따라왔어요. 대부분 나처럼 따라서 오더군요."

조던은 흥미로운 표정으로 별다른 대답을 하지 않으면서도 경계 태도를 유지하고 그를 쳐다보았다.

"나는 루스벨트라는 여자를 따라 왔어요." 그가 말을 이었다. "클로드 루스벨트 부인 말이오. 혹시 아십니까? 어젯밤 어디선가 우연히 만났어요. 거의 일주일째 술을 마시고 있는 터라, 서재에서 좀 앉아 있으면 술이 깰까 싶어서 온 거요."

"그래서 좀 깼나요?"

"조금은 깬 것 같아요. 겨우 한 시간밖에 안 돼서 확신할 수는 없지만. 혹시 저 책에 대해서 내가 이야기했었나요? 저건 모두 진짜예요. 그러니까 저 책들은…."

"이미 이야기했어요."

우리는 공손히 그와 악수를 나누고 밖으로 나왔다.

정원에 설치된 캔버스 천 아래 손님들이 신나게 춤을 추고 있었다. 나이 지긋한 남자들은 둥근 원을 그린 채로 품위와는 거리가 먼 젊은 여자들을 다시 끌어당기고 있었고, 우아한 태도를 유지하는 남녀 커플들은 서로를 안은 채로 한쪽 구석에 숨어서 춤을 췄다. 혼자인 여자들은 살살 몸을 흔들다가 밴조나 타악기 연주자들을 잠깐씩 빌려와 파트너로 삼았다. 이윽고 자정 무렵이 되자, 파티의 환호성은 더욱 더 높아졌다.

유명한 테너 가수가 이탈리아어로 노래를 불렀고, 알토 가수는 재즈를 노래했으며, 그 사이 정원 곳곳에서 이른바 '묘기'가 벌어졌다. 그렇게 공허하지만 행복감에 가득 찬 웃음소리가 후끈한 여름 하늘을 향해 솟아올랐다.

잠시 후에는 아까 잠시 이야기를 나누었던 노란 드레스 차림의 쌍둥이가 나타나 다소 유치한 즉흥극을 선보였고, 그 사이 핑거 볼보다 더 큰 유리잔에 담긴 샴페인이 모두에게 제공되었다. 여름 달이 한층 더 높이 하늘에서 비추었고, 롱아일랜드 해협에 비춘 모습이 마치 삼각형으로 된 은빛 비늘처럼 보였다. 저택 잔디밭에 은은히 울려 처지는 밴조의 거친 선율을 따라 물 위에 뜬 밝은 여름달도 조금씩 떨리고 있었다.

여전히 나는 조던 베이커와 함께였다. 우리는 나와 비슷한 연배로 보이는 남자 한 명, 그리고 나뭇잎 굴러가는 모습에도 까르르 웃음을 터트리는 수다스러운 아가씨 한 명과 같은 테이블에 앉아 있었다. 그제야 파티를 제대로 즐기는 기분이 들었다. 벌써 핑거볼 두 개 정도 분량의 샴페인을 마신 상태였다. 눈앞에서 펼쳐지는 파티의 모든 장면들이 매우 특별하고 중요하고 심오한 것처럼 느껴졌다.

파티장이 조금 잠잠해지자, 함께 앉아 있던 남자가 나를 보며 미소를 지었다.

"왠지 낯이 익은데요." 그가 정중한 태도로 입을 열었다. "혹시 전쟁 때 3사단에 계셨나요?"

"네, 맞습니다. 제9보병대에 있었어요."

"1918년 6월까지 제7보병대에 있었는데. 어쩐지 얼굴이 낯익더군요."

우리는 한동안 비가 자주 내리던 음울한 프랑스의 작은 마을에 대해서 이야기를 나누었다. 얼마 전 고속 모터보트 하나를 샀는데 아침에 시승을 해볼 생각이라고 말하는 것으로 보아, 아무래도 근처에 사는 모양이었다.

"나중에 같이 시승해보지 않겠어, 친구? 근처 해안가에서 탈 거라서."

"언제?"

"그쪽 편한 시간에. 아무 때나 괜찮아."

이름이 뭔지 물으려는 찰나, 조던 베이커가 주위를 둘러보며 미소를 지었다.

"이제야 재미있는 시간을 보내는 모양이네요?"

"아까보다는." 나는 대답을 마치고 다시 남자 쪽으로 고개를 돌렸다. "나는 이런 파티에 익숙하지가 않아. 아직 호스트도 만나보지 못했고. 우리 집은 저쪽인데." 나는 손을 들어서 저 멀리 눈에 보이지 않는 울타리 쪽을 가리켰다. "저택 주인인 개츠비 씨가 운전사 편에 초대장을 보내서 온 거라서."

그는 잠시 내 말을 이해하지 못한 듯 빤히 처다보았다.

"내가 그 개츠비인데." 그가 순간 말했다.

"뭐라고?" 나는 놀라 소리쳤다. "아, 미안하군."

"알고 있는 줄 알았어, 친구. 제대로 호스트 노릇을 못한 것 같아서 오히려 내가 미안한데."

그는 이해심이 가득한 미소를 지었다. 아니, 그 이상이었다. 인생에서 네댓 번밖에 볼 수 없는, 영원한 안도감이 담긴 정말이지 흔치 않은 미소였다. 그의 미소는 잠시나마 세상 전체를 대면했거나 혹은 대면하고자 했던 것과 같은 미소였고, 게다가 상대를 향한 무조건적 애정과 오롯이 이해하고자 하는 미소였다. 스스로 믿는 것만큼이나 상대를 믿고 있으며 상대가 전달하고 싶은 호의를 모두 이해했노라고 말하는 것 같은 미소였다. 그 미소가 사라지는 순간, 내 눈앞에는 서른하나 둘 정도 되어 보이는 우아하고 품위 넘치는 젊은 남자가 보였다. 한껏 격식을 차린 그의 말투는 앞뒤가 정확히 맞아들었다. 자기소개를 하기 전까지 매우 조심스럽게 단어를 고르고 있다는 인상이 강하게 전달되었다.

개츠비가 자신의 이름을 밝히는 순간, 집사가 급히 다가오더니 시카고에서 전화가 왔노라고 전했다. 그는 일행 한 사람 한 사람에게 고개를 숙이며 양해를 구했다.

"뭐든 필요한 게 있으면 이야기해, 친구." 그가 말했다. "잠시 실례하겠습니다. 금방 돌아오도록 하지요."

그가 자리를 비우자 나는 놀라움을 애써 숨기며 조던 쪽으로 몸을 돌렸다. 사실 얼굴이 벌겋고 살집이 있는 중년의 남자일 거라고 예상했기 때문이다.

"어떤 사람이야?" 내가 물었다. "잘 알아?"

"그냥 개츠비라는 사람이에요."

"어디 출신인지 묻는 거야. 정확히 하는 일은 뭐래?"

"드디어 나에게 묻고 싶은 게 생겼군요." 그녀가 보일락 말락 미소를 지으며 대답했다. "글쎄요. 언젠가 얘기하기로는 영국 옥스퍼드 대학 출신이라고 하던데."

그제야 개츠비라는 인물의 배경에 대해 희미하게 형태가 잡혀 가는 듯했으나, 조던 베이커의 다음 말로 인해 곧바로 사라지고 말았다.

"하지만 나는 믿지 않아요."

"왜?"

"잘 모르겠어요." 그녀가 힘을 주어 말했다. "그냥 옥스퍼드 대학에 다녔을 것 같지가 않아서요."

조던 베이커의 말투를 듣자 '사람을 죽였을지도 모른다'고 했던 노란 드레스 차림의 여자가 했던 말이 떠올랐고, 동시에 개츠비에 대한 호기심이 스멀스멀 피어올랐다. 만약 개츠비가 루이지애나 주 어느 습지대 출신이라거나 뉴욕 이스트사이드 출신이라고 말했다면 아무런 의심 없이 곧이곧대로 믿었을지 모른다. 그 정도면 충분히 납득이 되었을 테니까. 하지만 지금까지 쌓아온 나의 미천한 경험을 토대로 볼 때, 일반적인 젊은 청년이라면 출신이 명확치도 않은 상태에서 홀연히 나타나서 롱아일랜드 해협에 위치한 최고급 저택을 떡하니 사들이지는 않을 것이 분명했다.

"어쨌거나 개츠비의 파티는 역대급 규모예요." 소소한 이야기라면 질색을 하는 조던 베이커가 혐오 섞인 투로 대화의 주제를 급히 돌렸다. "나는 이렇게 큰 파티가 좋아요. 안 그러면 사적인 파티가 되잖아요. 작은 규모의 파티에서는 사생활 보호 받기가 힘드니까."

순간 베이스드럼의 육중한 소리가 들리더니, 오케스트라 단장의 목소리가 시끌벅적한 정원을 한순간에 집어삼키며 울려 퍼졌다.

"신사 숙녀 여러분." 그가 소리쳤다. "파티의 호스트이신 개츠비 씨의 요청으로, 지난 5월 카네기홀에서 호평을 받으며 발표되었던 블라디미르 토스토프 씨의 새로운 작품을 연주해 드리려고 합니다. 신문 기사를 보신 분들은 얼마나 큰 화제를 끈 작품인지 잘 아시겠지요." 그는 유쾌하면서도 공손한 태도로 미소를 지으며 말했다. "대단한 반향을 이끌었지요!" 그의 말에 파티장에 참석한 사람들이 웃음을 터트렸다.

"이 작품은 〈블라디미르 토스토프의 세계 재즈의 역사〉로 알려져 있습니다." 그가 또박또박 곡 소개를 마쳤다.

토스토프의 작품을 들어도 제대로 귀에 들어오지 않았다. 곡이 시작되자마자, 나의 시선은 대리석으로 된 계단 꼭대기에 홀로 서서 만족에 가득 찬 눈으로 파티장에 모인 무리들을 이리저리 살피는 개츠비에게 고정되어 있었기 때문이다. 햇볕에 그을린 피부가 그의 얼굴을 더욱 매력적으로 만들었고 짧은 머리카락은 매일 손질하는지 잘 다듬어져 있었다. 미심쩍은 부분은 전혀 찾아볼 수 없었다. 딱 하나, 술을 마시지 않는다는 점이 손님들과 그를 구분할 수 있도록 해 주는 것 같았다. 파티에 모인 사람들의 친밀도가 커지고 즐거워질수록 호스트인 그만이 더욱 정신을 바짝 차리고 있는 듯했다. 〈블라디미르 토스토프의 세계 재즈의 역사〉의 연주가 끝나자, 강아지처럼 애교스럽게 남자의 어깨에 머리를 기대는 젊은 여성들도 있었고, 누구라도 받아주겠지 싶은 마음에 장난스럽게 남자가 있는 쪽이나 군중 속으로 기절하듯 몸을 맡기는 여자도 보였다. 하지만 아무도 개츠비가 있는 쪽으로는 몸을 맡기지 않았고, 프랑스식 단발머리를 한 여자들 중 누구도 개츠비의 어깨에 머리를 기대지 않았으며, 사중창단도 개츠비를 둘러싸고 감미로운 노래를 부르지 않았다.

"실례합니다."

개츠비의 집사가 불쑥 우리 옆으로 다가왔다.

"조던 베이커 양이시죠?" 그가 물었다. "죄송합니다만, 개츠비 씨가 단둘이서 이야기를 나누고 싶다고 하십니다."

"저하고요?" 그녀가 놀라서 소리쳤다.

"네, 아가씨."

조던 베이커는 놀라움을 나타내며 나를 향해 눈썹을 치켜뜨더니 자리에서 천천히 일어나 집사를 따라 저택 안으로 걸어갔다.

그제야 그녀가 드레스를 차려입고 왔음을 깨달았다. 그 정도로 어떤 옷을 입어도 그냥 운동복 같았다. 마치 상쾌하고 맑은 아침 골프장 위를 걷는 초보자처럼 명랑함이 넘치는 모습이었다.

드디어 나는 혼자 남았고 시간은 2시가 다 되었다. 아까부터 테라스 위로 툭 튀어나온 창문들이 여럿 난 방에서 시끌벅적하고 흥겨운 소리들이 들렸다. 합창을 하던 젊은 여성 둘과 여성의학 관련 이야기를 하던 조던의 지인 학부생을 피해서 나는 저택 안으로 들어가기로 했다.

드넓은 방안에 사람들이 가득했다. 노란 드레스 차림의 여성 하나가 피아노를 연주하고 있었고, 바로 옆에는 늘씬하고 머리칼이 붉은 유명한 합창단 출신 여성이 노래를 부르고 있었다. 샴페인을 너무 많이 마신 건지, 노래를 부르는 동안은 세상만사가 모두 슬픈 일로 가득하다고 믿기로 마음을 먹은 모양이었다. 노래를 부르다가 연신 울컥하거나 눈물을 흘리기도 했으니 말이다. 잠시 간주가 나올 때면 숨을 헐떡이며 노래를 멈추기도 하면서 훌쩍거리다가 다시 떨리는 소프라노로 곡을 이어갔다. 두 뺨 위로 눈물이 흘러내렸다. 물론 문제점은 있었다. 눈물이 두툼하게 칠한 속눈썹에 닿으면서 새까만 잉크로 변해 시커먼 개울물처럼 주르르 흘렀기 때문이다. 누군가 장난조로 얼굴에 그린 악보에 맞추어 노래를 불러보라고 말하자, 여자는 두 손을 들었다가 서서히 내리더니 의자에 주저앉은 채로 술에 취해 잠이 들고 말았다.

"본인 말로는 남편이라고 하던데, 어떤 남자랑 아까 다퉜거든요." 바로 옆에 서 있던 여자가 미주알고주알 떠들어댔다.

나는 주위를 둘러보았다. 파티에 남은 대부분의 여자들이 남편이라고 불리는 남자들과 싸우고 있었다. 심지어 이스트에그에서

왔다던 조던의 일행인 커플들조차 말싸움 끝에 각자 떨어져 있었다. 남자 중 하나는 호기심에 가득 차 젊은 여배우를 잡고 열심히 말을 붙이고 있었다. 그의 아내는 우아함을 유지하며 무관심한 척하다가 그 모습을 보고 갑자기 이성을 잃고 남편을 공격하기 시작했다. 여자는 잔뜩 날이 선 다이아몬드처럼 성마르게 그의 옆에 다가가더니, "나랑 약속했잖아!"라고 그의 귓가에 대고 고함을 질렀다.

집에 가기 싫어서 버티는 건 성마른 남자들만이 아니었다. 지금 홀은 안타깝게도 전혀 술에 취하지 않은 남자 둘과 머리끝까지 화가 난 아내들이 장악하고 있었다. 여자들은 신경질적인 목소리로 서로를 위로하고 있었다.

"조금 파티 기분이 나려고 하면 집에 가자고 우긴다니까요."

"세상에 그런 이기적인 소리는 처음 들어요."

"항상 제일 먼저 파티장에서 나서게 된다니까요."

"우리도 마찬가지예요."

"글쎄요, 오늘은 우리가 제일 마지막까지 남은 것 같은데요." 한 남자가 기어들어가는 목소리로 말했다. "오케스트라도 벌써 30분 전에 떠났다고요."

남편의 심술궂은 태도를 믿을 수가 없다며 아내들이 입을 모아 투덜댔지만 요란한 언쟁도 순식간에 끝이 났다. 곧이어 두 아내는 공중에 붕 떠서 밤하늘에 대고 발을 버둥거리면서 끌려 나가버리고 말았기 때문이다.

하인이 모자를 가져올 때까지 홀에서 기다리고 있는데, 서재 문이 열리면서 조던 베이커와 개츠비가 걸어 나왔다. 개츠비가 마지막 인사를 건네고 있는 쪽으로 사람들 몇이 그에게 작별 인사를 하러 다가가자 방금 전까지 열정적이던 태도는 오간데 없이 사라지고 다시 형식적인 표정으로 굳어지고 말았다.

현관에서 조던의 일행이 그녀를 초조하게 부르고 있었지만, 그녀는 악수를 나누며 잠시 머뭇거렸다.

"방금 전에 정말 놀라운 이야기를 들었어요." 그녀가 작은 목소리로 말했다. "우리가 얼마나 이야기를 나누었지요?"

"글쎄요, 1시간 정도?"

"정말이지 놀라운 이야기예요." 그녀는 넋이 나간 표정으로 말했다. "하지만 절대로 말하지 않겠다고 맹세했으니까, 지금은 시원하게 말할 수가 없겠네요." 조던 베이커는 내 얼굴을 보며 우아하게 하품을 내뱉으며 말했다. "일단 나중에 연락해 줘요…. 전화번호부에서… 시고니 하워드 부인을 찾으면 돼요…. 우리 숙모님 이름이에요." 그녀는 이렇게 말하고 서둘러 자리를 떠났다. 그리고 현관 앞에서 기다리고 있던 일행과 합류하더니, 가무잡잡하게 탄 손을 흔들며 유쾌하게 파티장을 떠났다.

처음 참석한 파티에서 너무 늦게까지 머무른다는 사실이 다소 쑥스럽기는 했지만 애써 개츠비 주위로 몰려든 마지막 무리 틈에 슬며시 합류했다. 초저녁부터 호스트를 찾으려고 했다는 점을 설명해야 했고 정원에서 그를 보고도 알아보지 못했던 점을 어떻게든 사과하고 싶었다.

"그런 말은 안 해도 돼." 그가 단호하게 말했다. "친구, 그 정도면 됐어."

'친구'라는 말보다 내 어깨를 쓰다듬는 손길이 훨씬 더 다정하게 느껴졌다. "내일 아침 9시에 모터보트 시승하기로 한 약속이나 잊지 마."

바로 그때 집사가 등 뒤에서 말했다.

"필라델피아에서 연락 왔습니다."

"알았어, 잠깐 기다리라고 해. 곧 받으러 간다고. 자, 그럼, 모두 조심히 가세요."

"잘 있어."

"안녕히." 그는 미소를 지었다. 그리고 자신의 오랜 바람처럼 내가 마지막까지 자리를 지켜주었다는 사실에 대단히 흡족해하는 미소를 지었다. "잘 가게, 친구."

하지만 계단을 내려오면서 아직 파티가 완전히 끝나지 않았다는 사실을 깨달았다. 현관에서 15미터가량 떨어진 지점에 헤드라이트가 열 개 넘게 기괴하고 요란스러운 장면을 비추고 있었기 때문이다. 개츠비의 저택 차고를 나와 2분도 되지 않는 지점에 신형 쿠페 자동차가 우측 차체가 위로 솟은 채로 도랑에 빠진 것이었다. 담장의 툭 튀어나온 부분에 부딪히면서 바퀴가 빠진 건지는 알 수 없었다. 호기심이 가득 찬 운전사 대여섯 명이 몰려들어 사고 현장을 살피느라 바빴다. 그렇게 도랑에 빠진 자동차가 방치되는 바람에 도로를 빠져나가려는 차들이 신경질적으로 경적을 울려 안 그래도 난장판인 사고 현장이 더욱 난장판이 되고 만 것이다.

긴 코트를 걸친 남자가 사고가 난 자동차에서 내리더니, 도로 한가운데 서서 자동차와 바퀴, 그리고 구경꾼을 난처한 눈으로 바라보고 있었다.

"이것 봐!" 그가 외쳤다. "도랑에 차가 빠져버렸네."

자동차가 도랑에 빠졌다는 사실을 깨닫고 놀란 모습이었다. 나는 놀란 남자의 표정을 자세히 살피다가 그가 누군지 알아차렸다.

바로 개츠비의 서고에서 만났던 남자였다.

"어떻게 된 거죠?"

그는 어깨를 으쓱해보였다.

"나는 기계에는 문외한이요." 그가 딱 잘라 말했다.

"그러니까 어쩌다가 이렇게 된 건가요? 벽에 부딪혔나 보죠?"

"묻지 마세요." 올빼미 안경을 쓴 남자가 모든 상황에서 발을 빼려는 투로 말했다. "나는 운전에 대해서도 잘 몰라요. 거의 모른다고 봐야지. 어쩌다 보니 이렇게 됐고, 내가 아는 건 그게 전부니까."

"운전이 서툴면 밤길 운전을 하시면 안 되죠."

"아니, 운전할 생각이 없다니까!" 그가 분에 찬 목소리로 대꾸했다. "그러고 싶지 않았다고!"

구경꾼들도 놀라서 입을 꾹 다물고 있었다.

"자살하려던 건가요?"

"바퀴 하나 빠진 걸 천만다행으로 아세요! 운전도 못하면서 섣불리 차를 몰다니!"

"내 말이 무슨 뜻인지 모르나 보군." 죄인 취급을 받던 남자가 말했다. "내가 운전한 게 아니라니까. 차 안에 다른 사람이 있어."

모두가 그의 말에 충격을 받았고, 순간 신형 쿠페 자동차의 문이 천천히 열리면서 '아, 아, 아' 하는 신음소리가 새어나왔다. 그제야 현장에 몰려있던 사람들, 구경꾼들이 자기도 모르게 주춤거리며 뒤로 물러섰다. 드디어 차 문이 활짝 열렸고 모두들 유령이라도 본 듯 꼼짝하지 않고 있었다. 잠시 뒤 창백한 모습의 남자 하나가 엉망이 된 자동차 안에서 비틀거리면서 천천히, 온몸을 하나씩 내보이면서 걸어 나와 무용슈즈를 시험해 보려는 사람처럼 바닥을 이리저리 디뎠다.

눈부신 헤드라이트 불빛 때문에 앞이 제대로 보이지 않는데다, 끊임없이 울리는 요란한 경적 소리까지 들리는 통에 그는 잠시 동안 비틀거리며 서 있었다. 그는 잠시 후에야 코트 입은 남자를 알아보았다.

"어떻게 된 거야?" 그가 담담한 목소리로 말했다. "기름이 떨어졌나?"

"저것 좀 봐요!"

대여섯 명이 동시에 바퀴가 빠져나간 지점을 가리켰다. 그는 잠시 현장을 응시하더니 마치 하늘에서 바퀴가 떨어진 것처럼 하늘을 올려다보았다.

"차에서 빠진 거예요." 누군가 말했다.

그는 고개를 끄덕였다.

"차가 멈춘 줄 몰랐소."

잠시 뜸을 들이는가 싶더니, 그는 길게 한숨을 내쉬고 어깨를 쭉 편 채 단호한 목소리로 말을 이었다.

"혹시 주유소가 어디 있는지 아시는 분?"

그 남자보다 적어도 조금 나은 상태인 사람 열댓 명이 자동차에 더 이상 바퀴가 연결되어 있지 않다고 열심히 설명해 주었다.

"뒤로 빼면 되겠군요." 잠시 생각하더니 그가 말했다. "후진 기어를 넣고."

"아니, 바퀴가 빠졌다고요!"

그가 머뭇거렸다.

"한번 시도해 본다고 나쁠 건 없을 텐데."

마침내 요란하게 울리는 경적 소리가 최고조에 달하자, 나는 그대로 몸을 돌려 잔디밭을 가로질러 집으로 향했다. 가다가 잠깐 멈추어 뒤를 돌아보았다. 개츠비의 저택 위로 여전히 밝은 달이 비추고 있었고 여전히 환하게 밝힌 조명 아래로 요란한 웃음소리가 남아 있는 것처럼 느껴졌다. 바로 그때 커다란 문과 창문 사이로 공허한 공기가 흘러나오더니 형식적으로 작별 인사를 건네며 손을 흔드는 집주인 주변을 완벽한 고독으로 휘감기 시작했다.

지금까지 쓴 글을 보면, 몇 주 동안의 시간 중에서 단 사흘 저녁 사이에 벌어진 사건이 나를 완전히 사로잡고 있다는 사실을 어느 정도 눈치 챘을 것이다. 하지만 반대로 생각해 보면 그저 사람들이 왁자지껄하게 모였던 어느 여름밤에 있었던 우연한 에피소드에 지나지 않는다. 사실 그때까지만 해도 나는 다른 일보다 개인적인 업무를 처리하는 데 더욱 열중하고 있었다.

나는 대부분의 시간을 업무에 할애했다. 이른 아침이면 뉴욕시 남쪽의 새하얀 건물 사이로 서둘러 이동해 프로비티 신탁회사로 출근을 했고 그때마다 환한 태양이 나의 그림자를 서쪽으로 드리우곤 했다. 가까이 지내는 다른 직원이나 증권업자와는 서로 이름을 부를 정도로 친하게 지냈으며, 함께 어두컴컴하고 북적거리는 식당에 앉아 소시지와 으깬 감자, 커피로 점심을 해결했다.

심지어 저지시에 사는 회계부 여직원과 짧은 연애도 했다. 하지만 여직원의 오빠라는 사람이 나를 마음에 들어 하지 않는 바람에 7월 무렵, 여자가 휴가를 간 틈을 타서 흐지부지 관계를 정리해 버리고 말았다.

저녁은 보통 뉴욕시 예일 클럽에서 해결했다. 이유는 알 수 없지만, 그 시간이 하루 중 가장 우울한 때였다. 저녁 식사를 마친 후에는 위층 도서관으로 올라가서 투자나 증권에 관한 공부에 매달렸다. 주변에 술에 취한 사람들이 가끔 있었지만, 일부러 도서관까지 들어오지는 않았기 때문에 공부하기에는 최적의 장소였다. 그렇게 공부를 마치고 밤공기가 따스하다 싶은 날에는 매디슨 가를 따라서 유서 깊은 머리힐 호텔을 지나서 33번가를 거쳐 펜실베이니아 역까지 걷기도 했다.

나는 뉴욕이 점점 더 좋아졌다. 저녁이 되면 짜릿함과 모험이 가득했고 시시각각 움직이는 남녀의 모습, 그리고 자동차의 움직임이 하루 종일 따분함에 지친 눈동자에 주는 만족감이 좋았다. 5번가를 따라 걸으면서 행인들 중에 마주친 여성의 모습을 떠올리며 몇 분 내로 그들의 삶 속에 들어가 있는 모습을 상상하는 것도 재미있었다. 그 누구도 내 속마음을 알아채거나 그러면 안 된다고 말리지 못할 테니까. 때로는 상상 속에서 멀리 보이지 않는 모퉁이에 위치한 그녀들의 아파트까지 따라가기도 했다. 그리고 포근한 어둠 속으로 사라지기 전에 몸을 돌려 나를 보며 미소를 짓는 여자의 모습을 그려보았다. 물론 매혹적인 대도시의 황혼, 그 속에서 때로는 주체할 수 없는 외로움을 느끼기도 했다. 다른 사람에게서도 비슷한 느낌을 받았다. 식당 앞 쇼윈도에 서서 혼자 식사가 가능한 시간을 기다리는 애처로운 젊은 직장인들이 그랬고, 밤과 인생의 가장 시린 순간을 낭비하듯 써버리면서 어둠 속을 헤매는 직장인들도 마찬가지였다.

이윽고 다시 8시가 되었고, 40번가의 어두운 도로를 따라 다섯 줄로 나란히 서서 극장으로 향하기 위해 연신 클랙션을 눌러대는 택시의 엔진 소음을 들으면서, 또다시 나는 마음이 축 가라앉는 것 같았다. 택시에 탄 승객들은 출발을 기다리며 서로에게 기대어 있거나 노래를 부르거나 비록 귀에는 들리지 않지만 서로 농담을 주고받으며 까르르르 웃기도 했다. 담뱃불에서 피어오르는 뽀얀 담배 연기가 택시 안에서 이리저리 움직였다. 나 역시 뭔가 흥미진진한 목적을 위해 바삐 움직이고 있다고 상상하면서 그들과 비밀스러운 흥분을 나누면서 진심으로 모두에게 행운을 빌어주었다.

그렇게 한참 동안 조던 베이커를 까맣게 잊고 지내다가 한여름이 되어서야 다시 만나게 되었다. 처음에는 골프대회 우승자인 그녀의 이름을 모르는 사람이 없어서 같이 다니는 것만으로도 어깨가 으쓱해지고는 했다. 그러다가 나도 모르게 상황까지 발전하게 되었다. 진짜로 사랑에 빠진 건 아니지만 나도 모르게 조던 베이커에게 어느 정도 호기심과 애정을 갖게 된 것이다. 세상을 향해 치켜 든 그녀의 거만하고 지루한 얼굴, 그 속에 뭔가 숨겨져 있었다. 대부분의 경우 처음에는 아니더라도 결국 가식 아래 숨겨진 것이 있게 마련이니까. 그러던 어느 날, 나는 그녀에게 숨겨진 것이 무엇인지 알게 되었다. 워릭에서 함께 하우스파티에 참석했는데, 자동차 지붕을 열어둔 채로 비를 맞게 하고도 차량을 반납할 때 아무렇지도 않게 거짓말을 했던 것이다.

바로 그때 데이지의 집에 갔던 날, 도저히 기억하지 못했던 조던 베이커에 대한 일화가 불현듯 머리를 스쳤다. 처음 참가했던 골프대회에서 신문에 날 법한 떠들썩한 소동이 있었다는 소문이었다. 다름이 아니라, 준결승 라운드에서 샷이 어려운 지점에 놓인 공을 몰래 다른 곳으로 옮겼다는 거였다. 소문은 꼬리에 꼬리를 물다가 어느새 소리 없이 사라졌다. 담당 캐디가 진술을 취소했고 유일한 목격자가 자신이 본 것이 정확하지 않을 수 있다고 인정해버린 이유가 가장 컸다. 하지만 당시 떠들썩했던 사건과 그 주인공의 이름은 내 마음속에 오래도록 남아 있었다.

조던 베이커는 상황 판단이 민첩하고 영리한 사람을 본능적으로 피했다. 이제와 생각해 보면, 사회적 규범 안에서 절대로 일탈하면 안 되는 상황 속에서 더 안정감을 느꼈기 때문인 것 같다. 그녀는 치료 자체가 불가능할 정도로 정직하지 못한 성격이었다. 조금이라도 불리한 지점에 놓이는 것을 싫어해서 어릴 때부터 겉으로는 건방지고 차가운 미소를 보이면서 살아왔던 것이다. 그러니까 활기 넘치는 육체의 요구를 채우기 위해서 평생을 속임수와 일종의 거래를 하듯 살아온 거나 다름없었다.

하지만 그 사실을 알게 되었다고 해서 크게 달라질 것은 없었다. 여자의 부정직함은 그다지 비난의 대상이 되지 않았으니까. 잠시 유감스러운 생각이 스쳤지만 그냥 잊어버리고 말았다. 우리가 자동차 운전에 대해서 흥미진진한 대화를 나눴던 때가 바로 그 워릭에서 열렸던 하우스파티에서였다. 도로를 걷는 노동자들에게 바짝 붙어 운전을 하다가 자동차 흙받기가 닿아 한 남자의 외투 단추가 떨어지고 나서 시작된 이야기였다.

"운전 솜씨가 매우 서투르군." 내가 채근조로 말했다. "더 조심해서 운전을 하든 아니면 아예 운전대를 잡지 말아야겠어."

"조심해서 하고 있어요."

"아니, 그렇지 않아."

"그럼 다른 사람들이 조심하겠지요." 그녀가 별일 아니라는 듯 대꾸했다.

"그게 무슨 상관이지?"

"다른 사람들이 비켜서 가겠죠." 그녀가 고집스럽게 버텼다. "쌍방이 잘못해야 사고가 나는 거잖아요."

"부주의한 운전자를 만나면 어쩌려고?"

"그런 일이 없기를 바라야죠." 그녀가 대답했다. "난 부주의한 사람은 질색이니까. 그게 당신을 좋아하는 이유이기도 하고요."

햇볕을 오래 쬐어 지친 그녀의 회색 눈동자는 정면을 응시하고 있었지만, 그녀는 천천히 우리의 관계를 변화시켰고 한순간이었지만 나 역시 그녀를 사랑한다고 생각했다. 하지만 나는 워낙 생각이 느린 편인데다 욕망에 일일이 브레이크를 거는 나만의 내면의 규칙이 많은 사람이었다. 집으로 돌아온 후, 복잡한 상황에서 벗어나는 게 먼저라는 생각이 들었다. 나는 여전히 일주일에 한 번씩 '사랑하는 닉으로부터'라는 서명을 적은 편지를 보냈다. 머릿속에 생각나는 것이라고는 한 소녀가 테니스를 칠 때마다 윗입술에 콧수염처럼 땀이 맺혀 있었다는 사실뿐이었는데도 말이다. 설사 그 정도의 애매한 관계라고 해도 먼저 확실한 마침표를 찍어야만 그로부터 진정 자유로워질 수 있다는 생각이 들었다.

사람이라면 누구나 인간이 가질 수 있는 한 가지의 미덕을 갖추고 있다고 생각한다. 나 역시 마찬가지이다. 그런 면에서 보면 나는 내가 알고 있는 몇 안 되는 정직한 사람 중 하나였다.

4장

　일요일 아침, 교회 종소리가 마을에 울려 퍼지는 사이 수많은 상류층 인사와 여성들이 개츠비의 저택에 머물며 넓은 잔디밭에서 눈을 반짝이며 흥분해 있었다.

　"그 사람 밀주업자라던데요." 젊은 여자들이 개츠비가 만든 칵테일 바와 꽃 사이를 오가면서 말했다.

　"한 남자가 폰 힌덴부르크의 조카이자 악마와 육촌 사이라는 사실을 알아냈는데 결국 죽였다고 하더라고요. 여보, 저기 장미 한 송이만 꺾어줘요. 그리고 크리스털 잔에 마지막 한 방울까지 술을 따라주고요."

　언젠가 일정표의 남은 여백에 그해 여름 개츠비의 저택을 방문했던 사람들의 이름을 적어놓은 적이 있었다. 지금은 낡고 쓸모없어져서 접힌 부분이 해졌을 정도인데 일정표 윗부분에는 '이 일정은 1922년 7월 5일부터 적용됨'이라고 적혀 있다. 그렇지만 그 종이에 적힌 희미한 이름은 지금도 똑똑히 알아볼 수가 있다. 아마도 그 이름을 나열하는 것으로 개츠비의 환대를 받고 난 후에도 그에 대해서는 제대로 알지 못한다는 말 같지 않은 찬사를 보낸 사람들을 두루뭉술하게 표현하는 것보다 더 확실하게 설명할 수 있을 것이다.

이스트에그 주민 중에서는 체스터 베커 부부와 리치 부부, 내가 예일 대학교 재학 당시부터 알고 지냈던 분젠이라는 남성과 지난여름 메인주에서 익사한 웹스터 시빗 박사가 방문했다. 혼빔 부부와 윌리 볼테르 부부와 블랙벽 일가 전체도 파티장을 찾았는데, 특히 블랙벽 가문 사람들은 언제나 구석진 자리에 모여 있다가 누군가 가까이 다가오면 염소처럼 코를 벌름거리고는 했다. 그리고 이즈메이 부부와 크리스티 부부, 아니 휴버트 아우어바흐와 크리스티 씨의 아내라고 불리던 이들도 왔었다. 또 어느 겨울 오후 별다른 이유 없이 머리칼 전체가 새하얗게 변했다는 소문이 돌았던 에드거 비버도 왔다.

기억하기로는 클래런스 엔다이브도 이스트에그에서 온 사람인데 딱 한번 헐렁한 하얀 바지를 입고 개츠비의 저택을 찾았다가 정원에서 에티라는 부랑자와 한바탕 싸움을 벌였다. 롱아일랜드 끝자락에 사는 치들 부부와 O.R.P. 슈레이더 부부, 조지아 주에서 스톨월 잭슨 아브람 부부, 피시가드 부부, 리플리 스넬 부부도 왔다. 특히 스넬 씨는 교도소에 가기 3일 전에 개츠비의 저택을 찾았다가 만취한 상태로 차도에 벌러덩 누워 있다가 율리시스 스웨트 부인의 자동차에 오른손을 치이고 말았다. 댄시 부부, 예순이 훨씬 넘은 S.B. 화이트베이트, 모리스 A. 플링크, 해머헤드 부부, 담배수입상 벨루가 씨와 그의 여자 일행들도 찾아왔다.

웨스트에그에서는 폴 부부, 멀레디 부부, 세실 로벅과 세실 쉬엔, 주 의회 상원의원 굴릭 씨도 왔고, '파 엑설런스 영화사'의 경영자인 뉴턴 오키드오 영화 관련자 에코스트, 클라이드 코헨, 돈

S. 슈왈츠 아들, 아서 맥카티가 왔다. 그리고 캐틀립 부부, 뱀베르
그 부부, 이후 아내를 목 졸라 죽인 G. 얼 멀둔도 왔다. 행사기획자
다 폰타노, 에드 르그로스, '싸구려 알코올'이라 불리던 제임스 B.
페럿, 드 종 부부, 어니스트 릴리도 왔다. 그 사람들은 도박을 하
는 부류라 페럿이 어슬렁거리며 정원을 거닐고 있는 모습이 보이
면, 도박 자금을 탈탈 털려서 다음날 철도연합의 주가가 상승해야
한다는 것을 의미했다.

클립스프링어라는 남자는 개츠비의 저택에 거의 살다시피 해
서 '하숙생'이라는 이름으로 불릴 정도였고, 진짜 자기 집이 있기
는 한지 의심스러울 정도였다. 연극계 인사 중에서는 거스 웨이즈,
호레이스 오도나반, 레스터 마이어, 조지 덕위드, 프랜시스 불이
개츠비의 저택을 찾았다. 그리고 뉴욕에서 온 크롬 부부, 백허슨
부부, 데니커 부부, 러셀 베티, 코리건 부부, 켈러허 부부, 듀어 부
부, 스컬리 부부, S. W. 벨처, 스머크 부부, 지금은 이혼한 젊은 퀸
부부, 타임스퀘어 열차에 뛰어들어 스스로 목숨을 끊은 헨리 L.
팔메토도 있었다.

베니 맥클리너핸은 언제나 네 명의 여자를 대동하고 나타났다.
겉보기에는 분명 네 사람인데 외모가 서로 닮아서 예전에 이곳에
온 적이 있었던 것처럼 보였다. 사실 이름은 잊어버렸는데 재클린,
콘수엘라, 글로리아, 주디 아니, 준이었던 것도 같다. 꽃 이름 혹은
1월에서 12월을 딴 성이었거나, 그게 아니면 꼬치꼬치 캐물으면
미국 자본가의 친척뻘이라고 고백할 정도로 조금 근엄한 뉘앙스
의 성이었던 것 같다.

그 밖에도 포스타나 오브라이언이 최소 한번은 저택에 찾아왔
던 것으로 기억한다. 베데커 가문의 젊은 여성들은 물론이고 전

쟁에 나갔다가 코에 부상을 입은 젊은 브루어, 올브룩스버거 씨와 약혼녀 하그 양, 아르디타 피츠 부부, 한때 미국 재향군인회 회장을 맡았던 P. 주이트 씨, 운전사로 알려진 남자와 동행했던 클라우디아 힙 양, 그리고 공작이라고 불렀지만 실제로는 어느 나라의 왕자였다던 인물도 있는데 지금은 정확히 기억이 나지 않는다.

지금까지 나열한 사람들 모두 그해 여름 개츠비의 저택을 찾았다.

7월 하순의 어느 날 아침 9시, 개츠비의 최고급 자동차가 바위 투성이의 도로를 비틀거리며 달려 우리 집 문 앞에 멈추더니 세 가지의 음이 섞인 멜로디로 경적을 울렸다. 그때까지 두 번 그의 저택에서 열리는 파티에 방문했고 그와 함께 모터보트 시승을 했으며 예고 없는 초대를 받아 그의 저택 해변을 자주 이용했지만, 개츠비가 직접 나를 찾아온 것은 이번이 처음이었다.

"좋은 아침이군, 친구. 오늘 나랑 점심이나 같이 하지. 내 차를 타고 가자고."

개츠비는 미국인 특유의 여유 넘치는 모습으로 자동차 흙받기 위에 몸의 균형을 잡고 앉아 있었다. 유년 시절에 무거운 짐을 들고 가만히 앉아 있는 훈련을 받은 적이 없는 데다 때때로 긴장치가 최고에 달하는 우아한 경기를 즐겼던 탓에 그 같은 습관이 생겨난 모양이었다. 그러한 자질은 개츠비의 꼿꼿함을 깨고 외면적으로 불안정한 모습으로 나타나고는 했다. 그는 한시도 가만히 있지 못했다. 어디에 있든 발로 바닥을 툭툭 치거나 참을성 없이 손바닥을 쥐었다가 폈다가 했다.

그는 감탄하는 표정으로 자동차를 쳐다보고 있던 나를 향해 말했다.

"멋있지 않나, 친구?" 그는 자동차를 더 자세히 볼 수 있도록 흙받기에서 풀쩍 뛰어내리며 말했다. "예전에도 이 차를 본 적이 있었나?"

물론 본 적이 있었다. 그 차를 못 본 사람이 있을까. 짙은 크림색에 은색 니켈이 곳곳에 번쩍였고 엄청나게 긴 차체 사방에 고급 모자 상자와 갖가지 상자들이 불룩하니 튀어나와 있었다. 게다가 미로처럼 복잡하게 배열된 자동차 유리는 아무리 뜨거운 태양도 반사해 낼 수 있을 것처럼 보였다. 우리는 여러 겹의 유리판을 덧대고 녹색 가죽을 입힌 온실처럼 후끈한 자동차에 올라타 함께 시내로 출발했다.

지난달에만 대여섯 번 정도 그와 대화를 나눈 결과, 실망스럽게도 개츠비에게 별다른 화젯거리가 없다는 사실을 깨달았다. 그래서일까, 개츠비가 무척 중요한 인물일 것 같다는 나의 첫인상은 점차 사라지고 그저 이웃집에 사는 겉모습이 번지르르한 파티 호스트로 보이기 시작한 것이다.

그러던 찰나에 전혀 예기치 못한 때에 자동차를 타고 함께 이동하게 되었다. 웨스트에그에 도착하기 전, 개츠비는 애써 우아한 문장을 만드는 노력을 멈추더니 캐러멜색 정장을 입은 무릎을 탁탁 치기 시작했다.

"이봐, 친구." 그가 불현듯 입을 열었다. "그런데 자네는 나를 어떻게 생각하나?"

나는 살짝 당황한 상태로 적당히 둘러댈 말을 찾으려 애썼다.

"먼저 내가 어떤 삶을 살았는지부터 설명해줘야겠군." 그가 내 대답을 막으며 이야기를 시작했다. "혹여 사람들이 떠들어대는 말 때문에 나에게 대해 이상한 인상을 받지 않았으면 해서 말이야."

아무래도 개츠비는 자신의 저택에서 사람들이 떠들어대는 온갖 기괴한 소문들에 대해 잘 알고 있는 모양이었다.

"하늘에 맹세하고 완벽하게 진실만을 이야기하도록 하겠네." 마치 거짓을 말할 경우, 신이 내리는 천벌을 받을 거라고 맹세하듯 오른손을 하늘로 치켜 올리며 그가 말했다. "지금은 가족들 전부 세상을 떠났지만, 사실 나는 중서부 지역 어느 명망 높은 가문의 아들로 태어났다네. 미국에서 나고 자랐지만 옥스퍼드 대학에서 교육을 받았어. 우리 집안 어른들이 대대로 그곳에서 교육을 받았으니까 나름대로 집안의 전통을 이은 셈이지."

개츠비는 곁눈질로 나를 쳐다보았다. 그제야 조던 베이커가 그가 거짓을 말한다고 의심했던 이유를 깨달았다. '옥스퍼드 대학에서 교육을 받았다'는 말을 속사포처럼 쏟아내는 모습이 마치 과거에 그 말 때문에 괴롭힘을 당한 적이 있어서 순간적으로 말을 삼키려고 했거나 갑자기 목구멍이 턱하고 막혀버린 것 같았기 때문이다. 이러한 의구심이 고개를 들자, 개츠비의 이야기 전체가 산산조각이 나버렸고, 결국 그가 사악한 배경을 가졌다는 소문이 전부 진실처럼 느껴지기 시작했다.

"중서부 어디 출신인가?" 나는 무덤덤하게 되물었다.

"샌프란시스코."

"그렇군."

"가족들이 전부 세상을 떠나면서 엄청난 돈을 상속받게 되었지."

갑자기 가족 모두가 세상을 떠나게 되었던 기억이 다시 그를 괴롭히기라도 하듯 그는 침통한 목소리로 대답했다. 순간 농담인가 싶은 기분이 들었지만 개츠비의 표정을 확인하고 나서 농담이 아니라는 확신이 들었다.

"그 후로는 젊은 인도의 왕자처럼 지냈네. 파리, 베니스, 로마 등 유럽 곳곳을 누비면서 보석을 사고, 주로 루비를 수집했어. 사파리 사냥도 가고 취미삼아 그림도 그리고 오래전에 내가 겪은 슬픈 기억을 잊으려고 노력했다네."

터무니없이 떠들어내는 그의 말에 실소가 터지려는 것을 가까스로 참았다. 그 스토리가 너무나 뻔해서 마치 머리에 터번을 두른 톱밥으로 만든 인형이 볼로뉴 숲에서 호랑이를 추격하며 구멍마다 톱밥을 줄줄 흘리는 이미지 말고는 달리 떠오르는 것이 없었기 때문이다.

"그러다가 전쟁이 터진 걸세, 친구. 오히려 안도감이 들더군. 어떻게든 전쟁의 포화 속에서 죽음을 맞이하려 애썼지만 마법에 걸린 것처럼 용케 살아지는 거야. 전쟁 당시 나는 중위로 임관을 했어. 프랑스 동부의 아르곤 숲, 보병대가 도저히 전진할 수 없을 정도로 양쪽 끝까지 800미터 여유밖에 없는 비좁은 상태에서 기관총 부대를 이끌고 진군한 적이 있었네. 루이스 식 기관총 16정을 가진 130명의 병사들과 거기서 이틀 밤낮을 적과 대치했지. 그러다가 결국 보병대가 도착했고 시체 더미 속에서 독일군 3개 사단의 휘장을 발견하게 된 거야. 그 일로 나는 소령으로 진급했고 연합국 정부에서 온갖 훈장을 달아주더군. 심지어 몬테네그로, 아드리아 해협에 있는 그 자그마한 몬테네그로에서조차 훈장을 주더란 말일세!"

자그마한 몬테네그로! 한껏 목소리를 높이며 개츠비는 미소를 머금은 채 고개를 끄덕였다. 마치 몬테네그로가 겪었던 수난을 진심으로 이해하고 그 국민들의 용감한 투쟁심을 공감하는 것처럼. 그 자그마한 몬테네그로가 보여주었던 소박하고 따뜻한 감사의 표시가 어떠한 국가적 상황에서 비롯된 것인지 충분히 이해하고 높이 평가하고 있는 모양이었다. 그때부터 내 마음 속의 불신은 매혹 속에 빠지고 말았다. 열댓 권이 넘는 잡지를 순식간에 읽어버린 기분이랄까.

개츠비는 호주머니에 손을 넣었다가 내 손바닥 위에 리본이 달린 금속 조각 하나를 툭하고 올렸다.

"몬테네그로에서 받은 훈장이야."

놀랍게도 그 훈장은 진짜인 것처럼 보였다. '다닐로 훈장'이라는 글자가 적힌 훈장 가장자리에 '몬테네그로 국왕, 니컬러스'라고 적혀 있었다.

"뒤집어 보게."

"제이 개츠비 소령의 용맹함에 감사를 표합니다." 나는 훈장에 적힌 글귀를 읽었다.

"내가 항상 가지고 다니는 게 하나 더 있네. 옥스퍼드 시절의 기념품이랄까. 트리니티 대학에서 찍은 건데, 내 왼쪽에 있는 친구가 지금은 동캐스터 백작이 되었지."

사진 속에는 운동복을 입은 청년 여섯 명이 크리켓 배트를 들고 서 있었고, 뒤로는 수많은 첨탑이 뾰족하게 솟아 있었다.

이 정도 되면 그의 말은 전부 사실이었다. 나는 대운하 사이에 떡하니 서 있는 개츠비의 저택에서 불처럼 활활 타오르는 호랑이 가죽을 보았다. 보석 상자를 열고 진홍색으로 빛나는 루비를 바라보면서 상처받은 마음을 달래는 그의 모습도 눈에 아른거렸다.

"자네에게 한 가지 부탁할 것이 있어." 그는 만족스러운 표정으로 기념품들을 주머니에 집어넣으며 말했다. "그래서 먼저 나에 대해서 알려주면 좋겠다 싶었지. 나를 보잘것없는 사람이라고 생각하지 않기를 바랐으니까. 알다시피, 나는 주로 낯선 사람들과 시간을 보내고 있잖나. 과거의 슬픈 기억을 잊기 위해서 이곳저곳 떠돌아다니고 있거든." 그가 잠시 머뭇거렸다. "그 이야기는 오후에 자세히 듣게 될 걸세."

"점심 때 말인가?"

"아니, 오후에. 자네가 베이커 양과 차를 마시기로 했다는 걸 우연히 들었어."

"베이커 양에게 애정이 있다는 건가?"

"아니야, 친구. 애정이 있는 건 아니야. 하지만 베이커 양이 친절하게도 이 문제에 대해 자네에게 대신 이야기해준다고 하더군."

나는 '이 문제'라는 게 뭔지 하나도 알지 못했지만 궁금함보다는 도리어 짜증이 났다. 제이 개츠비 이야기나 하자고 조던에게 차를 마시자고 청한 게 아니었기 때문이다. 매우 환상적인 시간을 기대하며 차를 마시자고 요청했던 것인데, 개츠비의 말을 듣자 순간 손님이 득실대는 그의 잔디밭에 발을 들인 것이 후회가 되기 시작했다.

제이 개츠비는 더는 대화를 이어나가지 않았다. 뉴욕 시에 가까워지자 그의 자세가 더욱 곧아졌다. 우리가 탄 자동차는 붉은색 띠를 두른 대형 어선이 가끔씩 눈에 들어오는 루스벨트 항을 지나서, 빛이 바래고 음울하지만 여전히 인적이 눈에 띄는 1900년대 화려한 술집이 늘어선 빈민촌의 자갈길을 따라서 내달렸다. 드디어 양옆으로 재의 언덕이 눈에 들어왔다. 자동차 정비소에서 월슨 부인이 가쁜 숨을 몰아쉬면서 주유기 펌프를 누르는 모습이 보였다.

자동차는 흙받기를 날개처럼 활짝 펼치고 헤드라이트를 켠 상태에서 에스토리아의 절반 정도 되는 지점을 통과했다. 정확히 중간 지점이었다. 고가 도로의 기둥을 돌아가려는 찰나, 모터사이클의 '부르릉' 하는 엔진 소리가 들리면서 정신없이 뒤를 쫓아오는 경찰의 모습이 보였다.

"알았소, 형씨." 개츠비가 소리쳤다. 자동차의 속력이 줄어들었다. 개츠비는 지갑에서 하얀 카드를 꺼내더니 경찰관의 눈앞에 대고 흔들었다.

"알겠습니다." 경찰관이 모자에 손을 대고 수긍의 뜻을 표했다. "개츠비 씨, 다음에는 알아서 모시도록 하지요. 실례 많았습니다."

"그 카드는 뭔가?" 내가 물었다. "옥스퍼드 대학에서 찍은 사진?"

"언젠가 경찰국장에게 한번 도움을 준 적이 있는데, 그 뒤로 매년 크리스마스카드를 보내주더군."

드넓은 다리를 달리다 보니 밝은 햇살이 대들보를 지나 달리는 자동차 위로 비추었고 강 건너편에는 냄새 나지 않는 돈으로 희망을 담아 지은 하얀 각설탕 같은 도시가 시야에 들어왔다. 퀸즈버러 다리에서 바라보는 뉴욕은 언제나 처음 보는 것처럼 신선하게 느껴졌고 이 세상의 온갖 신비와 아름다움에 대한 처음의 약속을 그대로 간직하고 있었다.

꽃으로 장식한 영구차가 고인을 싣고 우리를 지나갔다. 뒤로는 차양을 내린 두 대의 마차와 고인의 지인을 태운 영구차보다는 다소 활기를 띠는 마차들이 뒤를 따랐다. 그 친구들은 동남부인 특유의 침울한 눈동자와 짧은 윗입술을 하고 우리를 내려다보았다.

침울한 휴일이지만 제이 개츠비의 화려한 자동차라도 보게 된 것이 저 사람들 입장에서는 다행이다 싶었다. 블랙웰 아일랜드를 지날 때는 백인 운전기사가 핸들을 잡은 리무진 한 대가 우리를 지나갔다. 그 안에는 최신 유행하는 옷을 차려 입은 흑인 남자 둘과 여자 하나가 타고 있었다. 마치 경쟁이라도 하듯 거만한 태도로 새하얀 눈알을 이리저리 굴리는 모습을 보자 도저히 웃음을 참을 수가 없었다.

"이제 다리를 건넜으니까 무슨 일이 생길지 알 수가 없겠어." 나는 생각했다. "무슨 일이 생길지 몰라…." 그러니 개츠비와 같은 존재가 나타난 것도 전혀 놀라운 일이 아니었다.

이글이글 타오르는 정오의 시간. 천장에서 선풍기가 열심히 돌아가는 42번가의 어느 지하 레스토랑에 도착한 우리는 함께 점심 식사를 하기로 했다. 눈부신 햇살이 비추는 밖에 있다가 지하에 들어온 터라 잠시 주변에 적응하느라 눈을 깜빡이다가 대기실에서 웬 낯선 사람과 이야기를 나누고 있는 개츠비가 서서히 눈에 들어왔다.

"이쪽은 캐러웨이, 이쪽은 내 친구 울프심 씨."

낮고 납작한 코를 가진 유대인 남자가 커다란 머리를 쳐들고 나를 쳐다보았다. 양쪽 콧구멍 사이로 무성하게 자란 털이 보였다. 어둑한 지하의 레스토랑인지라 잠시 후에야 그의 조그만 눈동자를 겨우 알아볼 수 있었다.

"… 그래서 그 사람을 한번 훑어봤었지." 울프심이 정중히 악수를 하며 이야기를 이어나갔다. "그래서 내가 어떻게 했는지 알아?"

"무슨 말씀이신지?" 나는 정중히 되물었다.

하지만 분명 나에게 한 말은 아닌 것 같았다. 그는 악수가 끝나자마자 다양한 감정을 표현하는 콧날을 개츠비 쪽으로 돌려버렸기 때문이다.

"캣스포에게 그 돈을 주면서 말했지. '좋아, 캣스포. 입을 다물 때까지 저 놈에게 한 푼도 줘서는 안 돼.' 그랬더니 그 자식이 바로 입을 다물더군."

개츠비가 우리 둘을 잡고 레스토랑 안으로 들어가자, 울프심은 뭔가를 말하려다가 멈추고는 최면에 걸린 사람처럼 멍한 표정을 지었다.

"하이볼 드릴까요?" 웨이터가 물었다.

"꽤 근사한 레스토랑이군." 울프심은 천장에 그려진 장로교의 님프 요정의 그림을 보며 말했다. "하지만 난 길 건너에 있는 집이 더 좋은데."

"좋아, 하이볼로 줘요." 개츠비는 웨이터에게 말하고 나서 울프심의 말에 대답했다. "그 집은 너무 더워요."

"덥고 좁기는 하지." 울프심 씨가 동의했다. "하지만 추억이 가득한 곳이잖아."

"거기가 어딘데요?" 내가 물었다.

"예전 메트로폴 레스토랑 말이야."

"메트로폴은…." 울프심은 침울한 표정으로 옛 생각에 잠겼다. "어디론가 떠나버렸거나 죽은 이들의 얼굴로 가득 찬 곳이지. 영원히 세상에서 사라진 친구들 말이야. 로지 로젠탈을 총으로 쏴버린 그날 저녁을 평생 잊지 못할 거야. 우리 여섯 명이 테이블에 앉아 있는데, 로지는 그날따라 저녁 내내 많이 먹고 마셨지. 새벽이 다 된 시간에 웨이터가 미심쩍은 표정으로 로지에게 가더니,

밖에서 누가 얘기 좀 하자고 했다는 거야. '알겠네'라고 로지가 말하고 자리에서 일어나기에 내가 곧바로 의자에 끌어다 앉혔지. 누군지 몰라도 얘기가 하고 싶으면 들어와서 하라고 전해. 로지, 자네가 밖으로 나가면 절대 안 된다고 말이야. 새벽 4시쯤이었으니까 블라인드만 걷으면 해가 뜨는 게 보일 정도의 시간이었어."

"그래서 로지 씨는 밖으로 나갔나요?"

"결국 나갔지." 울프심 씨의 얼굴에 분노가 차오르자, 그의 콧잔등이 번쩍였다. "문 쪽으로 나가면서 내게 말하더군. '웨이터가 내 커피 못 치우게 해!' 그런 다음에 보도로 걸어갔어. 그런데 놈들이 불룩 튀어나온 로지의 배에다 총알 세 방을 박고는 차를 타고 도망쳐 버린 거야."

"그중 넷은 전기의자에서 처형을 당했지요." 내가 예전 기억을 더듬으며 말했다.

"다섯 명이지, 베커를 포함해서." 그는 흥미롭다는 듯 코를 벌름이며 내게 말했다. "비즈니스 파트너를 구하는 모양이군."

그 두 단어가 연달아 나오는 것에 나는 화들짝 놀랐다. 개츠비가 대신 대답했다.

"아, 아닙니다!" 그가 외쳤다. "이 친구는 그런 사람이 아니에요."

"아니라고?" 울프심 씨가 실망한 투로 말했다.

"이쪽은 그냥 친구예요. 그 문제는 나중에 따로 이야기 나누기로 했는데요."

"미안하군." 그가 말했다. "내가 사람을 잘못 본 모양이야."

잘게 다진 고기와 감자를 튀긴 해시 요리가 나왔다. 울프심은 과거 메트로폴의 감상적인 분위기는 까맣게 잊고 격렬하지만 세심한 태도로 음식을 입에 쑤셔 넣기 시작했다. 그 와중에도 눈으로는 천천히 식당 주변을 둥글게 살피고 있었다. 만약 내가 그 자리에 없었더라면 테이블 밑에 뭐가 있는지도 일일이 확인했을 것이다.

"이보게, 친구." 개츠비가 내 쪽으로 몸을 숙이고 말했다. "아침에 차 안에서 자네 기분을 상하게 만든 건 아닌가 싶어서 괜히 미안한 마음이 드는데."

개츠비가 평소처럼 미소를 지었지만 이번에는 그대로 넘어가지 않았다.

"난 꽁꽁 숨겨진 미스터리는 좋아하지 않아." 나는 딱 잘라 말했다. "왜 솔직하게 원하는 걸 말하지 않는 건지 이해가 안 되는군. 대체 베이커 양의 입을 빌려서 부탁하고 싶은 게 뭔가?"

"아, 꽁꽁 숨기자는 의도는 아닐세." 그가 확신을 주려고 애썼다. "알다시피 조던 베이커 양은 훌륭한 골프 선수잖아. 어쨌거나 도를 벗어나는 일은 절대로 하지 않을 사람이니까."

갑자기 그는 손목시계를 흘낏 살피더니 자리에서 벌떡 일어났고, 울프심과 나만 남겨둔 채로 서둘러 자리를 떠났다.

"전화를 걸 데가 있나 보군." 울프심 씨가 그의 뒷모습을 눈으로 좇으며 말했다. "좋은 친구지, 안 그런가? 얼굴도 미남이고 매너까지 완벽해."

"그렇지요."

"게다가 오그스퍼드 대학을 나왔잖아."

"맞습니다."

"영국에 있는 오그스퍼드 대학교를 나왔다더군. 혹시 오그스퍼드 대학이라고 아나?"

"들어본 적 있습니다."

"세계에서 가장 유명한 대학 중 하나잖나."

"개츠비와 알고 지낸 지 오래됐나요?" 나는 물었다.

"몇 년쯤 됐어." 그는 만족스러운 표정으로 대답했다. "운이 좋게도 전쟁 직후에 저 친구를 알게 되었지. 한 시간쯤 대화를 나눠 보니 무척 교양이 있는 사람을 만나게 됐구나 싶었어. 집에 초대해서 어머니와 여동생에게 소개하고 싶다는 생각이 들 정도로." 그는 잠시 멈추었다. "자네 내 커프스단추를 보고 있군."

솔직히 커프스단추에는 관심이 없었지만, 그의 말을 듣고 나서야 그쪽으로 눈길이 갔다. 울프심의 커프스단추는 왠지 모르게 눈에 익은 상아 재질로 만든 것이었다.

"인간의 어금니로 만들 수 있는 최상의 작품이라고 할 수 있지." 그가 나의 의문에 답했다.

"그러게요!" 나는 그 단추들을 유심히 살폈다. "정말 흥미로운 발상이군요."

"그렇지." 그는 소매를 코트 속으로 잡아당겼다. "그래, 개츠비라는 친구는 여자 문제에 있어서만큼은 무척 조심스러워. 아마 친구 마누라에게는 눈길조차 주지 않을 걸세."

본능적으로 신뢰하게 된 대상이 다시 테이블로 돌아오고 나서야, 울프심 씨는 두어 번 커피를 홀짝이더니 자리에서 일어났다.

"점심 잘 먹었네." 그가 말했다. "젊은 친구들이 귀찮아하기 전에 자리를 뜨는 게 좋겠어."

"서두를 필요 없어요, 마이어." 개츠비가 별로 진심이 느껴지지 않는 투로 말했다. 울프심 씨는 축복의 기도를 하듯 손을 번쩍 들었다.

"호의는 무척 고맙네만, 나는 자네들과 세대가 다르다네." 그는 엄숙한 투로 대답했다. "자네들은 계속 남아서 스포츠 얘기도 하고, 또래 젊은 숙녀들 이야기도 하고, 자네의…." 그는 뒷말은 각자 머릿속으로 상상해 보라는 듯 손을 다시 휘저었다. "내 나이가 쉰이야. 더 이상 젊은 친구들을 귀찮게 하면 안 되지."

악수를 나누고 돌아서는 그의 구슬퍼 보이는 콧날이 떨리고 있었다. 그래서 혹시 내가 한 말 때문에 그의 기분이 상한 건 아닌지 궁금해졌다.

"가끔씩 감상에 젖을 때가 있더군." 개츠비가 설명했다. "오늘이 바로 그런 날이고. 뉴욕에서는 꽤 알려진 인물인데, 브로드웨이에 자주 가기도 하니까."

"배우인가?"

"아니."

"치과의사?"

"마이어 울프심이 치과의사라고? 아니, 도박사야." 개츠비가 잠시 머뭇거리다가 태연하게 덧붙였다. "1919년 월드시리즈를 조작한 장본인이기도 해."

"월드시리즈를 조작했다고?" 나는 놀라 되물었다.

그의 말을 듣자 머릿속이 하얗게 변하는 것 같았다. 물론 1919년 월드시리즈가 조작되었다는 건 나도 기억하고 있었지만, 그저 우연히 벌어진 일이고 불가피한 여러 사건이 얽혀서 벌어진 결과일 뿐이라고 생각했기 때문이다. 금고를 폭파할 치밀한 목표를 가지고 집요하게 파고들어서 자그마치 오천만 명의 굳은 믿음을 쉽게 가지고 놀았을 거라는 생각은 추호도 하지 못했다.

"어쩌다가 그런 짓을 하게 된 거지?" 내가 잠시 후에야 물었다.

"그냥 기회를 잡은 거야."

"왜 감옥에는 가지 않았어?"

"그야 잡아넣을 수가 없었으니까, 친구. 울프심 씨는 두뇌회전이 빠른 사람이야."

나는 점심 값을 내겠다고 끝까지 버텼다. 웨이터가 잔돈을 가지고 돌아왔을 즈음, 손님으로 북적이는 공간 너머에 톰 뷰캐넌의 모습이 눈에 띄었다.

"잠깐 나랑 같이 가지." 내가 말했다. "인사해야 할 사람이 있어서."

톰이 멀리서 나를 보고 먼저 자리에서 일어나 성큼성큼 다가오고 있었다.

"그동안 어디 있었어?" 그가 사뭇 진지한 투로 물었다. "자네한테 연락이 없어서 데이지가 무척 화가 나 있어."

"이쪽은 개츠비 씨, 이쪽은 뷰캐넌 씨."

두 사람은 짧은 악수를 나누었다. 순간 개츠비의 얼굴이 굳으면서 사뭇 당황한 기색이 퍼졌다.

"그동안 뭘 하고 지냈던 거야?" 톰이 다시 물었다. "어쩌다가 이렇게 먼 곳까지 식사를 하러 왔어?"

"개츠비 씨와 점심을 함께 했지."

그 말이 끝나기가 무섭게 개츠비가 있는 쪽으로 몸을 돌렸지만, 그는 이미 자리를 뜨고 없었다.

그날 오후 조던 베이커가 플라자 호텔 커피숍의 높고 딱딱한 등받이 의자에 허리를 꼿꼿이 세우고 앉아서 이야기를 시작했다.

"1917년 10월의 어느 날, 나는 보도와 잔디를 오가면서 천천히 걷고 있었어요. 밑창에 고무가 박힌 영국산 구두를 신고 있어서 부드러운 잔디를 밟으면서 걷는 게 훨씬 좋았지요. 바람이 불 때마다 새로 산 체크무늬 스커트도 펄럭거렸고 치맛단이 날릴 때마다 모든 집 앞에 걸린 붉은색, 흰색, 파란색으로 된 성조기가 휘날리며 뭐가 못마땅한지 '쯧쯧쯧' 소리를 내고 있었어요.

그중에서 가장 큰 성조기가 걸리고 잔디가 넓은 곳은 당연히 데이지 페이의 저택이었어요. 나보다 2살이 많았으니까 당시 열여덟 살이었는데, 루이빌의 모든 숙녀 중에서 가장 인기가 많았지요. 새하얀 드레스를 입고 새하얀 로드스터를 몰고 다녔어요. 데이지의 집에는 종일 전화벨이 끊이지 않았고, 캠프 테일러에서 온 혈기 어린 젊은 장교들이 '딱 1시간만, 어떻게든' 그녀와 데이트를 하려고 난리였어요.

그날 아침도 데이지의 집 맞은편에 도착했을 때, 그녀의 새하얀 로드스터가 모퉁이에 세워진 채로 처음 보는 중위와 함께 앉아 있더군요. 어찌나 서로에게 푹 빠져 있는지 내가 몇 걸음 앞까지 다가갔는데도 전혀 눈치 채지 못할 정도였어요.

'안녕, 조던.' 데이지가 놀라서 말했지요. '이쪽으로 좀 와봐.'

사실 나보다 나이 많은 언니들 중에서 데이지를 가장 좋아했기 때문에 나와 이야기를 나누고 싶어 한다고 생각해 매우 기뻤어요. 데이지는 적십자사에 붕대를 만들러 가는 거냐고 물었지요. 그래서 그렇다고 대답했지요. 본인은 못 갈 것 같다고 대신 전해달라고 하더군요. 그 젊은 장교는 데이지가 이야기를 하는 내내 그녀를 빤히 쳐다보고 있었는데, 숙녀라면 누구나 부러워할 그런 표정이었어요. 워낙 낭만적이라 지금까지도 생생히 기억할 수 있을 정도였죠. 바로 그 장교의 이름이 제이 개츠비였어요. 그날 이후 4년 동안 그를 다시 본 적이 없어요. 롱아일랜드에서 다시 그를 만났을 때까지만 해도 그날 봤던 장교가 개츠비라는 사실을 알지 못했어요.

그게 1917년도 일이에요. 이듬해에는 내게도 남자친구가 몇 명생겼고 골프대회에 참가하기 시작하면서 데이지와 자주 만나지 못했어요. 데이지가 어울리는 지인들은 주로 나이 많은 사람들이었지요. 그 무렵에 그녀에 대한 기묘한 소문이 돌았는데, 어느 겨울 밤 해외로 떠나는 장교에게 작별 인사를 하기 위해서 뉴욕으로 가겠다고 몰래 가방을 싸다가 어머니한테 들켰다는 거예요. 물론 직전에 들키는 바람에 뉴욕 행은 포기했지만, 몇 주 동안 가족들과 이야기도 나누지 않았대요. 그 이후로는 더 이상 군인들과 데이트를 하지 않았고 대신 평발이거나 시력이 좋지 않아 입대가 불가능한 청년들하고만 어울렸다고 들었어요.

그 다음해 가을이 되니까 데이지는 다시 예전처럼 명랑한 사람이 되었어요. 휴전 협정이 이뤄진 후부터 적극적으로 사교계에 발을 들였고, 다음 해 2월인가 뉴올리언스 출신의 남자와 약혼했다는 소문이 돌았죠. 그런데 6월인가, 갑자기 시카고 출신의 톰 뷰캐넌이라는 사람과 루이빌에서 전례가 없을 정도로 성대하고 화려한 결혼식을 올리게 된 거예요. 기차 객실을 통째로 빌려서 백 명이나 되는 하객을 태우고 와서 실바흐 호텔 한층 전체를 빌려 재운 것도 모자라서 결혼식 바로 전날 35만 달러나 되는 진주 목걸이를 사서 걸어줬다니까요. 난 신부 들러리였어요. 피로연이 시작되기 30분 전에 신부 대기실에 들어가 보니 꽃장식이 달린 드레스를 입은 채로 데이지가 6월의 밤처럼 우아하게 침대 위에 누워 있는 거예요. 그것도 술이 엄청나게 취해서요. 한 손에는 백포도주병을, 다른 손에는 편지 한 통을 들고 있더군요.

'축하해 줘.' 데이지가 중얼거리더군요. '한 번도 술을 마셔본 적이 없는데, 내가 어쩌다가 이렇게 술을 많이 마시게 된 걸까.'

'데이지, 무슨 일이야?'

나는 정말 겁이 났어요. 데이지가 그렇게 취한 모습은 처음 보는 거였거든요.

'자, 여기.' 데이지가 침대 위에 올려둔 쓰레기통을 뒤적이더니 진주 목걸이를 꺼냈어요. '이거 가지고 아래층으로 가서 주인을 찾아서 돌려줘. 사람들에게 데이지의 마음이 변했노라고 전해주고. 제발! 데이지의 마음이 변했다고 해줘!'

데이지가 엉엉 울기 시작했어요. 잠시도 쉬지 않고 울었죠. 난 놀라서 곧바로 뛰어 내려가 데이지의 어머니와 하녀를 데리고 왔어요. 우리는 즉시 문을 잠그고 찬물을 욕조에 받아 데이지를 물속에 앉혔지요. 그런데도 편지를 손에서 놓지 않는 거예요. 편지를 물에 적셔 공처럼 만 후에 눈송이처럼 조각조각이 나서 사라지는 걸 보고 나서야 비누 접시에 남은 편지를 버려달라고 하더라고요.

목욕이 끝날 때까지 데이지는 아무 말도 하지 않았어요. 결국 암모니아 냄새를 억지로 맡게 해서 정신을 차리게 한 다음, 이마에 얼음을 대서 얼굴을 식힌 후에야 드레스를 다시 입힐 수 있었죠. 그렇게 30분쯤 지나서 방에서 나왔을 때 데이지의 목에는 진주 목걸이가 걸려 있었고 그렇게 식이 마무리 되었어요. 다음 날 5시에 데이지는 아무 일도 없었다는 듯이 톰 뷰캐넌과 식을 올렸어요. 그리고 남태평양으로 석 달 예정의 신혼여행을 떠났지요.

두 사람이 돌아온 후에 샌타바버라에서 만난 적이 있는데, 남편에게 그렇게 빠져 있는 여자를 본 적이 없다는 생각이 들 정도로 변했더군요. 톰이 잠시만 방을 비워도 불안해서 어쩔 줄 모르면서 사방을 두리번거리고 '톰이 어디로 간 걸까?'라고 말하지를 않나, 남편이 돌아올 때까지 거의 넋이 나간 표정을 짓고 있더라고요. 모래 위에 앉아서 거의 한 시간이나 남편에게 다리 베개를 해주고 그의 눈가를 쓰다듬고 만지작거리면서 행복해 죽겠다는 표정으로 내려다보기도 했고요. 두 사람이 함께 있는 모습을 봤다면 누구라도 감동하지 않을 수 없었을 거예요. 그 모습이 어찌나 아름다운지 나도 모르게 미소가 지어질 정도였지요.

그러다가 8월인가, 내가 샌타바버라를 떠난 지 일주일 정도 지난 어느 날 밤에 벤추라 도로에서 톰이 탄 자동차가 마차와 충돌하는 바람에 앞바퀴가 떨어져 나간 적이 있어요. 함께 자동차에 타고 있던 여자가 사고로 팔이 부러지는 통에 신문에 대문짝만하게 실렸거든요. 알고 보니, 그 여자는 샌타바버라 호텔에서 청소부로 일하던 하녀 중 하나였어요.

이듬해 4월, 데이지는 귀여운 딸을 낳았고 두 사람은 일 년 동안 프랑스에서 지냈어요. 언젠가 봄에 칸에서 한 번, 그리고 도빌에서 한 번 두 사람을 만났는데, 그 후에는 완전히 정착할 거라며 시카고로 돌아왔다고 하더군요. 알다시피 데이지는 시카고에서도 인기가 많았어요. 젊은 부자들, 주로 거만하고 난폭한 무리들이랑 어울려 다녔지만 데이지는 평판이 좋은 편이었지요. 아마도 술을 입에 대지 않아서 그랬을 거예요. 술고래 무리에서 전혀 술을 입에 대지 않는다는 건 엄청난 이점을 얻는 셈이거든요. 일단 말실수를 할 일이 없고, 행여 실수를 한다고 해도 다들 취해 있는 상태니까 어느 정도 앞뒤 시간을 맞추어 조절할 수도 있을 테고요. 그런데 데이지는 남편 이외에 애인을 두는 것에는 전혀 관심이 없어 보였어요. 하지만 그녀의 목소리에서 뭔가 느껴졌거든요….

그러다가 6주 전인가, 처음으로 데이지가 개츠비의 이름을 듣게 된 거예요. 내가 당신에게 웨스트에그에 사는 개츠비를 아는지 물었잖아요. 당신이 집에 돌아간 후에 데이지가 내 방에 찾아와서 나를 깨우더니, 이렇게 묻더군요. '어떤 개츠비를 말하는 거야?' 그래서 잠이 덜 깬 상태에서 그에 대해서 이것저것 설명을 했지요. 그랬더니 귀신에 홀린 것 같은 넋 나간 목소리로 자신이 알고 있는 사람이 맞는 것 같다는 거예요. 그제야 새하얀 로드스터에 함께 타고 있었던 젊은 장교의 얼굴이 머릿속에 떠오르면서 퍼즐이 맞춰졌지요."

조던 베이커가 모든 이야기를 마쳤을 때, 우리는 플라자 호텔을 벗어나 2인승 마차를 타고 센트럴 파크를 통과하고 있었다. 유명한 영화배우들이 사는 웨스트 50번가의 고층 아파트 뒤로 뉘엿뉘엿 해가 저물었고, 여름의 푸른 잔디 위로 이글거리면서 뜨거운 공기가 피어오르는 가운데 귀뚜라미처럼 어린아이들이 재잘거리는 목소리가 퍼져나갔다.

나는 아라비아의 족장
그대의 사랑은 나의 것이라네
오늘 저녁 그대가 잠을 청하면
그대의 천막 속으로 몰래 찾아가리

"정말 묘한 우연이로군." 내가 말했다.
"그건 우연이 아니었어요."
"왜 그렇게 생각하지?"

"개츠비가 그 저택을 산 건, 바로 건너편에 데이지가 살고 있기 때문이니까요."

그렇다면 6월의 여름밤, 그가 애타게 바라보았던 것은 밤하늘에 뜬 별만이 아니었던 것이다. 그저 무의미하고 화려하기만 했던 모습이 순간 자궁에서 튀어나온 것처럼 개츠비에게 호기심이 생겼다.

"그는 알고 싶어 해요." 조던이 말을 이었다. "언젠가 데이지를 당신의 집으로 초대하게 된다면 자신도 함께 불러줄 수 있는지."

그 소박한 요청을 듣자 나도 모르게 온몸이 전율하기 시작했다. 그는 5년이라는 긴 시간을 기다려 저택을 구입한 다음, 무심하게 날아드는 나방에게 별빛을 나누어주며 버텼던 것이다. 그저 언젠가 낯선 사람의 집 정원에 '건너갈 수 있는' 날이 오기만을 기다리면서.

"이렇게 소소한 부탁을 하려고 내게 모든 걸 털어놓은 건가?"

"그 사람은 두려워하고 있어요. 워낙 오랫동안 기다려온 일이니까. 혹시 당신을 불쾌하게 만들면 어쩌나 걱정이 되기도 할 테고. 겉으로 보기에는 화려해 보여도 그냥 보통 남자일 뿐이니까요."

하지만 왠지 모르게 불안함이 떠나지 않았다.

"왜 당신에게 직접 만나게 해달라고 부탁하지 않는 거지?"

"데이지에게 자신이 사는 집을 보여주고 싶은 거죠." 조던이 설명했다. "그런데 그 이웃에 당신이 살잖아요."

"아, 그렇군!"

"지금까지 하루가 멀다 하고 파티를 주최하면서 언젠가는 데이지가 올 거라고 기대를 했던 모양이에요." 조던이 말했다. "하지만 끝내 오지 않았죠. 그래서 아무렇지 않게 사람들을 붙잡고 데이지에 대해서 묻기 시작했대요. 그러다가 처음으로 만난 사람이 나였어요. 파티에서 나를 따로 불러낸 그날 저녁에요. 얼마나 조심스럽게 접근했는지 당신이 들었어야 했는데. 물론 나는 뉴욕에서 함께 점심 식사를 하자고 말했지요. 그랬더니 바로 화를 내더군요.

'선을 넘는 행동을 하고 싶지 않습니다!' 그가 대답하더군요. '바로 옆집에서 데이지를 만나고 싶어요.'

당신이 톰과 각별한 친구 사이라고 했더니, 모든 계획을 포기하려고 하더군요. 혹여 톰에 대해서 알아내려고 시카고 신문을 이 잡듯 뒤졌다고 해도 거의 아는 게 없었을 거예요."

이미 주변이 어둑어둑해졌다. 작은 다리를 건너 마차를 타고 내려가면서, 나는 한 팔을 조던의 구릿빛 어깨에 두르고 살짝 내 쪽으로 잡아당기면서 같이 저녁을 먹자고 말했다. 그 순간 데이지나 개츠비의 생각이 전혀 나지 않았다. 대신 순수하고 냉정하고 다소 꽉 막힌 구석이 있지만 냉소적인 성격의 소유자인 이 여자가 내 품에 온전히 몸을 기대고 있다는 사실만이 머릿속에 가득했다. 그때부터 내 머릿속에 다음의 문구가 울려 퍼지면서 나도 모르는 흥분이 온몸으로 퍼졌다. "세상에는 쫓기는 자, 쫓는 자, 바쁜 자 그리고 피곤한 자만 존재할 뿐이다."

"게다가 데이지의 삶에도 뭔가 새로운 것이 필요할 테고요." 조던이 조용히 중얼거렸다.

"데이지도 그 사람을 보고 싶어 할까?"

"아직은 전혀 몰라요. 개츠비도 알리고 싶지 않아 하고. 그러니까 당신은 데이지에게 차를 마시러 오라고 초대만 하면 돼요."

우리는 마차를 타고 녹음이 우거진 나무들이 길게 늘어선 담장을 지나서 아늑하고 은은한 불빛이 공원을 비추는 59번가 입구로 들어섰다. 개츠비나 뷰캐넌과 달리, 나에게는 어두컴컴한 처마 아래나 반짝이는 간판들 사이로 몸과 분리된 채로 얼굴만 둥둥 떠오르는 특별한 여자가 없었기 때문에 옆에 있는 조던 베이커를 더 바짝 끌어당겼다. 창백한 입가에 조소하듯 희미한 미소가 퍼졌고, 나는 그 모습을 보면서 다시 한번 그녀를 내 얼굴 쪽으로 가까이 끌어당겼다.

5장

그날 저녁, 웨스트에그의 집으로 돌아왔을 때 집에 불이 난 줄 알고 소스라치게 놀랐다. 새벽 2시가 다 된 시간인데도 웨스트에 그의 귀퉁이 전체가 환하게 불타오르는 것처럼 보였기 때문이다. 어찌나 빛이 밝은지 주위의 관목을 비현실적으로 비추는가 하면 도로 옆 전선에 가느다란 빛이 반짝일 정도였다. 모퉁이를 돌고 나서야 개츠비의 저택 꼭대기부터 지하실까지 환하게 조명을 밝혀 놓았음을 깨달았다.

처음에는 평소처럼 파티가 열렸다고 생각했다. 언제나 그렇듯 '숨바꼭질'이나 '술래 찾기'를 한답시고 저택 전체를 놀이 공간 삼아 온 집안을 개방하여 손님들이 시끌벅적하게 파티를 즐기는 줄로만 알았다. 그런데 이상하게도 아무런 소리가 들리지 않았다. 나뭇잎을 스치는 바람결만이 도롯가에 길게 늘어선 전선을 뒤흔들었고, 전선이 이리저리 흔들릴 때마다 개츠비의 저택은 어둠을 향해서 윙크를 하는 것처럼 전등 불빛이 켜졌다가 꺼졌다가를 반복할 따름이었다. 내가 타고 온 택시가 엔진 소음을 내뿜으며 자리를 뜨자, 개츠비가 잔디를 가로질러 나를 향해 저벅저벅 걸어오는 모습이 보였다.

"저택이 무슨 박람회장 같군." 나는 말했다.

"그런가?" 그는 무덤덤하게 저택 방향으로 고개를 돌렸다. "방 몇 군데를 돌아보느라고. 나랑 같이 코니아일랜드에 가지 않겠나? 내 차를 타고 말이야."

"너무 늦었잖아."

"그럼 같이 수영이라도 하면 어떨까? 여름 내내 한 번도 수영장을 쓴 적이 없었거든."

"이만 쉬어야겠네."

"어쩔 수 없지."

그는 애써 조바심을 억누르며 나를 응시한 채로 가만히 기다렸다.

"베이커 양에게 얘기 들었네." 잠시 후에야 내가 말했다. "내일 데이지에게 전화해서 우리 집에 차나 한잔 하러 오라고 청할 참이야."

"아, 그거 잘됐네." 그가 무심한 투로 대답했다. "괜히 폐를 끼치는 것 같아서 마음에 걸리는데."

"언제가 편하겠나?"

"아니, 자네는 언제쯤이 좋겠어?" 그가 재빨리 말을 고쳤다. "다시 말하지만 자네에게 폐가 되고 싶지는 않아."

"모레가 어떨까?"

개츠비가 잠시 고민에 잠겼다. 그러더니 별로 내키지 않는다는 듯 이렇게 대답했다. "그날은 잔디 손질을 할 생각이야."

우리는 거의 동시에 잔디밭을 내려다보았다. 울퉁불퉁 튀어나온 내 잔디밭이 끝나는 지점과 말끔하게 관리된 개츠비의 잔디밭의 경계선이 너무나 뚜렷하게 눈에 보였다. 그제야 개츠비의 저택 잔디가 아닌 우리 집 잔디밭을 정리한다는 이야기가 아닌가 싶은 생각이 들었다.

"별로 중요한 얘기는 아니지만, 자네와 의논할 게 하나 있는데." 그가 머뭇거리며 두루뭉술하게 이야기를 꺼냈다.

"모레 말고 며칠 더 미루고 싶은가?" 내가 되물었다.

"아니, 그게 아니라. 그러니까…" 그는 몇 번이나 말을 꺼내려다 가 멈추었다. "그러니까 내 생각에는… 그게 말이지. 자네, 수입이 그다지 많이 들어오는 편은 아닌 것 같은데, 맞나?"

"별로 많이 벌지는 못하지."

내 대답에 한층 마음에 놓인 듯 그가 자신감에 차서 계속해서 말을 이어나갔다.

"이런 말을 해도 괜찮을지 모르겠지만, 내가 보기에도 그럴 것 같아서. 사실은 말이야, 내가 부업으로 작은 사업을 하나 하고 있다네. 그래서 말인데, 만약 자네 사정이 그렇다면… 지금 증권 쪽 일을 하고 있다고 했지?"

"그런 셈이지."

"그렇다면 내 제안이 흥미가 당길지 모르겠군. 많은 시간을 들이지 않고도 꽤 괜찮은 수입을 올릴 수가 있는 거라서. 물론 비밀스럽게 진행해야 하는 일이기는 하지만."

만약 다른 상황에서 그런 제안을 받았던 거라면 그에 대한 대답으로 인해 내 인생에 커다란 위기 중 하나가 닥쳤을지도 모른다. 하지만 개츠비의 제안이 그야말로 내가 자신의 일에 수고를 베풀어 주는 것에 대한 답례라는 게 불 보듯 뻔한 터라, 일언지하에 거절하는 방법 말고는 다른 선택의 여지가 없었다.

나는 대답했다. "지금 하는 일도 많은 편이라 제안은 고맙네만, 여기서 더 일을 늘릴 수는 없네."

"울프심 씨와 거래할 일은 없을 거야." 아무래도 점심 식사 자리에서 잠시 등장했던 '비즈니스 파트너' 얘기 때문에 회피하는 걸로 생각한 모양이다. 나는 그런 게 아니라고 명확하게 설명했다. 그는 다시 대화가 이어지기를 바라면서 잠시 기다리고 있었다. 하지만 내가 다른 데 정신이 팔려 별다른 반응을 보이지 않자, 어쩔 수 없이 자신의 집으로 돌아가고 말았다.

그날 밤, 나는 마음이 붕 뜨면서 행복감을 느꼈다. 현관에 들어서는 순간, 마치 깊고 푸근한 잠에 빠져드는 기분마저 들었다. 그래서 개츠비가 그날 밤에 코니아일랜드에 갔는지, 혹은 자기 저택에 있는 방들을 얼마나 둘러보았는지에 대해서는 전혀 알지 못한다. 다음날 아침, 나는 사무실에 출근해서 데이지에게 전화를 걸어 차나 한잔 마시러 오라고 초대를 했다.

"톰은 데려오지 말고." 나는 꼭 집어서 말했다.

"뭐라고?"

"톰은 데리고 오지 말라고."

"톰이 누굴까?" 데이지가 천진난만한 투로 받아쳤다.

드디어 약속한 날이 되었고 장대비가 쏟아졌다. 오전 11시 무렵, 비옷을 걸친 인부 하나가 잔디 깎는 기계를 끌고 우리 집 현관을 두드렸고, 개츠비 씨의 지시로 잔디를 정리하러 왔노라고 말했다. 그제야 예전에 집안 살림을 도와주었던 핀란드인 가정부에게 오늘 잠시 와 달라고 부탁하는 것을 깜빡했다는 사실이 떠올랐다. 결국 나는 차를 끌고 웨스트에그 마을로 가서 비에 추적추적 젖은 새하얀 회반죽 칠을 한 골목 사이에서 가정부를 찾아낸

다음, 컵과 레몬 그리고 꽃을 샀다.

사실 꽃까지 준비할 필요는 없었다. 오후 2시쯤 되자, 개츠비의 저택에 있는 온실 전체를 통째로 옮긴 것처럼 셀 수 없이 많은 화분들이 우리 집으로 배달되었기 때문이다. 한 시간 정도 지나자 새하얀 플란넬 양복에 은색 셔츠, 황금색 넥타이를 맨 개츠비가 초조한 표정으로 우리 집에 도착했다. 얼굴색이 창백한데다 제대로 못 잤는지 눈 밑에 다크 서클이 진하게 드러나 보였다.

"준비는 잘 되어가나?" 그가 서둘러 물었다.

"잔디를 말하는 거라면, 준비가 아주 잘 되었네."

"무슨 잔디 말인가?" 그는 멍한 투로 되물었다. "아, 마당의 잔디밭." 그는 창문 너머로 잔디밭을 내다보았다. 하지만 그의 표정으로 보아서는 눈에 아무것도 들어오지 않는 게 분명했다.

"아주 보기 좋군." 그는 멍한 투로 말을 이었다. "신문을 보니, 오후 4시 무렵에는 비가 그친다고 하던데 〈저널〉지에서 본 것 같아. 그래, 차 준비는 다 된 건가?"

개츠비를 식료품 저장실로 데려가자, 그는 핀란드인 가정부를 못마땅한 눈으로 쳐다보았다. 우리는 식료품 가게에서 사 가지고 온 레몬 조각 열두 개를 자세히 살펴보았다.

"이 정도면 괜찮겠지?" 내가 물었다.

"물론이지. 물론! 아주 훌륭해!" 그는 대답하고는 공허한 투로 덧붙였다. "… 친구."

오후 3시 30분이 되자, 점차 빗방울이 줄어들면서 축축한 안개로 변했다. 가끔씩 뿌연 안개 사이로 이슬처럼 빗방울이 흘러내렸다. 개츠비는 멍한 눈으로 클레이의 《경제학》 책을 들여다보면서, 부엌 바닥이 쿵쿵 울릴 정도로 요란스럽게 걷는 가정부의 발자국 소리에 화들짝 놀라기도 했고, 눈에는 보이지 않지만 뭔가 놀라운 일이 창문 밖에서 벌어지고 있는 것마냥 멍하게 창밖을 내다보기도 했다. 마침내 개츠비가 자리에서 벌떡 일어나더니 이만 집에 가봐야겠다고 말했다.

"왜 그러는 건가?"

"아무도 차를 마시러 오지 않잖나. 너무 늦었어!" 그는 뭔가 급한 용무가 있는 것처럼 시계를 들여다보았다. "종일 기다리고 있을 수도 없는 일이고."

"바보 같은 소리 말게. 4시가 되려면 2분 남았어."

그는 내가 밀치기라도 한 것마냥 철퍼덕 의자에 다시 주저앉았다. 바로 그때 비좁은 골목을 따라 집으로 들어오는 차의 엔진 소리가 들렸다. 우리는 거의 동시에 자리에서 벌떡 일어났다. 나는 머뭇거리면서 현관 쪽 마당으로 나갔다.

라일락 나무에 맺힌 빗방울이 뚝뚝 떨어지는 사이로 커다란 컨버터블 자동차 한 대가 들어오고 있었다. 마침내 차가 멈추었다. 세 갈래로 끝부분이 접힌 라벤더 색 모자를 쓴 데이지가 너무나 밝고 해맑은 미소를 지으며 나를 쳐다보고 있었다.

"오빠, 정말 이 집에 살고 있는 거예요?"

잔뜩 신이 난 그녀의 목소리가 뿌연 안개 사이로 활기차게 울려 퍼졌다. 나는 대답을 내놓기 전까지 잠시 고음과 저음으로 넘나드는 그녀의 목소리에 귀를 기울이고 있었다. 파란색 페인트칠을 한 것처럼 축축한 머리카락 한 가닥이 데이지의 뺨 위에 흘러내려와 있었다. 자동차에서 내리는 그녀를 부축하려는데, 그녀의 손바닥이 물기에 젖어 촉촉하게 빛났다.

"혹시 나를 사랑하는 거야?" 데이지가 내 귓가에 대고 조용히 속삭였다. "그게 아니라면 굳이 혼자 오라고 한 이유가 뭐예요?"

"그건 래크렌트 성의 비밀이야. 기사에게 1시간 정도 있다가 다시 오라고 해."

"퍼디, 1시간 후에 와요." 데이지가 말하고는 진지한 투로 말을 이었다. "기사 이름이 퍼디야."

"휘발유 때문에 코에 문제가 생기지는 않았고?"

"그렇지는 않은 것 같아." 데이지가 천진난만하게 대답했다. "그런데 코는 왜?"

우리는 함께 집안으로 들어갔다. 놀랍게도 거실 안이 텅 비어 있었다.

"참 이상한 일이네." 나는 큰소리로 말했다.

"뭐가 이상한데?"

위엄 있게 현관을 노크하는 소리가 들리자 데이지가 고개를 돌렸다. 나는 곧바로 나가서 문을 열었다. 개츠비는 죽은 사람처럼 창백한 얼굴로 육중한 덩어리라도 쥔 것처럼 두 손을 외투 주머니에 깊숙이 찔러 넣고 구슬픈 눈동자로 나를 쳐다보며 웅덩이 한가운데 서 있었다.

그는 외투 주머니에 손을 찔러 넣은 상태로 나를 지나쳐 성큼성큼 복도로 들어가더니 마치 전깃줄에 몸이 닿은 사람처럼 황급히 몸을 돌려 거실 안으로 사라졌다. 그럼에도 전혀 우스꽝스럽다고 느껴지지 않았다. 나는 심장이 요동치는 것을 느끼며 서서히 거세지는 빗줄기를 피해 현관문을 닫았다.

잠시 동안은 아무 소리도 들리지 않았다. 그러다가 거실에서 뭔가 중얼거리는 소리와 낮은 웃음소리가 들리더니, 애써 밝게 꾸민 것 같은 데이지의 낭랑한 목소리가 이어졌다.

"다시 만나게 되어서 정말 기뻐요."

그러고는 다시 말이 끊겼다. 도저히 견디기 힘든 무거운 침묵이 이어졌다. 복도에서 달리 할 것도 없던 터라, 나 역시도 거실로 들어가지 않을 수 없었다.

개츠비는 여전히 주머니에 손을 찔러 넣은 채로 심지어 지루해 죽겠다는 듯 벽난로 위에 몸을 편하게 기대고 있었다. 고개를 너무 뒤로 젖히고 있는 탓에 고장 난 벽난로의 장식용 시계 앞에 머리가 닿을락말락했다. 개츠비는 다소 놀랐지만 애써 그 자세 그대로 우아한 태도를 유지하면서 딱딱한 의자 끝에 걸터앉은 데이지를 내려다보고 있었다.

"예전에 우리 만난 적이 있지요." 개츠비가 중얼거리듯 말했다. 그의 눈이 살짝 나를 살폈다.

활짝 웃으려다가 실패라도 한 사람처럼 입술이 반쯤 벌어진 상태에서 머리가 시계를 누르는 통에 한쪽으로 시계가 기우뚱했다. 개츠비는 순간 몸을 돌려 부들부들 떨리는 손으로 시계를 제자리에 돌려놓았다. 그런 다음, 뻣뻣한 태도로 소파에 앉더니 팔걸이에 한쪽 팔을 올리고서 손으로 턱을 고였다.

"시계를 건드려서 미안하군." 그가 말했다.

나는 화상을 입은 사람처럼 얼굴이 후끈 달아올랐다. 머릿속에 온갖 단어들이 가득 찼지만 그중에서 평범한 단어 하나도 떠올릴 수가 없었다.

"오래된 거라." 나는 멍청이처럼 대꾸했다.

순간 세 사람 모두 시계가 바닥에 떨어져 산산조각이라도 난 표정을 짓고 있었다.

"몇 년 만에 처음 보는 거예요." 데이지가 최대한 사무적인 말투로 입을 열었다.

"오는 11월이면 딱 5년째야."

개츠비의 기계적인 대답 덕분에 우리의 시간은 1분가량 멈춘 듯했다. 머리를 쥐어짜서 차 만드는 걸 도와달라고 하면서 두 사람을 자리에서 일어나도록 하려는 찰나, 그 마녀 같은 핀란드인 가정부가 쟁반에 차를 준비해서 가지고 왔다.

우리는 찻잔과 케이크를 반갑게 건네받으면서 잠시 우왕좌왕했고 그 사이에도 두 사람은 서로에 대한 예의를 깍듯이 지키려고 애썼다. 개츠비는 그림자 아래로 자리를 옮겼다. 데이지와 내가 대화를 나누는 동안, 그는 잔뜩 긴장되고 구슬픈 눈빛으로 우리 둘을 번갈아가며 살폈다. 하지만 그렇게 입이나 꾹 다물고 있자고 오늘 약속을 만든 것이 아니라서 나는 기회를 틈타서 잠시 양해를 구하고는 자리에서 일어섰다.

"어디 가는데?" 개츠비가 깜짝 놀라 물었다.

"잠깐만."

"할 얘기가 있어."

개츠비는 허둥지둥 나를 따라서 부엌으로 들어오더니 문을 닫고 비참한 투로 이렇게 말했다.

"오, 맙소사!"

"왜 그러는데?"

"이건 끔찍한 실수야." 그는 머리를 좌우로 흔들며 말을 이었다. "정말이지 끔찍하고 또 끔찍한 실수라고."

"잠시 당황해서 그래. 그뿐이야." 나는 때를 놓치지 않고 덧붙였다. "데이지도 당황한 것 같던데."

"데이지가?" 개츠비는 의아한 듯 내 말을 반복했다.

"자네만큼이나 당황한 눈치야."

"목소리 좀 낮춰."

"자네는 마치 어린애처럼 구는군." 나는 더 이상 참지 못하고 말했다. "게다가 무례하기까지 해. 데이지를 혼자 두고 여기까지 쫓아오면 어쩌자는 거야."

그는 한손을 들어 내 말을 가로막고는 원망하듯 나를 쳐다보았는데 그 모습이 아직도 머릿속에 남아 있다. 그러고는 조심스럽게 문을 열고 다시 안으로 돌아갔다.

30분 전에 개츠비가 긴장한 상태로 불안하게 근처를 배회했던 것처럼 나 역시 집 뒷길로 걸어갔다. 그러고는 무성한 나뭇잎들이 빗줄기를 막아주는 지붕처럼 펼쳐져 있는 커다랗고 검은 옹이가 난 나무를 향해 뛰어갔다. 다시 빗줄기가 퍼붓기 시작했다. 개츠비의 정원사가 정성들여 잔디를 다듬어 주었는데도 아직 고르지 못한 땅 위 곳곳에 진창이 생겼고 선사시대의 늪지대 같은 곳들이 군데군데 눈에 띄었다. 나무 아래 서 있자니, 개츠비의 거대한 저택 말고는 별다른 것이 눈에 보이지 않았다.

결국 나는 칸트가 교회의 뾰족탑을 보며 명상을 하듯 그의 저택을 30분 가까이 응시했다. 10여년 전, 어느 양조업자가 한때 유행하던 '구시대적 스타일'에 따라 지은 건물이었다. 사람들 말로는 주변에 있는 집의 지붕 위에 짚을 덮으면 5년 동안 세금을 대신 내주겠다는 제안까지 했다고 전해진다. 하지만 이웃들이 거절한 탓에 거대한 가문을 세우려는 그의 계획은 물거품이 되어버렸을 것이다. 결국 그 양조업자는 몰락의 길을 걷게 되었다. 그의 자녀들은 아버지의 장례식 화환을 떼기도 전에 저택을 팔아치웠다. 한때 미국인들이 자진해서 농노가 되고자 한 적도 있었지만, 소작농으로 전락하는 것에 있어서만큼은 완고할 정도로 버텼다.

30분 정도가 지나자 다시 태양이 고개를 드밀었다. 식료품점의 운반차가 저녁 준비에 필요한 재료를 싣고 개츠비의 저택 진입로를 따라 들어갔다. 지금 같아서는 개츠비는 한 입도 먹고 싶지 않을 것이다. 가정부 하나가 저택 위의 창문을 열기 시작했다. 그녀는 창문을 따라 잠시 몸을 내밀었다가, 정중앙에 툭 튀어나온 여닫이창으로 몸을 내밀더니 한참을 골똘히 먼 곳을 응시하다가 정원을 향해 침을 뱉었다. 드디어 돌아갈 시간이 됐다. 끊이지 않고 쏟아지는 빗줄기는 마치 개츠비와 데이지의 웅얼거리는 목소리같기도 했고 감정의 흐름에 따라서 소리가 높아졌다가 다시 줄어들기도 했다. 하지만 드디어 빗줄기가 그치고 주위가 고요해지자, 집 안에도 어느 정도 고요함이 내려앉은 것 같았다.

나는 난로가 거의 쓰러질 정도로 우당탕 소리를 내며 최대한 인기척을 낸 후에야 거실로 들어갔다. 하지만 두 사람은 아무 소리도 듣지 못한 듯했다. 기다란 의자의 양쪽 끝에 앉은 두 사람은 상대를 향해 던진 질문이 아직 허공에 떠 있기라도 한 듯이 서로를 바라보고 있었다. 처음 느꼈던 당혹스러움은 사라져 버린 지오래였다. 데이지의 얼굴은 눈물 자국이 가득 했고, 내 모습을 보자마자 자리에서 벌떡 일어나 거울 앞으로 가서 손수건으로 눈물 자국을 닦아내려고 애썼다. 하지만 개츠비에게는 놀라울 정도로 큰 변화가 있었다. 말 그대로 온몸에서 광채가 뿜어 나왔다. 환희를 드러내는 어떤 말이나 행동도 없었지만, 그의 온몸에서 행복감이 뿜어져 아담한 공간을 가득 채우고 있었다.

"아, 친구. 이제 왔나." 그는 몇 년 만에 처음 만나는 사람처럼 말했다. 순간 그가 악수를 청할지도 모른다는 착각이 들 정도였다.

"드디어 비가 그쳤어."

"그래?" 그제야 내 말대로 거실 안에 환한 햇살이 비추고 있다는 사실을 깨닫고 그는 다시 나타난 햇살을 두 팔 벌려 환영하는 사람처럼 밝은 미소를 지으면서 기상 캐스터라도 되는 양 데이지에게 그 소식을 전했다. "비가 그쳤대. 어때?"

"제이, 당연히 기쁘죠." 비통하고 구슬픈 아름다움으로 가득 찬 그녀의 목소리에서 예상치 못한 기쁨이 전해졌다.

"데이지와 함께 우리 집에 한번 왔으면 해." 그가 말했다. "우리 집을 구경시켜주고 싶어서 말이야."

"정말 함께 가기를 바라는 건가?"

"당연하지."

데이지는 세수를 하기 위해 위층으로 올라갔다. 그사이 개츠비와 나는 잔디밭에서 기다리고 있었다. 뒤늦게 욕실 수건을 깨끗한 걸로 마련하지 못했다는 사실이 떠올라 창피하다는 생각이 들었지만 때는 이미 늦었다.

"우리 집 어떤가? 꽤 근사하지 않아?" 그가 물었다. "저택 앞부분이 빛을 받아서 환하게 빛나고 있잖아."

나는 개츠비의 저택이 훌륭하다는 말에 동의했다.

"그래."

개츠비의 시선이 아치형으로 된 문과 네모난 탑이 솟은 저택의 꼭대기를 향했다.

"내 손에 넣기까지 꼬박 3년이 걸렸어."

"부모님께 상속받은 재산이 있는 줄 알았는데."

"그야 그렇지, 친구." 그는 무의식적으로 대꾸했다. "하지만 전쟁의 난리 통에 거의 다 잃은 거나 다름없었으니까."

개츠비는 자신이 뭐라고 떠드는지조차 제대로 알지 못하는 눈치였다. 무슨 사업을 하느냐는 나의 질문에 "그건 자네가 상관할 바가 아니야"라고 대답하고 잠시 후에야 자신의 대답이 적절치 않았다 느낄 정도였다.

"그러니까 말이지, 정말 여러 가지 일을 했어." 그는 자신의 대답을 서둘러 고쳤다. "먼저 제약 관련 사업을 했고, 다음에는 석유쪽에도 손을 댔지. 하지만 지금은 전부 정리했다네." 그는 주의 깊은 눈으로 나를 쳐다보았다. "일전에 내가 제안했던 일에 대해서는 좀 생각해 봤나?"

미처 내가 대답도 하기 전에 데이지가 집 밖으로 나왔다. 드레스에 두 줄로 나란히 달린 황동 단추가 밝은 햇살을 받아 반짝였다.

"저기 저 저택인가요?" 데이지가 손가락으로 개츠비의 집을 가리켰다.

"멋진 것 같아?"

"당연히 멋지지요. 하지만 저렇게 큰 저택에서 어떻게 혼자 지내는지 모르겠어요."

"밤이고 낮이고 할 것 없이 재미있는 사람들로 가득해. 흥미로운 일을 하는 사람도 있고 유명 인사들도 있어."

해변으로 이어진 지름길로 가는 대신, 우리는 도로 쪽으로 걸음을 옮겨 뒷문을 향해 저택으로 들어갔다. 데이지는 황홀하다는 듯 작은 목소리로 중얼거리면서 하늘을 배경으로 우뚝 솟은 봉건시대 느낌의 거대한 저택의 실루엣에 감탄을 하는가 하면, 샛노란 수선화의 진한 향기, 산사나무와 자두 꽃의 은은한 향기, 오랑캐

꽃의 연한 황금빛 향기가 가득한 정원을 보며 나지막하게 탄성을 내지르기도 했다. 마침내 대리석 계단에 도착했을 때에는 평소와 달리 화려한 드레스가 오가는 모습은 보이지 않았다. 나뭇가지에 앉아 지저귀는 새들의 노랫소리를 제외하고는 아무런 소리도 나지 않아 왠지 모르게 이상했다.

그렇게 저택 안으로 들어가 마리 앙투아네트의 음악실과 왕정 복고 시대를 연상시키는 살롱을 거닐다 보니 혹시나 우리가 지나갈 때까지 숨소리도 내지 말고 조용히 숨어 있으라는 지시를 받고 손님들이 소파와 테이블 뒤에 숨어 있는 게 아닌가 싶은 의구심이 들었다. 마침내 개츠비가 '머튼 대학 도서관'의 문을 닫는 순간, 맹세코 나는 올빼미의 눈을 가진 남자가 유령처럼 흐흐 소리를 내며 웃는 소리를 들은 것 같았다.

우리는 싱싱한 장미와 라벤더 색 비단으로 장식된 복고풍 침실들을 지나고 드레스 룸, 당구장, 깊은 욕조가 놓인 욕실을 지나서 저택의 위층으로 올라갔다. 중간에 파자마 차림으로 부스스한 모습의 한 남자가 간에 좋은 운동을 하듯 바닥에 누워 있는 방에도 잠시 들어갔다. 바로 개츠비 저택의 '하숙생' 클럽스프링어였다. 나는 그날 오전에도 허기진 모습으로 해변을 어슬렁거리는 그를 보았다. 마침내 우리는 개츠비의 침실과 욕실, 그리고 18세기 아담 형제의 스타일로 꾸민 서재가 이어진 그의 방에 도착했다. 자리에 앉은 후에 찬장에 있던 샤르트뢰즈를 꺼내서 한 잔씩 마셨다.

그는 한시도 데이지에게서 시선을 떼지 않았다. 한눈에도 사랑스러운 그녀의 눈동자에서 나타나는 반응의 정도에 따라서 자신의 집에 있는 모든 것을 재평가하는 듯했다. 참으로 놀라운 건 데이지가 눈앞에 나타난 후로 그녀를 제외한 모든 것들이 아무 의미가 없어진 것처럼 멍한 눈으로 집안 곳곳의 물건을 쳐다본다는 점이었다. 한번은 데이지에게 넋이 팔려 계단 아래로 굴러 떨어질 뻔했다.

개츠비의 침실은 순금으로 만든 미용도구 한 벌만 제외하고는 저택 안에서 가장 소박한 모습이었다. 데이지는 즐거워하면서 빗을 들어 머리칼을 가다듬었다. 개츠비는 그 모습을 보고 자리에 앉은 채로 두 눈을 가리고 웃음을 터트렸다.

"정말 재미있는 일이야, 친구." 그는 웃으면서 말했다. "아무리 해도… 도저히 할 수가 없더군…."

분명히 그는 두 번째 심리적 단계를 지나 이제는 세 번째 단계에 접어들고 있는 모양이었다. 첫 단계에서는 당황했고 이어 주체할 수 없는 기쁨의 단계를 지나서, 이제는 그녀가 눈앞에 있다는 사실 자체로 경탄을 금치 못하는 것이었다. 실로 오랫동안 데이지에 대한 생각에 몰두해 있었고 마지막까지 재회만을 꿈꾸었으며 누구도 상상하지 못할 정도로 강력한 의지를 가지고 죽을 각오로 그녀와의 만남을 기다렸던 모양이다. 이제는 그 반작용으로 꽉 조여 왔던 시계태엽이 서서히 풀려나가고 있었다.

잠시 후 정신을 차린 개츠비는 여러 벌의 정장, 실내 가운, 그리고 넥타이와 셔츠가 벽돌처럼 켜켜이 쌓인 거대한 옷장 두 개를 활짝 열어보였다.

"영국에서 옷을 구매해서 보내주는 담당자가 있어. 봄과 가을, 계절이 바뀔 때마다 적당한 옷을 골라서 보내주지."

그는 와이셔츠 한 무더기를 꺼내서 우리 쪽으로 하나씩 집어 던지기 시작했다. 얇은 리넨 셔츠, 두꺼운 비단 셔츠, 고급 플란넬 셔츠가 바닥에 떨어질 때마다 정성껏 접어두었던 부분이 풀리면서 바닥에 색색가지로 뒤섞였다. 우리가 그 모습을 보며 감탄하는 사이, 개츠비는 더 많은 셔츠를 꺼내왔다. 짙은 남색의 줄무늬 셔츠, 소용돌이무늬 셔츠, 산호색과 밝은 녹색, 라벤더색, 은은한 오렌지색이 섞인 줄무늬 셔츠 등 고급 셔츠들이 산더미처럼 쌓였다. 순간 데이지가 이상한 소리를 내면서 셔츠 더미 속에 고개를 묻고 폭풍처럼 눈물을 쏟아냈다.

"정말 아름다운 셔츠들이에요." 그녀의 흐느낌은 두꺼운 셔츠 더미 속에서 낮게 잦아들었다. "예전에 이렇게… 아름다운 셔츠를 본 적이 없다는 게 너무나 슬퍼서요."

저택을 구경한 뒤에는 근처 부지와 수영장 그리고 수상 보트와 한여름에 피는 꽃들을 구경할 계획이었다. 하지만 개츠비의 저택 창문 너머로 다시 빗줄기가 쏟아지기 시작했다. 결국 우리는 물살이 굽이치는 롱아일랜드 해협의 바다를 바라보며 나란히 서 있었다.

"안개만 없었다면 바다 건너에 있는 당신의 집이 한눈에 보였을 텐데." 개츠비가 말했다. "선착장 끄트머리에서 언제나 녹색 불빛이 반짝이고 있더군."

데이지가 갑자기 그의 팔짱을 끼었지만, 개츠비는 방금 했던 말에 아직 정신이 팔려 있는 모습이었다. 아마도 그 녹색 불빛이 지니고 있던 엄청난 의미가 이제는 영원히 사라졌다는 사실이 불현듯 떠올랐을지도 모르겠다. 그와 데이지의 사이를 갈라놓았던 어마어마하게 먼 거리가 이제는 손만 뻗으면 닿을 수 있을 정도로 가까워져서 달의 바로 옆에 반짝이는 별처럼 되어버렸으니까. 바로 그때 건너편 선착장에서 또다시 녹색 불빛이 반짝였다. 그를 매혹시켰던 대상 하나가 그렇게 줄어들었다.

나는 어둠 속에서 눈에 제대로 보이지 않는 물건들을 살피며 어슬렁거리기 시작했다. 그러다가 책상 위의 벽에 걸린 요트복을 입은 노인의 커다란 사진 하나가 눈길을 끌었다.

"이 사람은 누구지?"

"아, 댄 코디 씨야, 친구."

왠지 모르게 귀에 익은 이름이었다.

"지금은 이 세상 사람이 아니야. 몇 년 전까지만 해도 나와 가장 친한 친구였는데."

커다란 책상 위에는 그와 비슷한 요트복을 입은 개츠비의 작은 사진도 한 장 놓여 있었다. 개츠비는 반항적인 자세로 머리를 뒤로 젖히고 있었는데, 딱 봐도 18살 정도로 앳되어 보였다.

"너무 마음에 들어요!" 데이지가 소리쳤다. "머리를 완전히 뒤로 넘겼네요! 이런 머리를 했다고 얘기한 적 없잖아요. 요트 얘기도 그렇고."

"이것 좀 봐." 개츠비가 서둘러 말했다. "여기 스크랩을 해 둔 기사들 말이야. 모두 당신에 대한 기사들이야."

두 사람은 나란히 서서 기사를 살펴보았다. 내가 루비를 구경하고 싶다고 말하려는 찰나, 때마침 전화벨이 울렸고 개츠비가 수화기를 들었다.

"여보세요… 글쎄요… 지금은 뭐라고 말할 수가 없어서… 지금은 곤란하다니까요… 그래, 작은 도시라니까, 그거야 그 사람이 알겠지…. 글쎄, 디트로이트를 작은 도시라고 말하는 사람은 우리에게 아무 쓸모가 없다니까…."

개츠비의 통화가 끝났다.

"이쪽으로 와봐!" 개츠비가 창밖을 바라보며 외쳤다.

여전히 빗줄기는 이어지고 있었지만 어두컴컴했던 먹구름이 서쪽으로 걷히고 바다 위로 거품처럼 몽실몽실한 분홍색과 황금색 구름이 피어오르고 있었다.

"저기 좀 봐요." 데이지가 속삭이더니 잠시 후 말을 이었다. "저 분홍색 구름을 가져다가 당신을 태우고 이리저리 흔들어 주고 싶어요."

그 무렵 나는 이만 자리를 피해 주고 싶어서 가겠다고 했지만, 두 사람 모두 나를 붙잡았다. 아무래도 내가 함께 있어야 두 사람이 함께한다는 만족감이 더욱 커지는 모양이었다.

"우리가 뭘 하면 좋을지 알겠어." 개츠비가 말했다. "클립스프링어에게 피아노 연주를 부탁하는 거야."

그는 '유잉'이라고 외치며 방에서 나가더니 잠시 후 빈약한 금발 머리에 조개껍질로 테두리가 둘린 안경을 쓴 젊은 청년 하나를 데리고 왔다. 그는 다소 지친 기색이었고, 목 부분이 트인 깔끔한 운동용 셔츠, 고무바닥이 덧대어진 스니커즈, 그리고 흐릿한 색감의 면바지를 입었다.

"우리가 운동을 방해한 건 아닌지 모르겠어요." 데이지가 예의를 갖추어 말했다.

"그냥 자고 있었어요." 클립스프링어가 당황해 큰소리로 대답했다. "그저 잠들어 있었던 것뿐이에요. 그러다가 깨워서….""

"클립스프링어는 피아노 연주를 잘해." 개츠비가 말허리를 자르고 끼어들었다. "안 그런가, 유잉?"

"잘 치는 정도는 아니에요. 아니, 못 쳐요… 연주라고 할 것도 없고… 연습을 거의 안 해서…"

"그럼 1층으로 가지." 개츠비가 그의 말을 가로막았다. 그가 스위치를 켰다. 저택 전체에 조명이 켜지면서 어두컴컴했던 창들이 사라졌다.

개츠비는 음악실 피아노 옆에 놓인 유일한 램프를 켰다. 그리고 떨리는 손으로 데이지의 담배에 성냥불을 붙여준 다음, 건너편 소파로 가서 그녀와 함께 자리를 잡았다. 그 자리에서는 홀의 불빛이 바닥을 비추어 번들거리는 것 말고는 다른 불빛이 전혀 닿지 않았다.

클립스프링어는 〈사랑의 보금자리〉를 연주한 후에 피아노 의자에서 몸을 돌리더니 난감한 표정으로 어둑한 소파에 앉은 개츠비를 찾았다.

"보다시피 연습이 너무 부족해서요. 못 친다고 말씀드렸잖아요. 연습을 거의 안…"

"이봐, 말이 너무 많군." 개츠비가 명령조로 외쳤다. "그냥 연주해!"

아침에도

저녁에도

우리는 언제나 즐거웠잖아

창문 밖에서는 세차게 바람이 불었고 롱아일랜드 해협을 따라서 희미한 천둥소리가 들렸다. 드디어 웨스트에그의 모든 조명이 환하게 켜졌다. 손님들을 태운 열차가 뉴욕시를 벗어나 거센 빗줄기를 뚫고서 집을 향해 달려갔다. 인간 내면의 깊은 곳에서 벌어지는 변화의 시간이었고, 공기 중으로 서서히 흥분감이 퍼져 나갔다.

한 가지 분명한 게 있어
부자는 더욱 부자가 되고
가난한 자는 아이만 늘어난다는 것
그러는 동안
그러는 사이에…

작별인사를 하려고 개츠비에게 다가가자, 그의 얼굴에 뭔가 당혹스러운 표정이 다시 한번 번지는 것을 볼 수 있었다. 아무래도 지금 자신이 누리는 행복의 가치에 대해서 어렴풋한 의구심이 든 모양이었다.

자그마치 5년이라는 세월을! 심지어 그날 오후에도 개츠비가 꿈꾸었던 부분들에서 데이지가 미치지 못한 순간이 있었던 것이 분명했다. 그것은 그녀의 잘못이라기보다는 개츠비가 그동안 품어왔던 거대한 환상의 힘 그 자체에서 기인한 것이었다. 그 엄청난 힘은 데이지를 뛰어넘었고 모든 것을 초월해 버렸다. 개츠비는 창조적인 열정을 가지고 그 환상 속으로 몸을 던졌고 하루하루 환상이 자라나도록 했으며 자신의 걸음이 닿은 거리를 떠도는 모든 깃털을 모아 그 환상을 화려하게 장식했다. 아무리 뜨거운 정열도 제아무리 신선한 무엇이라도 한 사람의 유령 같은 마음에 품고 있는 마음은 어찌할 수 없는 법이니까.

내가 지켜보는 사이에도 개츠비는 서서히 현재의 분위기에 적응해 나가고 있는 듯했다. 마침내 그의 손이 데이지의 손을 감싸

쥐었다. 그리고 그녀가 그의 귓가에 대고 뭐라고 속삭이자, 순간 솟구치는 감정을 참지 못하고 그녀가 있는 방향으로 몸을 돌렸다. 이제 와 생각해 보면, 데이지의 목소리로 인해 뜨거운 흥분이 요동치듯 그를 사로잡았던 것 같다. 데이지의 목소리는 더는 꿈꿀 수 없는 그야말로 불멸의 노래였기 때문이다.

두 사람은 나의 존재조차 까맣게 잊고 있었지만 데이지는 고개를 들면서 나를 향해 손을 내밀었다. 개츠비는 아무래도 나의 존재를 완전히 잊은 모양이었다. 나는 다시 한번 두 사람을 바라보았다. 개츠비와 데이지는 뜨거운 열정에 사로잡힌 채로 아득한 눈빛으로 나를 돌아보았다. 그렇게 나는 두 사람을 남겨둔 채로 방을 나와 대리석 계단을 내려가 빗속으로 걸음을 옮겼다.

6장

이 무렵, 뉴욕에서 온 야심 찬 젊은 기자가 어느 날 아침 개츠
비 저택의 문을 두드리며 혹시 뭔가 할 말이 있는지 물었다.

"무엇에 대해 말하라는 것이지요?" 개츠비는 정중하게 물었다.

"글쎄요…. 공식적으로 하실 말씀이 있는지 궁금해서요."

5분쯤 횡설수설하는 대화가 이어진 후에야, 스스로 밝히고 싶
지 않아 하거나 혹은 제대로 이해하지 못한 이야기를 우연히 사무
실에서 듣게 되었다는 사실이 확인되었다. 마침 오늘은 기자가 쉬
는 날이라 누가 시키지 않았는데도 자진하여 개츠비를 보러 아침
부터 찾아온 것이었다.

물론 무모하게 시도한 일이었지만, 기자의 직감은 적중했다. 개
츠비에 관한 악명은 그의 환대를 받아 파티를 찾았던 손님 수백
명에 의해 구름처럼 퍼졌고, 하나같이 개츠비의 과거에 대해 전문
가가 된 것처럼 굴면서 소문은 여름 내내 퍼져나갔다.

당시 사람들 입에 오르내리던 전설 같은 이야기들, 예를 들면
"캐나다로 이어지는 지하 파이프라인이 있다"와 같은 소문이 그에
게 따라붙었고, 그가 집이 아닌 집처럼 생긴 보트에서 살고 있으

며 그 보트를 타고 롱아일랜드 해안을 따라 비밀리에 이동 중이라는 소문도 끈질기게 이어졌다. 왜 이러한 소문이 노스다코타 출신 제임스 개츠의 만족감의 원천이 되었는지는 설명하기가 쉽지 않다.

제임스 개츠, 최소한 그건 법적으로 그의 이름이었다. 그는 진정한 인생의 경력이 시작되던 17살에 이름을 바꾸었다. 바로 댄 코디의 요트가 슈페리어 호수에서 가장 위험한 얕은 지점에 닻을 내리는 것을 목격한 그 순간이었다. 그날 오후 낡아빠진 녹색 스웨터와 캔버스 바지를 입고 빈둥거리던 것은 바로 제임스 개츠였다. 하지만 노 젓는 보트를 빌려 투오로미호로 찾아가 댄 코디에게 30분 정도면 바람이 불어와 그의 요트가 박살이 날 거라고 일러준 사람은 이미 제이 개츠비였던 것이다.

나는 오래전부터 제이 개츠비라는 이름을 준비해왔을 것이라는 생각이 들었다. 그의 부모는 게으르고 무능력한 농부였고 개츠비의 상상력은 결코 그들을 부모로 받아들이지 않았다. 사실 롱아일랜드 웨스트에그의 제이 개츠비라는 인물은 자신의 플라톤적 개념에서 탄생한 거나 다름없었다. 그는 하나님의 아들이었고 그 의미가 무엇이든 간에 그것은 바로 제이 개츠비 본인을 의미하는 거였다. 따라서 개츠비는 자신이 진정 아버지라 믿는 존재, 즉 하나님의 사업에 종사해야만 했다, 그러니까 아주 방대하고 속되고 현란한 아름다움을 위해 종사해야 했다. 그래서 17살 소년이 만들어낼 만한 제이 개츠비라는 인물을 창조했고, 그 개념에 마지막까지 충실했던 것이다.

그는 1년 이상 슈페리어 호수 남쪽 해안을 따라 조개잡이, 연어잡이를 하거나 그게 아니라도 먹을거리와 잠자리를 제공하는 일이라면 뭐든 닥치는 대로 하면서 시간을 보냈다. 구릿빛으로 단련된 육신은 반은 격렬하고 반은 나태한 작업에 매진하면서 활기찬 하루하루를 자연스럽게 버텨냈다. 그는 일찍이 여자에 눈을 떴으나 오히려 그를 망쳐 놓았기 때문에 자연스레 여자라는 존재를 경멸하게 되었다. 순진한 처녀들은 무지하다는 이유로, 다른 여자들은 그가 당연하게 여기는 것들에 대해 히스테리를 부린다는 이유로 경멸했다.

그럼에도 불구하고 그의 마음은 끊임없이 요동치는 혼란 한가운데 있었다. 밤이 되어 잠을 청할 때면 가장 기괴하고 환상적인 생각들이 그의 침대를 찾아왔다. 세면대 위에 놓인 시계가 째깍째깍 소리를 내고 촉촉한 달빛이 바닥에 엉켜 있는 옷가지를 적시는 동안, 말로는 형언할 수 없는 저속하고도 화려한 우주가 그의 머릿속에서 펼쳐지곤 했다. 매일 밤 그는 생생한 장면이 망각의 포옹으로 덮일 때까지 자신의 환상들을 차곡차곡 쌓아나갔다. 얼마간은 이러한 공상이 그의 상상력을 발산할 수 있는 일종의 분출구가 되어주었다. 그의 공상은 현실의 비현실성을 만족스럽게 암시해 주었고 세상의 기반이 요정의 날개 위에 안전하게 자리를 잡고 있다는 약속과도 같았다.

그로부터 몇 달 전, 미래의 영광에 대한 본능은 그를 미네소타주 남부에 있는 세인트 올라프 대학교라는 작은 루터교회의 대학으로 이끌었다. 그곳에 머무는 2주 남짓의 기간 동안 자신이 들은 운명의 북소리에 무관심한 학교의 냉담한 태도에 실망하고 학비를 충당하기 위해 해야 했던 청소부 일까지 경멸하기에 이렀다. 결국 그는 다시 슈페리어 호수로 돌아왔고 그날 역시도 뭔가 할 일이 없나 찾고 있었는데 때마침 댄 코디의 요트가 해안 근처 저지대에 닻을 내리는 모습을 목격하게 된 것이다.

당시 댄 코디는 쉰의 나이로, 네바다 주의 은광 지대, 캐나다의 유콘, 1875년 이후 세계 곳곳의 금속 러시를 일구어 낸 살아 있는 산물이었다. 여러 차례 그를 백만장자의 반열에 오르게 만든 몬태나 주의 구리 거래로 인해서 그는 신체적으로 강건해졌지만 반대로 정신적으로는 나약한 위기에 놓인 상태였다. 이를 눈치 챈 무수한 여성들이 그의 돈을 빼앗으려 혈안이 되었다. 신문 기자였던 엘라 케이라는 여성이 탐욕스러운 마담 드 맹테농처럼 그의 약점을 이용해 그를 요트에 태워서 망망대해로 보냈다는 유쾌하지 않은 소문은 1902년의 저속한 저널리즘을 통해서 세간에 널리 알려져 있었다. 그래서 댄 코디는 기후가 온화한 해안선을 따라 5년 가까이 떠돌아다니다가 리틀 걸스 만에서 제임스 개츠라는 인물의 눈앞에 운명처럼 등장하게 된 것이다.

노를 젓던 젊은 개츠는 난간이 둘러진 갑판을 올려다보게 되었고 댄 코디의 요트를 보고 세상의 모든 아름다움과 화려함을 대표한다고 느꼈다. 아마도 그는 댄 코디를 보며 은은하게 미소 지었을 것이다. 분명히 자신이 미소를 지으면 누구나 좋아한다는 것을 알고 있었을 테니까. 어쨌든 코디는 그에게 몇 가지 질문을 했고, (그 질문 중 하나가 새 이름을 만들어 냈다) 그 청년이 두뇌 회전이 빠르고 야망이 크다는 사실을 알게 되었다. 며칠 후 댄 코디는 그를 덜루스로 데려가 파란색 코트와 여섯 벌의 흰색 항해용 바지, 요트 모자를 사주었다. 그리고 투올로미를 떠나 서인도 제도와 바르바리 해안을 향해 출항할 당시 개츠비도 함께 하게 되었다.

사실 개츠비는 명확히 정해지지 않은 사적 업무를 위해서 고용되었다. 코디와 함께 있는 동안 그는 급사, 일등항해사, 선장, 비서,

심지어 감시인 역할까지 했다. 이는 댄 코디 스스로가 자신이 술에 취하면 어떤 우발적인 일을 벌일지 잘 알았기 때문에 미리 상황에 대비하면서 개츠비에 대한 신뢰를 서서히 쌓아나갔기 때문이다. 이러한 관계는 자그마치 5년 동안 지속되었고 그동안 댄 코디의 요트는 세 번이나 아메리카 대륙을 횡단했다. 어쩌면 두 사람의 관계는 무기한 지속되었을 수도 있겠으나, 보스턴에서 엘라 케이가 승선한 지 일주일 만에 댄 코디가 불미스러운 죽음을 맞이하는 바람에 허무하게 끝이 나버렸다.

나는 개츠비의 침실의 벽면에 걸려 있던 댄 코디의 초상화를 기억한다. 회색 머리칼에 불그스름한 얼굴을 한 거칠고 공허한 표정의 남자. 그는 미국 역사가 생성되는 시기, 동부 해안으로 매음굴과 살롱의 야만적 폭력을 가지고 왔던 선구자적인 난봉꾼으로 기록되었다. 개츠비가 술을 거의 입에 대지 않게 된 것도 댄 코디 덕이었다. 때때로 흥청망청 대는 파티에서 여성들이 그의 머리카락에 샴페인을 묻히기도 했지만 그는 일찍이 술을 멀리하는 습관을 들였다.

그리고 개츠비는 댄 코디로부터 2만 5천 달러의 돈을 상속받았다. 하지만 그 돈을 받지는 못했다. 그에게 불리하게 적용된 법적 장치에 대해서는 하나도 이해가 되지 않았지만, 아무튼 댄 코디가 남긴 수백만 달러의 재산은 고스란히 엘라 케이에게 넘어가고 말았다. 결국 그에게 남은 유일한 재산은 유난스러울 정도로 적절한 교육뿐이었고 제이 개츠비라는 모호한 윤곽이 한 남자의 실체로 서서히 채워지게 되었다.

개츠비는 이 모든 이야기를 나중에야 들려주었지만 그의 과거에 대한 최초의 터무니없는 소문을 불식시킬 의도를 가지고 굳이 여기서 설명하게 되었다. 그 소문들은 전혀 사실이 아니었다. 게다가 개츠비는 내가 그에 대해서 아무것도 믿지 않게 되어 매우 혼란스러워하던 시기에 자신의 이야기를 솔직히 들려주었다. 그러니까 개츠비가 자신에 대한 오해를 풀기 위해서 한동안 숨을 죽이고 있었던 것처럼, 나 역시 이 짧은 휴식을 나름대로 이용한 셈이다.

그것은 또한 우리 관계의 중단이기도 했다. 몇 주 동안 나는 그를 보지도 심지어 전화로 그의 목소리를 듣지도 못했다. 나는 대부분 뉴욕에서 조던과 함께 돌아다니며 그녀의 노망난 숙모에게 잘 보이려고 애쓰고 있었다. 그러다가 결국 어느 일요일 오후 그의 집을 방문했다. 내가 그곳에 도착한 지 2분도 채 되지 않아 누군가 톰 뷰캐넌을 데리고 술 한 잔을 하러 왔다. 나는 당연히 놀랐고, 정말 놀라운 것은 이런 일이 이전에는 한 번도 일어나지 않았다는 사실이었다. 그들은 톰과 슬로운이라는 남자, 그리고 전에 그곳에서 본 적이 있던 갈색 승마복을 입은 예쁜 여자까지 세 명의 승마 일행이었다.

"이렇게 만나게 되어 반갑습니다." 개츠비가 현관에 서서 말했다. "찾아주셔서 감사합니다."

마치 그들이 대단한 신경이라도 써 준 것처럼 말이다!

"이쪽으로 앉으세요. 담배나 시가 한 대 피우시죠." 그는 종을 울리며 방안을 분주히 오갔다. "마실 걸 준비하도록 하지요."

그는 톰 뷰캐넌이 자리에 있다는 사실 때문에 무척 동요한 기색이었다. 하지만 그들이 그저 술이나 마시러 왔다는 것을 막연히 깨닫고 나서는 뭐라도 대접하기 전까지는 불안이 가라앉지 않았을 것이다. 슬로운 씨는 아무것도 원하지 않았다. 레모네이드라도? 아니요, 괜찮습니다. 샴페인은? 그것도요. 저는 괜찮습니다.

"승마는 즐거우셨나요?"

"이쪽 부근이 승마하기에 좋더군요."

"차가 많았을 텐데…."

"그렇기는 하더군요."

저항할 수 없는 충동에 이끌린 듯 개츠비가 난생처음 보는 사람처럼 톰 쪽으로 몸을 틀었다.

"우리 예전에 한번 본 적이 있는 것 같은데요, 뷰캐넌 씨."

"아, 네." 톰은 다소 거칠지만 정중한 투로 대답했지만 분명히 기억하지 못하는 듯했다. "맞아요. 우리 만난 적이 있지요. 아주 잘 기억하고 있습니다."

"2주 전이었죠."

"맞아요. 당신은 닉과 함께 있었어요."

"당신의 아내를 알고 있어요." 개츠비가 공격적인 투로 계속했다.

"그래요?" 톰이 나에게 물었다. "닉, 이 근처에 살지?"

"바로 옆집이야."

"그래?"

슬로운 씨는 대화에 참여하지 않고 의자에 거만한 자세로 기대어 앉아 있었다. 일행인 여자도 아무 말을 하지 않았다. 그러더니 하이볼 두 잔을 마시고 나서 어느새 친절한 태도로 바뀌었다.

"우리 모두 다음 파티에 참석하려고 해요, 개츠비 씨." 그녀가 참석의 의중을 비쳤다. "어떻게 생각하세요?"

"그야 좋지요. 참석해 주신다니 영광입니다."

"정말 친절하시군요." 슬로운 씨는 전혀 고맙지 않은 태도로 대꾸했다. "자, 이제 집으로 가야 할 시간이 된 것 같군요."

"너무 서두르지 마세요." 개츠비가 적극적으로 만류했다. 이제야 감정을 추스를 수 있게 되었고 톰 뷰캐넌에 대해서 자세히 알고 싶어졌기 때문이다. "그러지 말고 저녁 식사를 하고 가면 어떨까요? 뉴욕에서 다른 손님들이 더 찾아온다고 해도 저는 놀라지 않을 거라서."

"그러면 저와 함께 가서 저녁 식사를 하시죠." 여자가 적극적으로 말했다. "두 분 모두 같이 가요."

그 둘 중에 나도 포함되어 있었다. 슬로운 씨가 자리에서 일어났다.

"그만 가지." 그가 말했다. 물론 여자에게만 하는 말이었다.

"진심이에요." 여자가 고집을 피웠다. "모두 같이 하면 좋겠는데요. 자리는 충분하잖아요."

개츠비가 궁금해 하는 표정으로 나를 쳐다보았다. 그는 함께 가고 싶었고, 슬로운 씨가 그걸 원치 않는다는 사실은 알아차리지 못한 눈치였다.

"저는 못 갈 것 같군요." 내가 대답했다.

"그럼 당신이라도 같이 가요." 여자는 개츠비를 재촉하며 말했다.

슬로운 씨가 그녀의 귀에 대고 뭔가를 속삭였다.

"지금 출발하면 늦지 않을 거예요." 여자가 큰소리로 말했다.

"저는 말이 없습니다." 개츠비가 말했다. "군대에서 타 본 적은 있지만 말을 구입한 적이 없어서요. 차를 타고 쫓아가야겠군요. 잠시 실례하겠습니다."

남은 사람들은 현관으로 걸어 나갔다. 슬로운 씨와 여자는 현관 앞에서 열띤 대화를 이어나가기기 시작했다.

"맙소사, 정말 따라올 모양이군." 톰이 말했다. "진심으로 하는 초대가 아니라는 걸 모르나봐?"

"저쪽에서 계속 오라고 초대를 했잖아."

"저녁에 성대한 파티가 열릴 텐데, 저 사람은 그 자리에 아는 사람이 하나도 없을 거야." 그가 얼굴을 찌푸렸다. "대체 어디서 데이지와 만난 건지 궁금하군. 날 고루한 사람이라 생각할지 모르지만, 요즘 여자들은 너무 밖에 나다니는 경향이 있어. 그러다가 별의별 사람들과 다 만나게 되는 거고."

갑자기 슬로운 씨와 여자가 계단을 내려가더니 말에 올라탔다.

"자, 갑시다." 슬로운 씨가 톰에게 말했다. "이러다가 늦겠어. 이제 가야 돼." 그러고는 나를 보며 말했다. "더는 기다릴 수가 없었다고 전해줄 수 있겠지요?"

톰과 나는 악수를 나누었고 나머지는 무감각하게 고개만 끄덕이며 인사를 했다. 그들은 서둘러 말을 몰더니 진입로를 따라 달려 나갔고 어느새 8월의 무성한 나뭇잎 사이로 사라졌다. 개츠비가 모자와 가벼운 외투를 들고 현관 밖으로 나왔을 때는 그들이 가버린 후였다.

톰은 데이지가 혼자 돌아다닌다는 사실을 알고 적잖이 당황한 눈치였다. 그 다음 주 토요일 밤, 데이지와 함께 개츠비의 파티에 온 걸 보니 분명 그런 것 같았다. 톰의 존재로 인해 이상하게도 파티장 안이 숨 막힐 것 같은 분위기로 바뀌어 있었다. 그해 여름 개츠비가 열었던 수많은 파티 중에서도 그날의 기억은 아직도 또렷이 남아 있다. 여느 때와 같은 손님들, 여느 때와 같은 부류의 사람들과 여느 때처럼 샴페인이 넘치고 여느 때처럼 예기치 못한 소동들이 반복되었지만, 이전에는 한 번도 느껴보지 못했던 불쾌하고 불편한 기운 같은 것이 파티장에 가득했다. 어쩌면 내가 웨스트에그라는 세계에 완전히 적응이 되어서 그랬을지도 모른다. 그 자체의 기준과 위대한 인물이 갖춰진 완벽한 세계로 웨트스에그를 받아들이면서 너무나 익숙해졌는지도. 이제 나는 데이지의 눈을 통해서 웨스트에그라는 세계를 다시 바라보고 있다. 나 스스로의 판단 기준에 따라 이미 관찰했던 대상을 새로운 눈으로 다시 본다는 것은 언제나 그렇듯 매우 슬픈 일이다.

톰과 데이지는 해질 무렵이 되어서야 도착했다. 우리는 거품처럼 일렁이는 수백 명가량의 손님들 사이로 거닐었다. 데이지는 목구멍 너머로 장난을 치듯 조곤조곤 속삭이는 소리를 냈다.

"이런 모습을 보면 나도 모르게 흥분이 되는 것 같아." 그녀가 말했다. "오늘 밤 언제든 저랑 키스하고 싶으면 말해요, 기꺼이 입술을 내어 줄 테니까. 그냥 이름만 부르면 돼요. 아니면 허가증 대신 녹색 카드를 보여줘도 되고. 지금 내가 녹색 카드를 기꺼이 줄 테니까…."

"좀 둘러보시죠." 개츠비가 제안했다.

"안 그래도 보고 있어요. 너무나 놀라운…."

"소문만 들었던 이들을 직접 만나볼 수 있어야 할 텐데요."

톰의 오만한 시선이 파티장에 모인 군중을 천천히 훑었다.

"우리는 많이 돌아다니는 편이 아니라서 말이죠." 그가 말했다. "사실은 여기 온 사람 중에는 지인이라고 할 만한 인물이 하나도 없는 것 같아서."

"아마도 저 숙녀 분은 아실 텐데요." 개츠비는 새하얀 꽃이 핀 자두나무 아래 인간이 아니라 난초처럼 우아한 자태로 앉은 미모의 여성을 가리켰다. 톰과 데이지는 마치 유령처럼 영화 속에서나 봤던 유명한 사람을 보게 된 터라 왠지 모르게 기묘하고 비현실적인 느낌이 드는 듯 그녀를 바라보았다.

"정말 아름다워요." 데이지가 말했다.

"바로 옆에 여자 쪽으로 몸을 숙인 남자가 함께 작품을 했던 영화감독이에요."

개츠비는 한층 격식을 차리면서 톰과 데이지를 이 그룹에서 저 그룹으로 데리고 다니며 소개했다. "뷰캐넌 부인… 그리고 뷰캐넌 씨…." 그가 잠시 망설이다가 덧붙였다. "폴로 선수죠."

톰이 재빨리 반박했다. "아, 아닙니다. 폴로 선수 아닙니다."

하지만 개츠비는 그 반응이 마음에 들었는지 그날 저녁 내내 톰을 계속 '폴로 선수'라고 불리게 만들었다.

"이렇게 유명한 사람들을 많이 만난 건 처음이에요!" 데이지가 외쳤다. "아까 그 남자 정말 괜찮던데…. 이름이 뭐였죠? 약간 푸르스름한 코를 가진 남자였는데."

개츠비는 그가 누군지 알아차리고 평범한 영화 제작자라고 설명했다.

"아, 아무튼 그 사람 괜찮더라고요."

"난 폴로 선수로 불리지 않는 편이 나을 것 같소." 톰이 유쾌한 톤으로 말했다. "그저 별생각 없이 유명한 사람이나 관찰하는 편이 나을 것 같소."

데이지는 개츠비와 함께 춤을 추었다. 한 번도 개츠비의 춤 실력을 못 보았던 터라, 우아하고 보수적으로 폭스트롯을 추는 모습에 적잖이 놀라지 않을 수 없었다. 그런 다음 두 사람은 우리 집까지 산책삼아 걸어가 30분 정도 계단에 앉아 있었다. 나는 데이지의 부탁을 받아 정원에 서서 주위를 살펴보고 있었다.

"혹시 화재나 홍수가 날지도 모르잖아요." 데이지는 이렇게 말했다. "아니면 다른 천재지변이 생길 수도 있고."

늦은 식사를 하기 위해 자리에 앉았을 때, 한참 잊고 있었던 톰이 불현듯 나타났다. "여기서 같이 식사를 해도 될까요?" 그가 물었다. "한 친구가 재미있는 이야기를 하는 중이라서."

"당연하죠." 데이지가 상냥한 투로 대답했다. "만약 주소를 적고 싶으면 여기 내 금색 연필을 가지고 가요."

잠시 후 데이지는 주위를 둘러보고는 그 여자가 '평범하지만 예쁘다'고 말했고, 나는 그녀가 개츠비와 함께였던 30분 정도 되는 시간을 제외하면 그다지 즐거운 시간을 보내지 못했다는 사실을 알게 되었다.

우리가 앉은 테이블에는 유독 취기가 오른 사람들이 많았다. 그것은 분명 내 실수였다. 개츠비가 전화를 받으러 자리를 비웠고, 그 사이 2주 전에 함께 즐거운 시간을 보냈던 사람과 자리를 하게 된 것이다. 당시만 해도 함께 즐거운 시간을 보냈지만 지금은 공중에서 독소가 뿜어 나오는 기분이었다.

"베데커 양, 괜찮아요?"

내 어깨에 기대려고 하다가 번번이 실패하는 아가씨를 보며 내가 물었다. 내 질문에 여자는 눈을 번쩍 떴다.

"뭐가요?"

내일 지역 골프클럽에서 함께 골프를 치자고 계속 조르던 몸집이 비대하고 둔해 보이는 여자가 베데커 양을 변호하고 나섰다.

"아, 괜찮아요. 칵테일 대여섯 잔 정도 마시면 항상 소리를 지르곤 하지요. 제발 그러지 말라고 하는데도 말이죠."

"아니라니까요." 비난을 받은 주인공이 무의미한 반박을 하고 나섰다.

"우리 모두 소리 지르는 걸 들었어. 그래서 시빗 박사님까지 이렇게 모셔왔잖아. '선생님, 여기 도움이 필요한 사람이 있어요'라고 말씀드렸다니까."

"저 애도 무척 고마워할 거예요, 진짜요." 다른 친구가 전혀 고맙지 않은 기색으로 끼어들었다. "그런데 수영장에 저 애의 머리를 집어넣는 바람에 드레스가 흠뻑 젖어버렸네요."

"난 수영장에 머리 박히는 게 정말 싫어요." 베데커 양이 중얼거렸다. "언젠가 한번은 뉴저지에서 수영장 물에 머리를 박혀 익사할 뻔했다니까요."

"그럼 적당히 술을 마셔야죠." 시빗 박사가 받아쳤다.

"본인이나 신경 쓰시죠!" 베데커 양이 격렬히 반박했다. "선생님도 손을 떨잖아요. 난 절대로 선생님한테 수술 받지 않을 거예요!"

이런 식이었다. 마지막으로 기억하는 것은 데이지와 함께 서서 영화감독과 유명한 여배우를 지켜본 것이었다. 두 사람은 여전히 새하얀 자두나무 아래 있었다. 그것도 얇고 창백한 달빛 한 줄기만 제외하면 얼굴이 맞닿아 있다시피 했다. 어쩌면 저녁 내내 아주 천천히 그녀를 향해서 몸을 숙이다가 그만큼 가까워진 게 아닐까 싶은 생각이 들었다. 그리고 내가 지켜보는 사이, 그가 몸을 더 깊이 숙이더니 그녀의 뺨에 입술을 가져다댔다.

"저 여자 마음에 들어요." 데이지가 말했다. "정말 매력적이잖아요."

하지만 나머지 사람들은 데이지의 심기를 불편하게 만들었다. 그 이유가 태도가 아닌 감정 때문이라는 점에 대해서는 논란의 여지가 전혀 없었다. 데이지는 브로드웨이가 롱아일랜드의 어촌 마을에 탄생한 이 전례 없는 '지역'인 웨스트에그라는 장소가 왠지 짜증이 났다. 교양 있는 척 행동하면서도 구식의 미사여구를 내뱉는 세련되지 못한 열정에도 짜증이 났고, 웨스트에그의 주민을 무에서 무로 가는 지름길로 서서히 몰아넣는 운명에도 짜증이 났다. 그녀는 자신의 머리로는 도저히 이해할 수 없는 그 단순함 속에서 말로 형언할 수 없는 두려움을 느낀 것이었다.

그들이 차를 기다리는 동안, 나는 함께 전면 계단 앞에 앉아 있었다. 우리가 있는 쪽은 어두운 편이었다. 1제곱미터 남짓 되는 문에서 새어나오는 밝은 빛만이 어두운 새벽을 향해 비추고 있었다. 때때로 저택 위쪽에 있는 탈의실 블라인드 쪽에서 그림자가 나타났다가 또 다른 그림자에게 자리를 내어주었고, 보이지 않는 거울을 보며 화장을 고치고 립스틱을 바르는 그림자들의 끝없는 행렬이 이어졌다.

"그러니까 개츠비란 사람은 대체 누구야?" 톰이 불현듯 물었다. "대단한 주류 밀매업자라도 되나?"

"그런 말은 어디서 들었어?" 내가 되물었다.

"어디서 들은 게 아니라, 그냥 혹시나 싶어서. 자네도 알다시피 신흥 부자 중에서 대부분은 주류 밀매를 하다가 떼돈을 번 경우가 많았잖아."

"개츠비는 그런 부류가 아니야." 내가 짧게 대답했다.

그는 잠시 침묵했다. 진입로에 깔린 자갈이 그의 발치에서 우두둑 소리를 냈다.

"어쨌든 온갖 별난 사람들을 불러 모으느라 고생 좀 했겠어."

부드러운 바람이 데이지의 모피 깃에 달린 회색 털을 스치고 지나갔다.

"적어도 우리가 알던 사람들보다는 더 재미있던데요." 데이지 가 대꾸했다.

"당신은 별로 재미 없었나봐?"

"재미있었지." 톰이 웃으며 나를 돌아보았다.

"그 여자가 찬물 샤워를 하게 해달라고 이야기할 때, 데이지 표정이 어떤지 봤어?"

데이지는 음악에 맞춰 허스키하고 리드미컬한 음색으로 속삭이듯 노래를 부르기 시작했다. 그날처럼 단어 하나하나에 의미를 부여하며 노래하는 일은 전에도 없었고 앞으로도 없을 것이다. 멜로디가 올라가자 콘트랄토 가수들이 그렇듯 잠시 멈추었다가 다시 노래를 이어나갔다. 그렇게 조금씩 달라진 목소리를 타고 그녀의 다정하고 인간적인 마력이 공기 중으로 서서히 퍼져나갔다.

"초대받지 않은 손님들도 많이 왔어요." 갑자기 데이지가 말했다. "그 여자도 마찬가지고. 그냥 무작정 찾아오니까, 최대한 예의를 갖추려다 보니 거절을 하지 못한 거예요."

"난 그 자가 대체 누구고 무슨 일을 하는지 알고 싶어." 톰이 고집스럽게 말했다. "반드시 알아내고야 말겠어."

"지금 당장 그에 대한 대답을 알려주죠." 그녀가 말했다. "개츠비 씨는 약국 몇 개, 아니, 엄청나게 많은 약국을 운영하고 있어요. 게다가 본인 스스로가 일군 사업이죠."

바로 그때 한참 전에 부른 리무진이 드디어 진입로 앞에 모습을 드러냈다.

"닉, 잘 자요." 데이지가 말했다.

그녀의 시선은 나를 떠나 불이 켜진 계단 꼭대기로 향했고, 당시 유행하던 구슬픈 왈츠인 〈새벽 세 시〉라는 곡이 열린 문틈 사이로 흘러나오고 있었다. 격식이라고는 찾아볼 수 없는 개츠비의 파티 속에 그녀의 세계에서는 전혀 찾아볼 수 없는 낭만적인 가능성이 존재하고 있었던 것이다. 그 노래에서 그녀를 다시 저택 안으로 불러들이는 것은 무엇이었을까? 어두컴컴하고 시간을 예측할 수 없는 지금 무슨 일이 벌어지려는 것일까? 어쩌면 믿기 어려운 손님, 그러니까 정말 보기 힘든 놀라운 사람이 찾아올지도 모른다. 아니면 반짝이는 한 여인이 나타나 마법처럼 순간의 만남으로 개츠비의 마음을 사로잡아서, 지난 5년 동안 변함없이 데이지를 위해 헌신했던 긴 세월을 완벽히 보상해 줄지도 모를 일이다.

그날 밤, 나는 늦게까지 저택에 머물렀다. 개츠비는 여유가 생길 때까지 조금만 기다려 달라고 부탁했다. 그래서 수영을 하러 갔던 이들이 어두운 해변에서 더는 물놀이를 할 수 없어져 온몸이 시원하고 상쾌한 상태로 다시 저택에 올라올 때까지, 그리고 위층 객실의 불이 꺼질 때까지 정원에서 시간을 죽이면서 기다렸다. 마침내 개츠비가 계단으로 내려왔을 때, 구릿빛으로 그을린 그의 피부는 유난히 팽팽했고 두 눈은 반짝였지만 몹시 피곤해 보였다.

"그녀는 파티를 좋아하지 않았어." 그가 곧바로 입을 열었다.

"당연히 좋아했겠지."

"아니, 좋아하지 않았어." 그가 끈질기게 우겼다. "그다지 즐거운 시간을 보내는 것 같지 않더군."

개츠비가 입을 다물었다. 나는 말로는 표현하지 못할 그의 우울함을 충분히 헤아릴 수 있었다.

"왠지 모르게 그녀와 멀리 떨어져 있는 것 같아." 그가 말했다. "이해시키기가 쉽지 않네."

"그 춤 말인가?"

"춤이라니?" 그는 손가락 두 개를 튕기며 그가 추었던 모든 춤을 한순간에 무시해 버렸다. "친구, 춤은 전혀 중요치 않아."

개츠비가 데이지에게 바라는 건 오직, 톰 뷰캐넌에게 가서 "난 당신을 사랑한 적이 없어요"라고 말하는 거였다. 그 문장 하나로 지난 4년을 지우고 나면 더 현실적인 조치를 취할 수 있을 테니까. 그중 하나는 데이지가 완전히 자유로워진 후, 루이빌로 돌아가서 그녀의 집에서 결혼식을 올리는 것이었다. 마치 5년 전, 그날처럼.

"그런데 데이지는 이해를 못하는 것 같아." 그가 말했다. "예전에는 이해했었는데. 그때만 해도 몇 시간씩 앉아서 함께 시간을 보냈는데…."

그는 말끝을 흐리더니 과일 껍질과 내팽개쳐진 기념품, 짓밟힌 꽃이 뒹구는 황량한 정원 길을 오르내리기 시작했다.

"나라면 그녀에게 너무 많은 걸 요구하지 않을 거야." 내가 조심스럽게 입을 열었다. "과거는 되돌릴 수 없는 거니까."

"과거를 되돌릴 수 없다고?" 그는 믿기지 않는 듯 내 말을 따라했다. "무슨 소리, 당연히 되돌릴 수 있지!"

그는 마치 어두컴컴한 집안의 그림자 속에 그의 손이 닿지 않는 과거가 있기라도 한 것처럼 주위를 두리번거렸다.

"난 모든 걸 예전으로 돌려놓을 거야." 그가 단호한 목소리로 고개를 끄덕이며 말했다. "앞으로 그녀도 알게 될 거야."

개츠비는 과거의 이야기를 많이 들려주었고, 나는 그가 되돌리고 싶은 것은 바로 데이지를 사랑하기 위해 쏟아부어야 했던 것, 어떠한 개념 같은 것이 아닐까 싶은 생각이 들었다. 물론 그 뒤부터 개츠비의 삶은 너무나 혼란스럽고 무질서해졌지만, 다시 한번 과거의 출발점으로 돌아가서 모든 것을 돌아볼 수 있다면 그것이 무엇인지 찾아낼 수 있을 것이다.

… 5년 전 어느 가을 밤, 그들은 낙엽이 날리는 거리를 걷다가 나무 한 그루 없이 달빛이 하얗게 보도를 비추는 곳에 이르렀다. 두 사람은 자리에 멈춰서 서로를 바라보았다. 두 번째 계절의 변화를 맞이하는 신비로운 흥분이 감도는 서늘한 밤이었다. 가정집에서 새어나오는 고요한 불빛이 어둠 속으로 희미하게 퍼져 나가고, 하늘에 뜬 별들 사이에도 소란한 움직임이 감지되었다. 개츠비는 곁눈질로 인도의 보도블록들이 사다리를 만들어 나무 위의 비밀 장소로 올라가는 것을 보았다. 만약 그 혼자였다면 그곳에 오를 수 있었을 테고 일단 그곳에 도달하면 생명의 젖을 빨아먹고 그 무엇과도 비교할 수 없는 경이로운 우유를 삼킬 수 있었을 것이다.

데이지의 새하얀 얼굴이 그의 얼굴로 가까워질수록 심장이 점점 더 빠르게 뛰었다. 만약 그녀와 키스를 하고 그의 말할 수 없는 환상을 그녀의 덧없는 숨결에 영원히 결합시키면 다시는 그의 마음이 신의 마음처럼 뛰지 않을 것임을 알았다. 그래서 그는 별에 부딪히는 소리굽쇠의 선율에 귀를 기울이며 잠시 기다리고 있었다. 그러고 나서 그녀에게 키스했다. 그의 입술이 닿자 그녀는 한 송이 꽃처럼 그를 향해서 활짝 피어났고, 마침내 화신이 완성되었다.

그로부터 모든 이야기를 듣고 심지어 그 지독한 감상주의를 느끼면서 내 머릿속에 한 가지 떠오르는 것이 있었다. 오래전 어디선가 들었던, 붙잡기 힘든 리듬, 한동안 까맣게 잊고 있던 단어의 파편이랄까. 잠시 동안 그 단어들이 뭉쳐져 입속에서 어떠한 구절을 만들려 애썼고 마치 벙어리처럼 서서히 입술이 벌어졌다. 놀란 숨을 내쉬면서도 많은 걸 쏟아내려고 몸부림치는 사람처럼. 하지만 그 단어들은 아무런 소리를 만들어 내지 못했고 가까스로 기억해 낸 단어조차 영원히 전달할 수가 없게 되었다.

7장

개츠비에 대한 호기심이 최고조에 달했던 때는 바로 어느 토요일 저녁, 그의 저택에 불이 켜지지 않으면서부터였다. 파티의 제왕 트리말키오 같던 그의 경력은 처음이 그랬던 것처럼 마지막도 흐지부지 막을 내렸다.

나는 기대감에 차서 개츠비의 저택을 찾았던 자동차들이 잠깐 머물렀다가 실망스럽게 다시 떠나고 있다는 사실을 알게 되었다. 혹시 개츠비가 아픈 것이 아닐까 궁금해져서 그의 집으로 찾아가보니 난생처음 보는 집사가 문을 열고 나를 의심스러운 눈으로 쳐다보는 것이었다.

"혹시 개츠비 씨가 아픈가요?"

"아니요." 그는 잠시 후 마지못한 투로 이렇게 덧붙였다. "선생님."

"얼마 동안 얼굴을 못 봐서 걱정이 되네요. 캐러웨이가 찾아왔었다고 전해주세요."

"누구요?" 그가 무례하게 되물었다.

"캐러웨이입니다."

"캐러웨이. 알겠습니다. 그렇게 전하죠."

그는 곧바로 문을 쾅 닫아버렸다. 우리 집에 오가던 핀란드인 가정부의 말에 따르면, 일주일 전쯤 개츠비는 저택에서 일하던 하인을 모두 해고하고 대여섯 명 정도의 새로운 하인을 고용했는데, 웨스트에그 마을에 직접 찾아가 상인들에게 뒷돈을 받고 물건을 구입하는 대신 전화로 필요한 물건만 배달시킨다는 거였다. 식료품을 배달하는 소년은 주방이 돼지우리처럼 더러웠다고 전했고, 마을 사람들 사이에는 새로 온 하인들이 일하는 사람 같지 않다는 소문이 돌았다.

다음 날 개츠비에게 전화가 걸려왔다.

"혹시 다른 곳으로 떠날 생각인가?"

"아니야, 친구."

"일하는 사람을 전부 해고했다던데."

"괜한 소문을 퍼트리지 않을 사람들이 필요해서. 데이지가 오후에 자주 놀러오거든."

결국 데이지의 눈에 거슬렸다는 이유 하나로 카드로 만든 집처럼 개츠비 저택 전체가 무너져 내리고 만 것이다.

"울프심 씨가 돌봐주려고 했던 사람들이야. 가족 같은 사이지. 작은 호텔을 운영한 경험도 있고."

"그렇군."

그는 데이지의 부탁을 받아 전화를 걸었다며 내일 그녀의 집에 함께 점심을 먹으러 가자고 청했다. 베이커 양도 온다고 했다. 30분이 지나자 데이지에게 전화가 왔고 내일 나도 갈 거라고 하니 꽤나 안심하는 눈치였다. 무슨 일이 벌어지고 있는 게 분명했다. 하지만 그 자리에서 엄청난 소동이 벌어지리라는 건 전혀 예상치 못했다. 특히 개츠비가 정원에서 설명했던 그 고통스러운 소동이 진짜 벌어질 거라고는 상상조차 하지 못했다.

다음 날은 찌는 듯 더위가 기승을 부렸고, 여름의 막바지에 이르러서 가장 더운 날이라고 해도 과언이 아니었다. 내가 탄 기차가 터널을 빠져나가 태양 아래로 들어섰을 때는 대기업 비스킷 회사에서 귀를 찌르는 소리만이 이글이글 타오르는 여름 낮 시간의 정적을 가르고 있었다. 객실의 시트는 당장 불이 붙어도 이상하지 않을 정도로 후끈거렸고 바로 옆 자리에 앉은 여자는 입고 있던 하얀 셔츠 사이로 줄줄 흘러내리는 땀을 참고 있다가 손가락 사이에 끼고 있던 신문마저 땀으로 축축하게 젖자 절망으로 가득 차 외마디 비명을 지르면서 온몸을 축 늘어뜨렸다. 순간 그녀의 손가방이 바닥으로 툭 떨어졌다.

"어머나!" 여자가 숨을 헐떡거렸다.

나는 더위에 지친 몸을 숙여 손가방을 집은 다음, 혹여 소매치기로 의심할까 싶어 모서리 부분을 살짝 잡은 채로 주인에게 건넸다. 하지만 주위에 앉은 모든 사람들, 심지어 그 여자까지 나를 의심스러운 눈길로 바라보는 것이었다.

"덥긴 덥네요!" 친숙한 얼굴의 손님들을 향해 차장이 말했다. "정말 찌는데요…. 더워요! 정말 더워! 푹푹 찌네요! 다들 더우시죠? 이런 날씨가…."

통근용 승차권 위로 차장의 시커먼 손자국이 묻은 후에야 다시 내게 돌아왔다. 이 정도 더위면 어떤 사람이 그의 후끈 달아오른 입술에 키스를 하든, 셔츠의 벌어진 가슴 사이로 머리를 집어넣든 아무도 개의치 않을 것이다.

잠시 문 앞에서 기다리는 동안, 뷰캐넌의 저택 복도를 따라 한

줄기 바람이 불더니 나와 개츠비에게 전화벨 소리를 실어왔다.

"주인 어르신의 시신이라고요!" 집사가 수화기에 대고 외쳤다. "부인, 죄송하지만 지금은 도와드릴 수가 없습니다. 이렇게 더운 날에는 시신에 손을 대기가 어려워요!"

실제로 그가 한 말은 "네… 그렇군요… 제가 알아보겠습니다" 였다.

집사는 수화기를 내려놓고 땀으로 번들거리는 얼굴을 하고 우리가 있는 쪽으로 오더니 딱딱한 밀짚으로 엮은 모자를 받아들며 말했다.

"부인께서 살롱에서 기다리고 계십니다!" 굳이 그럴 필요가 없는데도 살롱 쪽을 가리키면서 말했다. 이렇게 후텁지근한 날에는 불필요한 제스처 하나조차 일상에 대한 모욕처럼 느껴졌다.

차양을 쳐 놓은 방은 그늘지고 시원했다. 데이지와 조던은 윙윙대며 돌아가는 팬 아래 소파에 누워 있었는데, 새하얀 드레스를 휘날리며 커다란 의자에 누운 모습이 마치 은으로 만든 우상과도 같았다.

"도저히 못 움직이겠어요." 두 사람이 입을 모아 말했다.

까맣게 그을린 채로 새하얀 분가루가 묻은 조던의 손이 잠시 내 손바닥에 와 머물렀다.

"운동선수 뷰캐넌 씨는?" 내가 물었다.

그와 동시에 복도에 서서 거친 목소리로 통화 중인 톰의 목소리가 들려왔다.

개츠비는 새빨간 카펫 한가운데 선 채로 뭔가에 매혹된 눈빛으로 주위를 둘러보았다. 데이지는 그를 지켜보다가 흥미롭고도 달콤한 웃음을 내뱉었다. 가슴팍에서 미세한 분가루가 공중으로 피어올랐다.

조던이 속삭였다. "들리는 얘기로는 지금 통화하는 상대가 톰의 애인이라고 해요."

우리는 입을 꾹 다물고 있었다. 복도에서 들리는 톰의 목소리가 점점 격앙되기 시작했다.

"그래, 좋아. 그렇다면 그 차를 팔지 않겠어…. 자네한테 그럴 의무는 없잖나…. 그딴 일로 점심시간에 나를 귀찮게 하다니 도저히 참을 수가 없군!"

"수화기를 막고 혼자 떠들고 있나 봐요." 데이지가 냉소적인 투로 말했다.

"아니, 그게 아니야." 나는 확신에 가득 차서 대꾸했다. "지금 하는 거래는 진짜야. 나도 우연히 알게 된 거지만."

톰이 문을 벌컥 열더니 육중한 몸으로 잠시 문가에 섰다가 급히 안으로 들어왔다.

"개츠비 씨!" 톰 뷰캐넌은 싫은 내색을 완벽히 감추고는 널찍한 손바닥을 내밀며 인사를 건넸다. "닉, 잘 왔네…."

"시원한 음료수 좀 가져와요." 데이지가 외쳤다.

톰이 밖으로 나가자 그녀는 자리에서 일어나 개츠비에게 다가가서 그의 얼굴을 끌어당기더니 키스를 했다.

"내가 사랑하는 거 알고 있죠?" 그녀가 속삭이듯 말했다.

"여기 다른 숙녀가 있다는 걸 잊은 모양이네요." 조던이 말했다.

데이지는 주춤거리며 주위를 둘러보았다.

"그럼 너도 닉에게 입을 맞추지 그래."

"귀하신 부인이 저속하기도 하네요." 조던이 비아냥거렸다.

"난 상관없어!" 데이지는 이렇게 외치고 벽난로 앞으로 가더니 발을 구르며 춤을 추는 시늉을 했다. 그러다 문득 날이 덥다는 걸 깨달았는지 다시 긴 소파 의자로 가서 앉았다. 바로 그때 보모가 말끔하게 차려 입은 어린 소녀 하나를 데리고 방으로 들어왔다.

"세상에, 우리 귀여운 보물!" 데이지는 두 팔을 활짝 펼치며 달콤한 목소리로 중얼거렸다. "자, 사랑하는 엄마 품으로 오려무나."

보모가 손을 놓자 아이는 어머니의 드레스 사이로 수줍다는 듯이 파고들었다.

"우리 귀염둥이 보물! 예쁜 금발 머리에 엄마 분가루가 묻었네! 자, 이제 손님들에게 인사를 해야지."

개츠비와 나는 차례로 몸을 굽히며 어린 소녀가 마지못해 내미는 조그만 손을 잡으며 인사를 나누었다. 그 후로도 개츠비는 매우 놀란 눈으로 아이를 바라보고 있었다. 이전까지는 아이의 존재를 듣고도 진심으로 믿지는 않았던 모양이었다.

"아직 점심시간 전인데 새 옷으로 갈아입었어요." 아이는 데이지 쪽으로 몸을 돌리고는 열심히 재잘거렸다.

"엄마가 우리 딸을 자랑하고 싶어서 그런 거야." 데이지는 아이의 작고 새하얀 목덜미에 얼굴을 묻으며 말을 이었다.

"우리 딸은 엄마의 꿈이란다, 앙증맞고 깜찍한 꿈."

"네." 아이는 조용히 답했다. "조던 이모도 하얀 드레스를 입었어요."

"엄마 친구들이 마음에 드니?" 데이지는 아이의 몸을 돌려 개츠비를 바라보도록 했다. "아저씨들이 정말 멋지지 않아?"

"아빠는 어디 계세요?"

"우리 애는 아빠를 닮지 않았어요." 데이지가 설명했다. "나랑 닮았지요. 머리칼도 그렇고 얼굴형도 나를 닮았어요."

데이지는 다시 긴 소파에 몸을 기댔다. 보모가 한걸음 다가와 손을 내밀었다.

"패미, 이리 오렴."

"잘 가, 귀염둥이!"

올바르게 훈육을 받은 아이는 별로 내키지 않는 듯 한번 뒤를 돌아보더니 마지못해 보모의 손을 잡고 밖으로 나갔다. 순간 톰이 얼음을 가득 채우고 탄산수와 진을 섞은 술잔 네 개를 들고 나타났다.

"정말 시원해 보이는군." 그가 무척 긴장한 얼굴로 말했다.

우리는 허겁지겁 술잔을 한 입에 들이켰다.

"어디서 보니, 매년 태양이 뜨거워지고 있다고 하더군." 톰이 다정한 투로 말했다. "얼마 후면 지구가 태양 속으로 떨어져 버릴 것 같아⋯. 아니, 그게 아니라 반대인가? 매년 태양의 온도가 내려간다고 했던가⋯."

"밖으로 나가죠." 그는 개츠비에게 말했다. "저희 집을 좀 소개하고 싶네요."

나는 일행을 따라서 베란다로 나갔다. 무더운 더위 속에 가만히 정체된 푸른 바다 위로 조그만 돛을 단 배 하나가 선선한 바다를 향해 천천히 항해하고 있었다. 개츠비의 시선은 돛단배를 따라가다가, 한쪽 손을 들어 만의 건너편을 가리켰다.

"저희 집이 바로 건너편에 있어요."

"그렇군요."

우리는 시선을 들어 장미로 가득 찬 정원과 후끈해진 잔디, 그리고 여름의 끝자락에 매달린 잡초가 무성한 해안선을 바라보았다. 조그만 돛단배의 새하얀 날개가 푸르고 서늘한 하늘과 바다의 경계선을 따라서 유유히 움직이고 있었다. 그 앞으로는 부채꼴 모양으로 펼쳐진 바다와 축복받은 섬들이 펼쳐져 있었다.

"요트 정도면 해볼 만한 스포츠예요." 톰이 고개를 끄덕이며 말했다. "한 시간 정도 친구와 함께 바다에 나가도 괜찮겠어요."

우리는 더위를 피해 그늘을 쳐 놓은 어두운 식당에서 점심을 먹으면서 차가운 에일 맥주를 마셨다.

"오늘 오후에는 뭘 할까요?" 데이지가 물었다. "그리고 내일, 그리고 또 30년 후에는?"

"호들갑 떨지 마요." 조던이 대꾸했다. "가을이 되어서 날이 선선해지면 인생은 다시 시작되는 법이잖아."

"그렇지만 너무 덥단 말이야." 데이지는 왈칵 눈물이 쏟아지기 직전이었다. "모든 것이 너무 혼란스러워. 우리 다 같이 시내에 나가요!"

데이지의 목소리는 무더위와 맞서 싸우면서 그 형체가 없는 것들에 서서히 모양을 만들어가는 듯했다.

톰이 개츠비에게 말했다. "마구간을 고쳐서 차고를 만든다는 이야기는 들어 봤지만 차고를 개조해서 마구간을 만든 사람은 아마 제가 처음일 거예요."

"나랑 시내에 같이 갈 사람 없어요?" 데이지가 집요하게 물었다. 개츠비의 시선이 그녀 쪽으로 향했다. "아!" 그녀가 외쳤다. "당신 정말 멋지네요."

두 사람의 눈이 마주쳤고 그렇게 둘은 고립된 공간 속에 서로를 응시하고 있었다. 데이지는 힘겹게 테이블 아래로 시선을 내렸다.

"정말 멋져 보여요." 데이지는 같은 말을 반복했다.

방금 그 말은 개츠비를 사랑한다고 말한 거나 다름이 없었고 이번에는 톰 뷰캐넌까지 알아차릴 정도가 되었다. 그는 무척 놀란 기색이었다. 입을 벌린 채로 개츠비를 보고, 다시 데이지를 보았는데 마치 오랫동안 알고 지냈던 사람을 이제야 알아본 것 같은 놀란 표정이었다.

"그러니까 당신은 그 광고에 나오는 사람이랑 닮았어요." 데이지가 천진난만하게 말을 이었다. "그 광고에 나오는 사람 말이에요, 당신도 아시겠지만…."

"좋아." 톰이 재빨리 끼어들었다. "나도 시내에 가고 싶군. 자, 우리 모두 시내로 나갑시다."

그는 여전히 개츠비와 아내를 번갈아서 쏘아보면서 자리에서 일어났지만 아무도 그를 따라 움직이지 않았다.

"자, 어서 가자니까!" 톰이 조금 신경질적으로 말했다. "대체 왜들 이래? 시내에 가려면 지금 당장 출발해야 한다고."

그는 성질을 죽이느라 애를 쓰면서 떨리는 손으로 남은 에일 맥주를 입에 댔다. 데이지의 목소리를 듣고 나서야 우리는 모두 자리에서 일어나 열기로 이글이글 타오르는 자갈이 덮인 차도로 나갔다.

"곧바로 출발하게요?" 그녀가 이의조로 물었다. "그냥 가게요? 담배 한 대 정도는 피우고 가도 되지 않아요?"

"다들 점심 먹으면서 피웠잖아."

"아, 좀 재미있게 하면 어때서요." 데이지가 간청하듯 말했다. "짜증을 내기에는 너무 더운 날씨잖아요."

톰은 묵묵부답이었다.

"그럼 당신 뜻대로 해요." 그녀가 말했다. "조던, 잠깐 이리와."

두 숙녀는 외출 준비를 하기 위해 위층으로 올라갔고 우리는
후끈 달아오른 자갈을 발로 차면서 서 있었다. 은빛 초승달의 가
장자리가 벌써 서쪽 하늘에 드리워져 있었다. 개츠비는 뭐라고 말
을 하려다가 입을 다물었고, 톰은 기다렸다는 듯 몸을 돌리더니
그를 똑바로 응시했다.

"방금 뭐라고 하셨죠?"

"이 집에 마구간이 있나요?" 개츠비가 어렵사리 입을 열었다.

"800미터 정도 내려가면 있어요."

"아."

잠시 침묵이 흘렀다.

"왜 시내에 가자는 건지 이해가 안 된다니까." 톰이 거친 말투로
투덜거렸다. "여자들 머릿속에는 대체 무슨 생각이 있는 건지 도
대체…."

"마실 거라도 챙겨가야 하지 않겠어요?" 데이지가 위층 창가에
서 소리쳤다.

"내가 위스키를 가져올게." 톰이 대답했다. 그는 집안으로 들어
갔고, 개츠비는 잔뜩 굳은 표정으로 내 쪽을 돌아보았다.

"이 집에서는 아무 말도 할 수가 없어, 친구."

"데이지의 목소리는 신중함과는 거리가 먼 것 같아." 내가 말
했다. "그러니까 목소리가…."

나는 말을 잇지 못하고 주저했다.

"데이지의 목소리는 돈으로 가득 차 있지." 그가 불쑥 대꾸
했다.

바로 그거였다. 예전에는 미처 알지 못했다. 데이지의 목소리는
돈 그 자체로 가득 차 있었다. 그 안에서 오르락내리락하는 그 끝

도 없는 매력, 딸랑거리는 종소리, 심벌즈의 연주 같은 노랫소리…. 새하얀 궁전의 높은 곳에 머무는 왕의 딸, 그 황금의 소녀….

톰은 쿼터 보틀에 든 위스키 한 병을 수건으로 돌돌 말아서 가지고 나왔고, 그 뒤로 금속처럼 번쩍이는 천으로 된 꽉 끼는 모자를 쓰고 몸에는 얇은 망토를 두른 데이지와 조던이 뒤따랐다.

"그럼 제 차를 타고 가실까요?" 개츠비가 제안했다. 그는 달궈진 초록색 가죽 시트를 매만졌다. "이럴 줄 알았으면 그늘에 주차를 해둘 걸 그랬군요."

"변속 기어인가요?" 톰이 물었다.

"네."

"그럼 내 쿠페를 몰고 가요. 그 차는 내가 시내까지 타고 갈 테니까."

개츠비는 톰의 제안이 별로 마음에 들지 않았다.

"기름이 충분하지 않을 텐데." 그가 반대 의견을 냈다.

"기름은 충분해요." 톰이 거들먹거렸다. 그는 기름 게이지를 살폈다. "그리고 만약 기름이 부족하면 가게에 들르면 돼요. 요즘은 가게에서 안 파는 게 없으니까."

의도를 빗나간 대답이 나온 후 잠시 침묵이 흘렀다. 데이지가 불쾌한 표정으로 톰을 쳐다보았고, 개츠비의 얼굴 위로 뭐라 정의 내릴 수 없는 표정이 스쳤다. 동시에 분명히 낯설지만 어렴풋이 익숙한 표정, 언젠가 누군가의 이야기를 통해서 단어로만 들었던 야릇한 표정이 개츠비의 얼굴에 퍼졌다.

"데이지, 이리 와." 톰이 개츠비의 자동차 쪽으로 그녀를 이끌며 말했다. "이 서커스 마차를 타고 갑시다."

톰이 자동차 문을 열었지만 데이지는 그의 팔에서 몸을 빼냈다.

"닉과 조던을 태우고 가세요. 우리는 쿠페를 타고 따라갈게요."

데이지는 개츠비의 가까이로 다가가 그의 코트를 손으로 만졌다. 조던과 톰, 그리고 나는 개츠비의 자동차에 올라탔다. 톰은 낯선 듯 기어를 이리저리 움직여보더니, 숨이 턱턱 막히는 열기 속으로 쏜살같이 차를 몰았다. 두 사람은 뒤에 남겨둔 채로.

"자네도 봤지?" 톰이 물었다.

"뭘?"

그는 조던과 내가 모든 걸 진작부터 알고 있었다는 사실을 알아채고는 매서운 눈으로 노려보았다.

"내가 멍청이인 줄 아나?" 그는 은근히 심중을 떠보았다. "어쩌면 멍청이인지도 모르지. 하지만 나 같은 사람도 가끔은 예지력 같은 걸 가질 때가 있단 말이야. 앞으로 어떻게 해야 할지를 알려주는. 물론 믿기지 않겠지만, 과학적으로는…."

갑자기 톰이 말을 흐렸다. 현재에서 벌어지는 상황이 그를 압도한 나머지 그를 이론적인 심연 속에서 끌어낸 모양이었다.

"저 친구에 대해서 조사해 봤어." 그가 말을 이었다. "이럴 줄 알았으면 더 자세히 파 볼걸 그랬어…."

"점쟁이라도 찾아가 봤단 소리예요?" 조던이 장난조로 대꾸했다.

"뭐라고?" 조던과 내가 웃는 사이, 그가 멍한 표정으로 우리를 바라보았다. "점쟁이?"

"개츠비에 대해 조사했다면서요."

"개츠비에 대해서! 아니, 그런 건 아니야. 그저 그 친구의 과거에 대해서 조금 캐봤다는 이야기지."

"그럼 개츠비가 옥스퍼드 출신이라는 사실도 알아냈겠군요." 조던이 거들고 나섰다.

"옥스퍼드 출신이라고!" 그가 믿을 수 없다는 듯 말했다. "웃기는 소리! 핑크색 양복이나 걸치고 다니는데."

"그래도 옥스퍼드 출신인 걸요."

"뉴멕시코 주에 있는 옥스퍼드 출신이겠지." 그는 경멸하듯 코웃음을 쳤다. "아니면 그 비슷한 곳이던가."

"톰, 그렇게 속물이면서 왜 그 사람을 점심에 초대한 거죠?" 조던이 화를 내며 따지듯 물었다.

"데이지가 초대한 거야. 우리 결혼 전부터 알던 사이라고 하더군. 대체 어디서 알게 된 건지 알 수는 없지만!"

우리는 에일 맥주의 취기가 서서히 떨어지면서 모두 날이 서 있었고, 그 사실을 깨닫고 나서 잠시 동안 말없이 차를 타고 달렸다. 그렇게 달리다가 에클버그 박사의 흐릿한 눈동자가 도로 아래쪽에서 서서히 나타났고, 그제야 기름이 부족할지 모른다고 했던 개츠비의 말이 떠올랐다.

"시내까지 갈 정도는 돼." 톰이 말했다.

"하지만 바로 저기 가게에서 기름을 채울 수 있잖아요." 조던이 반발했다. "이런 더위에 기름까지 떨어져서 차가 멈춘다는 건 생각조차 하고 싶지 않아요."

톰은 급작스럽게 브레이크를 밟았고 자동차는 윌슨 자동차 정비소의 간판 아래 뿌연 먼지를 일으키며 급정거했다. 잠시 후 주인이 나타나 멍한 눈으로 우리가 탄 차를 바라보았다.

"기름 좀 넣어줘!" 톰이 거칠게 말했다. "그게 아니면 왜 왔겠나? 경치나 감상하려고?"

"몸이 안 좋아." 윌슨이 꼼짝하지 않은 채로 말했다. "종일 아파서 쉬고 있었어."

"어쩌다가?"

"기운이 빠진 모양이야."

"그럼 내가 기름을 넣을까?" 톰이 물었다. "아까 통화할 때만 해도 멀쩡해 보이더니."

윌슨은 몸을 기대고 있던 문틀의 그늘에서 간신히 몸을 움직이더니 힘겹게 숨을 몰아쉬면서 주유구 뚜껑을 열었다. 햇빛 아래에서 보니, 얼굴이 온통 푸르게 보였다.

"점심 식사를 방해할 생각은 없었어." 그가 말했다. "그런데 정말 돈이 급해서 그래. 그 오래된 차를 어떻게 처분할 건지 궁금하기도 했고."

"이 차는 어때?" 톰이 물었다. "지난주에 새로 산 건데."

"근사한 노란색 자동차로군." 윌슨이 주유구 펌프를 잡은 손에 힘을 주며 말했다.

"어때, 살 생각 있어?"

"좋은 기회이기는 한데." 윌슨이 힘없이 미소를 지었다. "하지만 괜찮아. 다른 차로 돈을 벌 수 있을 것 같아서."

"갑자기 돈이 왜 필요한 건데?"

"이곳에 너무 오래 살았어. 이제는 떠나고 싶어. 마누라를 데리고 서부로 갈 생각이야."

"자네 마누라도 동의했단 말이야!" 톰이 깜짝 놀라 외쳤다.

"벌써 십년 전부터 서부로 가자고 이야기했어." 그는 주유 펌프에 몸을 기대더니 잠시 눈을 가리고 멈추었다. "이번에는 마누라가 좋아하든 말든 꼭 떠나고 말 거야. 마누라도 데리고 말이야."

뿌연 먼지와 함께 쿠페가 지나갔고 누군가 손을 흔드는 모습이 보였다.

"얼마야?" 톰이 퉁명스러운 목소리로 물었다.

"지난 이틀 동안 재미있는 사실을 알게 되었거든." 윌슨이 말했다. "그래서 떠나려는 거야. 자동차 일로 귀찮게 한 것도 그것 때문이었고."

"얼마냐고 묻잖아."

"1달러 20센트."

무자비한 더위로 인해 제대로 정신을 추스를 수가 없었던 터라, 어느 정도 시간이 지나고 나서야 윌슨이 아직은 톰을 의심하고 있지 않다는 사실을 깨달았다. 그러니까 윌슨은 머틀이 본인과 동떨어진 다른 세계에서 자기만의 삶을 살고 있다는 사실을 깨닫고 그 충격으로 인해 병이 나고 만 것이었다. 나는 잠시 윌슨을 바라보고 다시 톰을 쳐다보았다. 톰 뷰캐넌 역시 한 시간 전쯤에야 그와 비슷한 사실을 깨달았다. 그제야 지적인 능력이나 인종 간의 차이 따위는 아픈 사람과 정상인 사람 사이의 차이에 비하면 별것이 아니라는 생각이 들었다. 윌슨은 너무나 아파보였고 그래서일까 마치 엄청난 죄, 그야말로 용서받지 못할 죄를 지은 사람처럼 보일 정도였다. 마치 어느 불쌍한 소녀를 임신이라도 시킨 죄인처럼 말이다.

"그 차, 자네한테 넘길게." 톰이 말했다. "내일 오후에 보내겠네."

그 지역은 환한 햇살이 비추는 오후에도 어딘지 모르게 불안감이 감돌았다. 나는 등 뒤에서 경고의 말이라도 들은 사람처럼 고개를 돌렸다. 시커먼 잿더미 너머로 T. J. 에클버그 박사의 거대한 눈동자가 끝없이 주위를 살피고 있었다. 하지만 우리가 있는 자리에서 65미터가량 떨어진 지점에서 기이할 정도로 강렬한 빛을 반짝이면서 우리를 지켜보고 있는 시선을 감지할 수 있었다.

정비소 위층의 창문 하나에 커튼이 약간 젖혀져 있었고, 머틀 윌슨이 우리가 탄 자동차를 내려다보고 있었다. 너무 집중을 해서 그런지 누군가 자신을 지켜보고 있다는 사실조차 의식하지 못하는 눈치였다. 그녀의 얼굴 위로 마치 사진이 현상되는 과정에서 사물이 서서히 뚜렷해지듯 여러 감정이 스치고 지나갔다. 그 얼굴은 평소 여자들에게서 자주 보았던 것이지만 머틀 윌슨의 얼굴에 나타나는 표정은 뚜렷한 목적도 없고 뭐라 설명하기도 힘든 것이었다. 그제야 질투심과 두려움으로 가득 찬 커다란 눈동자가 톰이 아닌 조던 베이커를 향하고 있음을 깨달았다. 그러니까 조던을 톰의 아내로 착각한 것이었다.

단순한 마음이 정신적으로 혼란해질 때만큼 극도의 혼란함은 없을 것이다. 자동차가 달리는 동안에도 톰은 뜨거운 채찍을 얻어맞는 기분이었다. 한 시간 전까지만 해도 안전히 지켜졌던 불가침 영역 속의 아내가 이제는 그녀의 정부와 함께 급속도로 그의 통제 밖으로 벗어나고 있었다. 톰은 본능적으로 가속 페달을 밟았고 머틀 윌슨의 시선을 따돌리면서 데이지를 따라잡기 위한 두 가지 목표를 가지고 아스토리아를 향해 시속 80킬로미터의 속도로 달렸다. 마침내 거미줄처럼 복잡한 고가 철도의 대들보 사이로 여유롭게 달리는 파란색 쿠페 자동차가 눈에 들어왔다.

"50번가 주변에 있는 대형 영화관들은 정말 멋진 것 같아요." 조던이 입을 열었다. "사람들이 떠난 여름날 오후의 뉴욕이 정말 좋아요. 왠지 모르게 관능적이고 성숙하달까. 온갖 신기한 과일이 금방이라도 손바닥에 떨어질 것 같은 느낌이에요."

'관능적'이라는 단어가 톰을 더욱 불안하게 만들었지만, 반대할 구실을 떠올리기도 전에 쿠페가 멈추었고 데이지가 이쪽으로 차를 세우라고 신호를 보냈다.

"어디로 갈 거예요?" 그녀가 외쳤다.

"영화관에 가는 게 어때?"

"너무 더운데." 데이지가 투덜거렸다. "셋이서 가요. 우리는 차 타고 여기저기 다닐 테니까 이따가 만나요." 그녀는 약간의 기지를 발휘하려고 애썼다. "나중에 어디 모퉁이에서 만나요. 한 번에 담배 두 대를 피우는 사람이 보이면 그게 바로 나예요."

"길에서 논쟁을 벌일 여유가 없어." 톰은 트럭이 뒤에서 시끄럽게 경적을 울려대자 조급해져서 이렇게 말했다. "일단 센트럴 파크 남쪽 플라자 호텔 앞에서 만나."

톰은 몇 번이나 고개를 돌려가며 쿠페가 잘 따라오고 있는지 확인했다. 만약 신호에 걸려 뒤따라오던 차가 늦어지면 다시 시야에 보일 때까지 최대한 속도를 늦췄다. 두 사람이 옆길로 빠져서 자신의 삶에서 영원히 사라질까봐 두려워하는 것 같았다.

하지만 그들은 사라지지 않았다. 그리고 나로서는 이해가 되지 않지만 플라자 호텔의 스위트룸 응접실을 빌리는 행동을 했다.

스위트룸 응접실까지 가는 사이, 뭔가 여러 논쟁이 있었지만 지금은 정확히 기억나지 않는다. 다만 그 과정에서 속옷이 젖은 뱀처럼 다리를 감싸고, 땀방울이 등줄기를 타고 서늘하게 흘러내렸던 기억만이 생생히 남아 있을 뿐이다. 본래는 욕실이 딸린 방 다섯 개를 빌리자는 데이지의 제안으로부터 시작된 일이었다. 그러다가 '민트 줄렙을 마실 만한 장소'로 구체화되었다. 모두가 입을 모아서 '어처구니없는 생각'이라고 말했고 당황해하는 호텔 직원에게 동시에 말을 걸고 나서 스스로 뭔가 재미있는 일을 하고 있다고 생각했거나 그런 척했다.

스위트룸은 컸지만 답답했다. 벌써 오후 4시가 다 되었는데도 활짝 열어둔 창문 너머로 후끈한 관목의 향이 실린 바람만이 불어올 따름이었다. 데이지는 거울 앞으로 가서 우리에게 등을 돌린 채로 헝클어진 머리칼을 매만졌다.

"멋진 스위트룸이네요." 조던이 감탄한 듯 속삭이자 다함께 웃음을 터트렸다.

"저쪽 창문도 열어." 데이지가 뒤도 돌아보지 않은 채로 명령조로 말했다.

"창문이 없는데."

"그럼 프런트에 전화해서 도끼라도 가져오라고 해."

"이렇게 더울 때는 그냥 더위를 잊는 게 상책이야." 톰이 성급하게 끼어들었다. "덥다고 투덜거리면 열 배는 더 더워지니까."

그는 수건을 펼치더니 위스키 한 병을 꺼내서 테이블에 올렸다.

"그렇게까지 타박할 필요 없잖아요, 친구." 개츠비가 말했다. "시내에 오자고 한 건 그쪽이잖아."

잠시 침묵이 흘렀다. 전화번호부가 못에서 떨어져 바닥에 툭 떨어지자 조던이 속삭이듯 '죄송해라'라고 말했지만, 이번에는 아무도 웃지 않았다.

"내가 주울게." 보다 못해 내가 나섰다.

"벌써 주웠어." 개츠비가 끊어진 줄을 살피더니 흥미롭다는 듯 '흠!' 소리를 내고 의자에 전화번호부를 툭하고 던졌다.

"그거 참 재미있는 표현이군." 톰이 날카롭게 쏘아붙였다.

"뭐가?"

"그 '친구'라는 말을 습관처럼 쓰던데, 대체 그런 말은 어디서 배운 거지?"

"이봐요, 톰." 데이지가 거울에서 돌아서며 말했다. "지금처럼 말꼬리나 잡고 늘어질 거면 난 여기서 잠시도 더 있지 않을 거예요. 얼른 전화해서 민트 줄렙에 넣을 얼음이나 주문해요."

톰이 수화기를 들자 압축되었던 열기가 폭발하듯 퍼졌고, 우리는 아래층 무도회장에서 울려 퍼지는 멘델스존의 결혼 행진곡에 귀를 기울였다.

"이렇게 찌는 듯한 더위에 결혼식을 올린다고 상상해봐!" 조던이 우울한 투로 말했다.

"나도 6월 중순에 결혼을 했잖아." 데이지가 과거를 회상했다. "6월, 그것도 루이빌에서! 누군가 기절을 했었는데. 톰, 그때 누가 기절했었지?"

"빌록시." 그가 짧게 답했다.

"빌록시라는 남자였어요. '블록스'의 빌록시. 상자를 만드는 사람이었는데. 사실이에요. 테네시 주의 빌록시 출신이었죠."

"사람들이 그 사람을 우리 집으로 데려갔어요." 조던이 덧붙였다. "교회에서 두 집 건너에 우리 집이 있었거든요. 그런데 3주나 우리 집에서 버티더라고요, 아버지가 나가라고 할 때까지. 그 사람이 떠나고 바로 다음 날 아버지가 돌아가셨어요." 잠시 후 그녀가 덧붙였다. "물론 아무런 연관은 없어요."

"나도 멤피스 출신의 빌 빌록시라는 사람을 아는데." 내가 거들었다.

"그 사람 사촌이에요. 우리 집에서 떠나기 전에 가족사를 줄줄 읊어주고 갔거든요. 요즘 쓰는 알루미늄 퍼터도 그 사람이 선물해

준 거예요."

드디어 결혼식이 시작되자 음악이 서서히 잦아들었고, 이제는 긴 환호성이 창문 너머로 흘러들어왔다. 이어서 간헐적으로 '예에에!'라는 외침이 들렸고 마지막으로 댄스 타임이 시작되면서 재즈 연주가 이어졌다.

"이제 우리도 늙나 봐." 데이지가 말했다. "조금 더 젊었더라면 일어나서 춤을 추었을 텐데."

"빌록시를 기억해." 조던이 경고하듯 말했다. "톰, 그 사람은 어떻게 알게 됐어요?"

"빌록시?" 그는 애써 집중력을 가다듬으며 말했다. "사실은 잘 몰라. 데이지의 친구였거든."

"아니에요." 데이지가 부인했다. "나도 처음 보는 사람이었어요. 혼자 차를 타고 왔던데요."

"당신을 안다고 하던데. 루이빌에서 자랐다고 하더군. 아사 버드가 마지막에 그를 데리고 와서는 호텔에 빈 방이 있는지 물었어."

조던이 살짝 미소를 지었다.

"아마도 집에 돌아가는 길에 공짜로 차를 얻어 타려고 했나 보죠. 자기가 예일 대학교에 다닐 때, 당신 학과의 학생회장이었다고 했거든요."

톰과 나는 멍하니 서로를 쳐다보았다.

"빌록시가?"

"일단은 예일 대학교에는 학과 회장이라는 게 없었어…."

개츠비가 불안한 듯 바닥을 탁탁 치며 다리를 떨기 시작하자 톰이 순간 그를 빤히 쳐다보았다.

"그런데 개츠비 씨, 당신이 옥스퍼드 대학 출신이라고 하던데요?"

"정확히 말하면 출신이라고 할 수 없어요."

"아, 듣기로는 옥스퍼드 대학에 다녔다고 하던데요."

"네…. 그곳에 가기는 했었지요."

잠시 침묵이 흘렀다. 그러고 나서 톰이 도저히 믿기지 않는 듯 모욕적인 말을 이어갔다.

"빌록시가 뉴헤이븐에 갔을 무렵에 당신도 그곳에 있었나 보군요."

다시 침묵이 흘렀다. 똑똑 노크 소리와 함께 웨이터가 얼음 조각이 든 아이스박스와 민트를 가지고 들어왔다. "고마워요"라는 인사를 건네고 문이 스르르 닫히는 소리가 들린 후에도 무거운 침묵은 깨지지 않았다. 드디어 그의 엄청난 과거가 드러나는 순간이 된 것이다.

"그냥 갔었다고 말했는데요." 개츠비가 입을 열었다.

"그건 들었는데, 정확히 언제였는지가 궁금하군요."

"1919년도였는데, 다섯 달 정도 그곳에 머물렀어요. 그러니까 정확히는 옥스퍼드 대학 출신이라고 말할 수가 없는 거지요."

톰은 주변 사람들도 자신의 불신에 동의하고 있는지 확인하려는 듯 주위를 둘러보았다. 하지만 우리는 모두 개츠비만 바라보고 있었다.

"휴전 협정 이후 장교들 중 일부에게 기회를 줬어요." 개츠비가 말을 이었다. "영국이나 프랑스, 어느 대학이든 갈 수가 있었지요."

나는 당장 자리에서 일어나 그의 등을 두드려 주고 싶었다. 예전에도 그랬지만 그를 향한 완벽한 신뢰가 다시 한번 되살아났다. 데이지가 희미한 미소를 지으면서 자리에서 일어나 테이블로 향했다.

"톰, 위스키병 좀 열어줘요." 명령조로 그녀가 말했다. "내가 민트 줄렙을 만들어 줄 테니까. 그걸 마시면 지금처럼 멍청해 보이지 않을 거예요. 어머나, 민트 좀 봐요!"

"잠깐만." 톰이 날이 선 어조로 말했다. "개츠비 씨에게 한 가지만 더 묻고 싶어."

"질문하시죠." 개츠비가 정중한 어조로 대답했다.

"대체 우리 집에 무슨 분란을 일으키려는 겁니까?"

마침내 모든 것이 수면 위로 떠오르자 개츠비는 굉장히 만족스러워했다.

"분란을 일으키는 건 개츠비 씨가 아니에요." 데이지는 절망적인 얼굴로 두 사람을 번갈아 쳐다보았다. "분란을 일으키는 건 바로 당신이라고요. 제발 부탁인데 조금이라도 자제력을 가져 봐요."

"자제력이라고!" 톰은 도저히 믿기지 않는 듯 그녀의 말을 반복했다. "근본도 없는 놈이 어디서 불쑥 나타나서 마누라와 놀아나는 꼴을 보고도 가만히 참고 있는 게 자제력인가 보군. 글쎄, 그게 당신 생각이라면 나는 거기서 빼줘…. 요즘 사람들은 가정생활이나 가족 제도 자체를 우습게 보는 경향이 있는데, 이러다가는 모든 걸 바다에 팽개쳐 버리고 백인과 흑인이 부부가 된다고 설치는 일이 생기고 말 거야."

너무나 열정적으로 횡설수설 떠드느라 얼굴이 붉게 달아오른 그는 어느 순간 자신이 문명사회의 절벽 끝자락에 홀로 서 있다는 사실을 깨달았다.

"우리는 모두 백인인데요." 조던이 중얼거렸다.

"물론 내가 인기가 별로 없는 건 알아. 성대한 파티를 열지 않으니까. 그러니까 현대 사회에서는 친구를 사귀기 위해서 돼지우리처럼 집을 난장판으로 만들어야 하는 모양이더군."

나 역시 다른 사람들처럼 머리끝까지 화가 치밀었지만, 톰이 뭐라고 떠들어 댈 때마다 피식 웃고 싶은 충동이 일었다. 한순간에 난봉꾼에서 도덕군자로 탈바꿈을 하다니, 정말이지 완벽한 변신이 아닌가.

"나도 할 말이 있는데요, 친구." 개츠비가 입을 열었다. 하지만 그의 의도를 눈치 챈 데이지가 먼저 나섰다.

"제발 그만 해요!" 그녀가 절망적으로 나섰다. "이제 그만 집에 가자고요. 다들 이만 집으로 돌아가는 게 어때요?"

"그거 좋은 생각이군." 내가 먼저 자리에서 일어났다. "자, 톰. 이만 가지. 어차피 술 생각이 있는 사람은 없는 것 같아."

"개츠비 씨가 무슨 말을 하고 싶은지 궁금한데."

"당신 아내는 당신을 사랑하지 않아." 개츠비가 말했다. "한 번도 당신을 사랑한 적이 없어. 그녀는 날 사랑하니까."

"완전 미쳤군!" 톰이 반사적으로 외쳤다.

개츠비도 흥분을 감추지 못하고 벌떡 일어섰다.

"그녀는 당신을 사랑한 적이 없어, 듣고 있나?" 그가 외쳤다. "단지 내가 너무나 가난했고 나를 기다리다가 지쳐서 당신과 결혼했을 뿐이야. 그건 끔찍한 실수였지. 그녀의 마음속에는 나뿐이고, 나 말고는 누구도 사랑한 적이 없어!"

이 시점에서 나는 조던과 함께 자리를 피하려고 했지만 톰과 개츠비는 서로 경쟁이라도 하듯 자리를 지켜달라고 붙잡았다. 두 사람 모두 숨길 것이 없고 그들의 감정을 간접적으로 경험하는 것이 무슨 특권이라도 되는 것처럼.

"데이지, 앉아." 톰은 아버지처럼 자상한 목소리를 내려고 애썼으나 실패였다. "그동안 무슨 일이 있었던 건지 전부 이야기해 봐."

"내가 벌써 말했을 텐데요." 개츠비가 말했다. "벌써 5년이나 되었지만 당신만 몰랐던 거요."

그 순간 톰이 데이지 쪽으로 몸을 돌렸다.

"이 작자랑 5년씩이나 만났다는 거야?"

개츠비가 말했다. "그런 게 아니오. 우리는 만날 수가 없었소. 하지만 그동안 끊임없이 서로를 사랑하고 있었지. 당신만 몰랐던 거고, 친구. 어떤 날에는 나도 모르게 웃음이 나기도 했지." 하지만 그의 눈가에서 웃음기라고는 찾아볼 수 없었다. "당신이 하나도 모른다고 생각을 할 때마다 말이오."

"아, 고작 그거였나?" 톰은 두꺼운 손가락을 맞대고 성직자처럼 툭툭 두드리면서 의자에 등을 기댔다.

"미쳤군!" 그가 갑자기 소리를 질렀다. "그래, 5년 전 일에 대해서는 굳이 상관하지 않겠어. 그때는 나도 데이지를 알지 못했으니까. 대체 어떻게 그녀에게 접근을 했는지 모르겠군. 혹여 뒷문으로 식료품 배달을 하다가 만났을지도 모르겠지만. 하지만 나머지 이야기는 전부 거짓말이야. 데이지는 결혼할 때도 나를 사랑했고, 지금도 역시 나를 사랑한다고."

"그렇지 않아." 개츠비가 고개를 저으며 말했다.

"어쨌거나 그녀는 나를 사랑해. 어쩌다 보니 어리석은 생각을 하게 되어 본인조차 무슨 짓을 하는지 모를 수는 있겠지만." 그는 현자라도 되는 양 고개를 끄덕였다. "그보다 중요한 것은 나 역시 데이지를 사랑한다는 거요. 가끔 술자리에서 바보 같은 실수를 한 적은 있었지만, 나는 언제나 제자리로 돌아왔으니까. 게다가 마음속에서는 항상 데이지를 사랑하고 있소."

"정말 역겹군요." 데이지가 말했다. 그녀는 내 쪽으로 몸을 돌리더니, 한 옥타브 낮은 목소리로 방안이 가득 찰 정도로 소름끼치는 경멸감을 담아서 말을 이었다. "우리가 어쩌다가 시카고를 떠났는지 알아요? 저 사람이 술자리에서 했던 바보 같은 실수가 무엇인지 오빠에게 아무도 이야기해주지 않았다는 사실이 나로서는 놀라울 따름이에요."

개츠비는 그녀의 옆으로 가까이 다가섰다.

"데이지, 이젠 모두 끝났어." 사뭇 진지한 투였다. "더 이상 아무것도 중요치 않아. 그냥 진실을 이야기하면 돼요…. 그를 한 번도 사랑한 적이 없다고 말이야. 그러면 모든 일이 영원히 사라질 테니까."

데이지는 멍한 눈으로 그를 바라보았다. "어떻게 내가 저 사람을 사랑할 수 있었겠어요?"

"당신은 그를 단 한 번도 사랑한 적이 없어."

그녀는 잠시 망설였다. 그리고 호소하듯 조던과 나를 쳐다보기도 했다. 마치 이제야 자신이 무슨 짓을 하는 건지 깨달았으며, 처음부터 아무것도 할 의도가 없었던 것처럼. 하지만 이제는 너무 늦어버렸다.

"나는 한 번도 그를 사랑한 적이 없어요." 누가 들어도 내키지 않는 목소리로 그녀가 말했다.

"카피올라니에 갔을 때도?" 톰이 따지듯 물었다.

"그래요."

아래층 무도회장에서 금방이라도 숨이 막힐 것 같은 멜로디가 후끈한 공기를 타고 위층까지 흘러나왔다.

"당신 구두를 망치지 않으려고 펀치 볼에서 안고 나왔던 그날도?" 톰의 목소리에는 쉰 듯하면서도 어딘지 모르게 다정함이 깃

들어 있었다. "데이지?"

"제발 그만 해요." 그녀의 목소리는 여전히 차가웠지만 악의는 느껴지지 않았다. 그녀는 개츠비를 바라보았다.

"제이, 당신은" 데이지는 그 말과 함께 손을 덜덜 떨면서 담배에 불을 붙였다. 그러다가 갑자기 담배와 불붙은 성냥을 카펫 위에 내동댕이쳤다.

"아, 당신은 바라는 게 너무나 많아요!" 그녀는 개츠비를 향해 울부짖었다. "지금 당신을 사랑하는 걸로 충분하지 않은가요? 지난 과거는 어쩔 수 없는 거잖아요." 데이지는 무기력하게 흐느끼기 시작했다. "한때는 저 사람을 사랑했었다고요. 하지만 당신도 사랑했어요."

"나도 사랑했다고?" 개츠비가 반복했다.

"그 말도 거짓말이겠지." 톰이 매서운 투로 말했다. "그녀는 당신이 살아 있다는 사실조차 알지 못했으니까. 아무튼, 데이지와 나 사이에는 당신이 절대로 알지 못하는 일들이 있소. 절대로 잊을 수 없는 것들 말이야."

톰의 입에서 나오는 말 하나하나가 개츠비의 몸을 매섭게 걷어차는 것 같았다.

"데이지와 둘이서 이야기하고 싶군요." 개츠비가 고집을 부렸다. "지금 너무 흥분해 있어서…."

데이지가 침통한 목소리로 말했다. "나 혼자 남더라도 톰을 사랑한 적이 없었다고 말할 수는 없어요. 그건 사실이 아니니까."

"물론 아니지." 톰이 동의했다.

데이지가 남편을 향해 돌아섰다.

"당신에게는 그게 무척 중요한 모양이군요."

"물론이지. 앞으로는 당신을 더 소중하게 대할 생각이니까."

"당신은 이해하지 못해." 개츠비가 약간 두려움을 느끼며 말했다. "당신은 더 이상 그녀를 소중히 대할 수 없을 거요."

"소중히 대할 수 없을 거라고?" 톰이 눈을 크게 뜨고 웃었다. 이제야 스스로를 통제할 여유가 생긴 모양이었다. "그 이유는?"

"데이지가 당신을 떠날 테니까."

"말도 안 되는 소리."

"사실이야." 데이지가 눈에 보일 정도로 애를 쓰며 대답했다.

"데이지는 나를 떠나지 않아!" 톰의 말이 순간적으로 개츠비를 압도해버렸다. "여자 손가락에 반지 하나 끼워주기 위해서 남의 것을 훔쳐야만 하는 사악한 사기꾼 때문에 나와 헤어질 리가 없잖아."

"더는 못 참겠어요!" 데이지가 외쳤다. "제발 이쯤하고 나가요."

"당신, 대체 정체가 뭐야?" 톰이 폭발했다. "마이어 울프심과 어울려 다니는 무리 중 하나겠지… 그건 나 역시 아는 거고. 당신이 한다는 사업에 대해서도 조금 알아봤는데 내일부터 더 자세히 파볼 생각이야."

"원한다면 그렇게 해요, 친구." 개츠비가 침착하게 말했다.

"당신이 운영한다는 '약국'이 뭔지 알아냈어." 그는 우리를 보며 빠르게 말했다. "울프심이라는 작자와 손잡고 이곳과 시카고 뒷골목 약국을 여러 곳 사들여서 알코올을 팔았다군. 저 작자의 소소한 재주 중 하나겠지. 처음 봤을 때부터 밀주업자일 거라고 예상은 했는데, 역시 내 예상이 틀리지 않았어."

"그게 어쨌다는 거요?" 개츠비가 정중히 대꾸했다. "당신 친구 월터 체이스는 자존심이라고는 없는 사람이라 우리 사업에 끼어들었나 보군요."

"그런데도 당신들이 월터를 모른 척했다면서? 한 달이나 뉴저지 감옥에 갇혀 있도록 방치했다던데. 맙소사! 월터가 당신에 대해서 뭐라고 얘기했는지 직접 들었어야 하는데."

"그 친구는 빈털터리 신세로 우리에게 찾아왔어요. 그러다가 돈을 만지게 되니 너무나 기뻤을 테고, 친구."

"나를 '친구'라고 부르지 마!" 톰이 버럭 소리를 쳤다. 개츠비는 아무 말도 하지 않았다.

"월터는 당신들을 도박금지법 위반으로 신고할 수도 있었어. 하지만 울프심이라는 자가 겁을 주는 바람에 입을 다물기로 한 것뿐이야."

아직은 낯설지만 이제는 알아볼 수 있는 표정이 개츠비의 얼굴에 퍼졌다.

"약국으로 하는 사업은 그저 푼돈벌이에 불과할 테지." 톰이 천천히 말을 이었다. "지금은 월터가 겁에 질려서 전부 말하지 못하지만, 분명히 뭔가가 더 있을 거야."

나는 데이지 쪽을 힐끗 살폈다. 그녀는 개츠비와 남편, 그리고 조던을 잔뜩 겁에 질린 표정으로 쳐다보고 있었다. 조던은 눈에는 보이지 않지만 턱 끝부분의 무언가의 균형을 잡느라 바빠 보였다. 그러고 나서 개츠비 쪽으로 고개를 돌렸다. 순간 그의 표정을 본 나는 놀라지 않을 수 없었다. 마치 '살인을 저지른 사람'과 같은 표정이었기 때문이다. 언젠가 정원에서 만난 사람들이 쑥덕이던 가십은 별개로 하더라도, 당시 개츠비의 얼굴에 나타난 표정은 그런 기이한 표현으로만 설명이 가능한 것이었다.

그 표정이 사라지고 나서, 개츠비는 데이지에게 흥분조로 설명을 시작했다. 모든 것을 부정하고 아직 제기되지 않은 비난에 대해서는 스스로를 옹호하기까지 하면서. 하지만 그의 말이 길어질수록 그녀의 마음은 점점 더 멀어져 갔다. 결국 개츠비는 포기하고 말았다. 오직 죽어버린 꿈만이 저물어 가는 오후와 함께 더 이상 만질 수 없는 것을 만지려고 애쓰면서, 방 건너편에서 잃어버린 목소리를 향해 참으로 불행하게도 끝까지 절망하지 않고 몸부림치고 있었다. 다시 한번 집으로 가자고 애원하는 목소리가 터져 나왔다.

"톰, 제발! 더 이상 못 참겠어요."

두려움으로 가득 찬 그녀의 눈빛은 이전에 어떤 의도나 용기를 가졌더라도 이제는 완전히 사라져버렸음을 보여주는 것 같았다.

"데이지, 먼저 출발해." 톰이 말했다. "개츠비 씨의 차를 타고."

데이지는 깜짝 놀라 톰을 바라보았고, 그는 대단히 너그러움을 베풀기라도 하는 듯 경멸스러운 표정으로 고집을 부렸다.

"어서 가라니까. 당신을 괴롭히지는 않을 거야. 주제넘고 별 볼일 없는 연애가 끝났다는 사실을 이제는 깨달았을 테니까."

그들은 아무 말 없이 사라졌다. 마치 유령처럼 홀연히. 우리의 동정조차 받지 못한 상태로.

잠시 후 톰이 자리에서 일어나 마개도 열지 않은 위스키병을 다시 수건에 싸기 시작했다.

"이거 마실래? 조던… 닉?"

나는 아무 대답도 하지 않았다.

"닉?" 그가 다시 물었다.

"왜?"

"마실 거야?"

"아니… 지금 막 생각났는데, 오늘이 내 생일이었어."

나는 서른 살이 되었다. 눈앞에 불길하고 위협적인 10년이라는 길이 펼쳐져 있었다.

톰이 운전하는 쿠페를 타고 롱아일랜드로 출발한 시간이 7시였다. 톰은 끝없이 이야기를 하면서 환희에 가득 차서 웃음을 터뜨렸지만, 조던과 나에게 그 목소리는 길거리의 소란이나 고가도의 소음처럼 멀게만 느껴졌다. 인간의 동정심에도 한계가 있는 터라 우리는 세 사람의 비극적인 논쟁이 도시의 불빛과 함께 서서히 사라지도록 내버려두기로 했다.

서른, 고독한 10년의 약속, 독신자의 수가 줄어드는 나이, 야망이라는 서류 가방이 얄팍해지는 나이, 머리숱도 서서히 줄어드는 나이. 하지만 지금 내 곁에는 데이지와는 확연히 다르게 언젠가 잊힐 꿈을 몇 년의 세월을 거듭하며 마음 깊이 간직하지 않을 정도로 현명한 조던이라는 여자가 있었다. 어두컴컴한 다리를 건너는 사이, 그녀의 창백한 얼굴이 나른하게 내 코트에 와 닿았고 어딘지 모르게 위안을 주는 손길이 나와 맞닿는 순간 서른 살이라는 무자비한 타격이 주는 압박감이 눈 녹듯이 사라져버렸다.

그렇게 우리는 싸늘하게 식어가는 황혼을 가르고 죽음을 향해 달렸다.

재의 언덕 옆에서 커피숍을 운영하던 젊은 그리스인 미카엘리스는 이번 사건의 주요 증인이었다. 그는 무더위 속에서 5시가 넘을 때까지 잠을 자다가 나와서 자동차 정비소 근처에 갔고, 우연히 조지 윌슨이 사무실에서 끙끙 앓고 있는 걸 발견했다. 옅은 머리칼 색만큼이나 얼굴이 창백해진 채 온몸을 덜덜 떨면서. 미카엘리스는 조금 쉬는 게 어떻겠냐고 말했지만, 윌슨은 자리를 비우면 매출에 엄청난 손해가 올 거라며 한사코 거절했다. 그렇게 이웃 청년이 그를 설득하는 사이에 위층에서 요란한 소음이 들려왔다.

"마누라를 위층에 가둬놨어." 윌슨이 침착하게 설명했다. "모레까지 가둬둘 생각이야. 그러고 나서 여기를 정리하고 떠날 계획이거든."

미카엘리스는 깜짝 놀랐다. 이웃으로 지낸 세월이 벌써 4년이나 되었지만 윌슨이 그런 말을 할 수 있는 사람이라고는 전혀 생각하지 못했기 때문이다. 윌슨은 언제나 지쳐 보였다. 정비 일을 하지 않을 때는 출입구 앞 의자에 앉아서 멍하니 길을 가는 사람이나 자동차를 바라보곤 했다. 누구든 그에게 말을 걸면 그저 무의미한 웃음을 지어보일 뿐이었다. 그러니까 본인 주장이 없이 그저 아내가 하자는 대로 하는 남편인 셈이었다.

당연히 미카엘리스는 두 사람 사이에 무슨 일이 있었던 건지 캐물었지만 윌슨은 아무 말도 하지 않았다. 대신 우연히 찾아온 방문객을 향해 왠지 모를 의심스러운 눈초리를 던지며 어느 특정한 날, 특정 시간에 그가 무엇을 했는지를 도리어 캐묻기 시작했다. 미카엘리스가 점점 불편함을 느끼려는 찰나, 때마침 일꾼 몇 명이 그의 가게 방향으로 걸어가는 모습이 눈에 들어왔고 나중에 다시 오겠다며 황급히 자리를 피하고 말았다. 하지만 다시 정비소를 찾아가지는 않았다. 별다른 이유가 있어서 가지 않은 게 아니라 그저 자연스레 잊어버린 거였다. 그러다가 7시가 조금 지나서 다시 가게 밖으로 나왔을 때가 되어서야 윌슨과 나누었던 대화가 생각났다. 때마침 아래층 정비소에서 윌슨 부인이 죽어라 고함을 지르는 소리가 들렸기 때문이다.

"때려봐!" 여자가 울부짖었다. "어디 날 넘어뜨리고 때려보라고. 이 쥐새끼 같은 더러운 겁쟁이야!"

잠시 후 그녀는 소리를 지르고 손을 휘저으면서 어두운 황혼 속으로 달려갔다. 미카엘리스가 문 밖으로 나오기도 전에 상황은 이미 끝이 나 버렸다.

신문에서 '죽음의 차'라고 불렀던 것처럼 그 자동차는 멈추지 않았다. 그 차는 서서히 짙어지는 어둠을 헤치고 나타나 순간 비극적으로 비틀거리는가 싶더니 다음 모퉁이에서 사라져버렸다. 마브로 미카엘리스는 그 자동차의 색깔조차 정확히 기억하지 못했다.

맨 처음 도착한 경찰에게는 연한 녹색이라고 했다. 뉴욕으로 달려가던 다른 자동차는 90미터가량을 지나서야 멈추어 섰다. 그리고 급히 운전대를 돌려 머틀 윌슨이 쓰러진 곳으로 되돌아왔다. 뿌연 먼지와 검붉은 피로 범벅이 된 채로 바닥에 엎드린 머틀 윌슨의 생명의 불씨는 서서히 꺼지고 있었다.

미카엘리스와 그 남자가 가장 먼저 그녀에게 다가갔다. 하지만 아직도 땀으로 범벅이 되어 축축한 블라우스를 찢었을 때 왼쪽 가슴이 축 늘어져 너덜거리고 있어서 그 아래 심장이 제대로 뛰는지를 굳이 확인할 필요조차 없었다. 오랜 세월 축적해 온 엄청난 에너지를 쏟아내느라 숨이 찼던 건지, 쩍 벌린 그녀의 입술 가장자리가 살짝 찢어져 있었다.

저만치 멀리서도 자동차 서너 대와 웅성거리며 모여든 군중들이 보였다.

"사고가 났군!" 톰이 말했다. "잘 됐어. 이렇게 사고라도 나야 윌슨에게도 일거리가 생길 테니까."

톰은 속도를 줄였지만 멈출 생각은 없었다. 하지만 사고 현장에 조금 더 가까워지자 자동차 정비소 문 앞에 잔뜩 긴장을 한 얼굴들이 눈에 들어오는 바람에 자연스럽게 브레이크를 밟고 말았다.

"일단 가보자." 그가 미심쩍은 듯 말했다. "그냥 확인만 하는 거야."

그제야 정비소 안에서 공허한 울부짖음이 계속해서 들려온다는 사실을 깨달았다. 우리가 쿠페에서 내려 정비소 문 쪽으로 걸어가자 울음소리는 헐떡거리는 신음소리로 바뀌었고, '오, 맙소사!'라는 외마디 비명이 이어졌다.

"뭔가 끔찍한 사고가 난 모양이야." 톰이 흥분한 목소리로 말했다.

그는 까치발로 서서 현장 주변으로 빙 둘러선 원 너머로 정비소 안을 살폈다. 하지만 철제 바구니에 달린 노란 조명 하나만이 덩그러니 보일 뿐이었다. 갑자기 톰의 목구멍에서 거친 소리가 터지더니 두 팔을 거칠게 휘저으면서 군중 사이를 밀치고 들어가기 시작했다.

몇몇 사람들의 불만스러운 목소리가 들리더니 주위를 둘러선 둥근 원이 벌어졌다가 다시 닫혔다. 잠시 동안 아무것도 보이지 않다가 현장을 구경하려는 사람들이 몰리면서 조던과 나는 의도치 않게 안쪽으로 점점 떠밀려 들어갔다.

마치 추위에 덜덜 떨까봐 걱정이라도 된 것처럼 담요에 돌돌 말린 머틀 윌슨의 시신이 벽 옆에 있는 작업대 위에 놓여 있었다. 톰은 우리 쪽으로 등을 보인 채 시신 쪽으로 몸을 굽힌 채로 꼼짝도 하지 않았다. 옆에는 조그만 수첩을 든 오토바이 경찰 하나가 진땀을 흘리면서 이름을 계속해서 고쳐 적고 있었다. 처음에는 텅 빈 정비소에 울려 퍼지는 시끄러운 신음 소리의 근원이 어딘지 알 수가 없었다. 그러다가 윌슨이 몸을 앞뒤로 흔들면서 양손으로 문

설주를 짚고 톡 튀어나온 문지방에 서 있는 모습이 보였다. 어떤 남자가 나지막한 목소리로 뭐라고 이야기를 하면서 그의 어깨에 손을 얹으려고 했지만 윌슨은 아무것도 들리지도 보이지도 않는 것 같았다. 그의 시선은 머리 위로 흔들리는 조명에서 천천히 내려와 시신이 놓인 작업대로 향했다가 다시 조명 쪽으로 향하면서 연거푸 비통스러운 고함을 쏟아냈다.

"오, 하나님 맙소사! 오, 맙소사! 오, 하나님, 맙소사! 오, 하나님, 맙소사!"

잠시 후 톰이 고개를 들고, 멍한 눈으로 정비소 안을 둘러본 다음 입속으로 뭔가를 중얼거렸다.

"마-브…" 경찰관이 말했다. "…오…."

"아니요, '로'요." 청년이 바로 잡았다. "마브로…."

"내 말 좀 들어봐요!" 톰이 거친 목소리로 말했다.

"로…" 경찰관이 말했다. "로…."

"그…."

"그…." 톰이 두툼한 손바닥으로 경찰관의 어깨를 누르자 그가 고개를 들었다. "뭡니까?"

"대체 어떻게 된 거죠? 정확히 알고 싶어요!"

"자동차에 치였어요. 즉사했습니다."

"즉사라고." 톰이 그를 잡아먹을 듯 노려보며 그의 말을 반복했다.

"여자가 도로로 뛰어들었어요. 그 망할 운전사는 차를 세우지 않았고."

"자동차 두 대가 지나갔어요." 미카엘리스가 말했다. "한 대는 내려갔고 한 대는 올라갔어요, 아시겠죠?"

"어느 쪽으로 갔다고요?" 경찰관이 날카롭게 물었다.

"그러니까 두 대가 서로 반대쪽으로 갔어요. 저기, 여자 분이…." 그의 손이 담요를 향해 반 정도 올라가다가 멈추더니 다시 옆구리 쪽으로 내려왔다. "여자가 저쪽으로 달려갔는데 뉴욕 쪽에서 오던 자동차가 그녀를 들이받고 5,60킬로미터 정도로 달려갔어요."

"여기 지명이 정확히 뭡니까?" 경찰관이 물었다.

"딱히 지명이랄 게 없어요."

매끈한 얼굴에 잘 차려입은 흑인 하나가 가까이 다가왔다.

"노란색 자동차였어요." 그가 말했다. "크고 노란 자동차, 새 차였어요."

"직접 목격한 겁니까?" 경찰관이 물었다.

"아니요. 하지만 내 차를 지나서 60킬로미터 정도 되는 속도로 달려가더군요. 아마도 시속 80킬로미터 정도는 너끈히 됐을 겁니다."

"이리 와요. 이름 좀 불러주세요. 자, 모두 저쪽으로 비키세요. 이 분 이름을 적어야 하니까."

대화 중 일부가 문지방에 서서 몸을 흔들며 오열하던 월슨에게 전달된 게 틀림없었다. 울부짖음이 멈추고 그가 새로운 주제로 말을 이어나가기 시작했기 때문이다.

"그게 어떤 차였는지 일부러 말하지 않아도 돼! 그 차가 어떤 차인지 나도 잘 알고 있으니까!"

톰을 바라보고 있었는데 그의 어깨 뒤 근육이 코트 아래서 딱딱하게 굳어지는 모습이 똑똑히 보일 정도였다. 그는 재빨리 월슨 쪽으로 걸어가서 그의 어깨를 힘껏 붙잡았다.

"정신 차려야 돼." 그가 투박한 말투로 위로를 건넸다.

윌슨이 눈이 톰 쪽으로 내려갔다. 발끝으로 일어서려고 하자 톰이 황급히 그의 몸을 붙잡았는데 만약 그가 잡아주지 않았더라면 윌슨은 무릎을 대고 쓰러지고 말았을 것이다.

"잘 들어." 톰이 그의 몸을 잡고 살짝 흔들며 말했다. "방금 뉴욕에서 오는 길이야. 우리가 이야기했던 그 쿠페를 자네에게 주려고. 오늘 오후에 내가 운전했던 노란색 차는 내 것이 아니야, 알겠어? 오늘 오후에는 그 차를 본 적도 없어."

그 흑인 남자와 나만이 유일하게 들을 수 있을 정도로 낮은 목소리였지만, 경찰은 두 사람이 나누는 말투에서 무언가 감지하고는 매서운 눈길로 쳐다보았다.

"지금 뭐하는 겁니까?" 그가 물었다.

"난 이 사람 친구입니다." 톰이 고개를 돌렸지만 여전히 윌슨의 몸을 굳게 붙잡고 있었다.

"사고 차량을 안다고 하는군요. 노란색 자동차였다고 합니다."

어렴풋한 충동을 느낀 건지, 경찰관이 의심스러운 눈으로 톰을 바라보았다.

"당신 차는 색깔이 어떻게 되죠?"

"파란색 쿠페예요."

"지금 막 뉴욕에서 오는 길입니다." 내가 끼어들었다. 우리 차의 뒤로 따라왔던 운전자가 그 사실을 확인해 주고 나서야 경찰관이 돌아섰다.

"자, 이제 그 이름을 정확하게 말씀해 주시면…."

톰은 윌슨을 인형처럼 안아서 사무실로 데려가더니 의자에 앉히고 나서 돌아왔다.

"누군가 여기서 윌슨 옆에 있어주면 좋겠는데." 그가 권위적인 목소리로 말했다. 가장 근처에 서 있던 두 남자가 서로를 쳐다보며 머뭇대다가 마지못해 사무실 안으로 들어갔다. 톰은 사무실 문을 닫고 최대한 작업대 쪽을 바라보지 않으려고 애쓰면서 계단 아래로 천천히 내려왔다. 그는 내 옆으로 지나가면서 조용히 속삭였다. "일단 나가자."

톰은 군중들의 시선을 의식하면서 권위적인 태도로 두 팔을 들어 사람들 사이를 헤치고 걸어갔고 황급히 왕진 가방을 들고 나타난 의사를 지나쳤다. 아마도 실낱같은 희망을 품고 황급히 의사를 부른 모양이었다.

톰은 모퉁이에 도착할 때까지 천천히 차를 몰았다. 그러고는 최대한 힘껏 가속 페달을 밟았다. 그의 쿠페는 까만 밤을 헤치고 전속력으로 달렸다. 잠시 후 낮고 허스키한 흐느낌이 들렸고 그의 얼굴 위로 눈물이 줄줄 흘러내리기 시작했다.

"비겁한 겁쟁이 자식!" 그가 훌쩍이며 말했다. "차를 세우지도 않았어!"

시커먼 어둠 속에서 바스락거리며 스치는 나무 사이로 뷰캐넌 부부의 저택이 불쑥 나타났다. 톰은 현관 옆에 차를 세우고 담쟁이 덩굴 사이로 환하게 불이 켜진 2층 창문을 바라보았다.

"데이지가 집에 도착했군." 그가 말했다. 우리가 차에서 내릴 때, 그가 나를 힐끗 바라보더니 얼굴을 찡그렸다.

"닉, 웨스트에그에서 자네를 내려줬어야 했는데. 오늘 밤에는 아무것도 할 수 있는 게 없잖나."

전과는 사뭇 달라진 태도에다 단호하고 진지한 말투였다. 밝은 달빛이 비추는 자갈길을 건너 현관으로 걸어가는 동안, 그는 몇 마디로 간단히 상황을 정리했다.

"택시를 불러 줄 테니까 집까지 타고 가게. 혹시 생각이 있으면 기다리는 동안 조던과 부엌에 가서 저녁 식사도 하고." 그가 현관을 열었다.

"들어오게."

"아니, 괜찮아. 하지만 택시는 불러주면 고맙겠네. 그냥 밖에서 기다리지."

조던이 내 팔에 손을 얹었다.

"닉, 정말 안 들어가도 괜찮겠어요?"

"난 괜찮아." 왠지 모르게 속이 메스껍고 무엇보다 혼자 있고 싶었다. 하지만 조던은 잠시 머뭇거렸다.

"아직 9시 반밖에 안 됐잖아요." 그녀가 말했다.

도저히 들어갈 수가 없었다. 하루 동안 모두를 질리도록 겪었고 그 사이에는 조던까지 포함되었다. 조던도 내 표정에서 뭔가를 눈치 챘는지 갑자기 몸을 홱 돌려 계단을 뛰어 집으로 들어갔다. 나는 몇 분 동안 두 손으로 머리를 감싸 쥐고 앉아 있었다. 마침내 안에서 택시를 부르는 집사의 목소리가 들렸다. 나는 출입구 쪽에서 기다릴 생각으로 천천히 차도를 따라서 걸어 내려갔다.

20미터 정도도 못 갔을 때 누군가 내 이름을 부르는 소리가 들렸다. 개츠비가 도로 옆 덤불 사이로 걸어 나왔다. 이때쯤 뭔가 으스스한 기분이 들었던 게 틀림없다. 밝은 달빛을 받아 번쩍이는 그 분홍색 정장 말고는 아무것도 생각할 수가 없었기 때문이다.

"여기서 뭐하는 거야?" 내가 물었다.

"그냥 서 있었어, 친구."

왠지 모르게 비열한 행동이 아닌가 싶은 생각이 들었다. 금방이라도 집을 털기 위해서 뛰어 들어갈지도 모른다고 여겨진 걸까. 어쩌면 그의 등 뒤의 어두컴컴한 관목 사이로, '울프심의 무리들'처럼 거친 사람들의 얼굴이 보였다고 해도 나는 그다지 놀라지 않았을 것이다.

"혹시 차 사고 난 거 봤어?" 그가 잠시 후에 물었다.

"응."

개츠비가 머뭇거렸다.

"그 여자는 죽었어?"

"응."

"그런 것 같았어. 데이지에게도 그럴 거라고 했지. 충격은 한 번에 오는 게 좋잖아. 그래도 데이지가 잘 견뎠어."

마치 데이지의 반응 이외에는 아무것도 문제가 되지 않는다는 듯한 말투였다.

"뒷길로 빠져서 웨스트에그로 갔어." 그가 계속했다. "차는 우리 집 차고에 세웠고. 우리를 본 목격자는 없는 것 같아. 물론 확실하지는 않지만."

그때부터는 개츠비라는 인간 자체가 너무나 혐오스러워져서 그의 생각이 틀렸다는 사실을 굳이 지적해 줄 필요조차 없다고 생각했다.

"그 여자는 누구야?" 그가 물었다.

"머틀 윌슨이야. 남편은 주유소 겸 정비소를 운영하고 있어. 대체 어쩌다가 그런 일이 생긴 건가?"

"그게, 운전대를 꺾으려고 했는데…." 그가 말끝을 흐렸다. 그제야 무엇이 진실인지 짐작이 되기 시작했다.

"데이지가 운전을 한 건가?"

"맞아." 잠시 후에야 개츠비가 대답했다. "물론 내가 운전했다고 말할 거야. 자네도 알다시피, 뉴욕에서 출발할 때부터 데이지는 온통 신경이 곤두서 있었어. 그래서 운전이라도 하면 좀 괜찮아질 거라고 생각했지. 그런데 반대편에서 오는 차를 지나려고 하는 순간 그 여자가 우리 쪽으로 달려들었어. 정말이지 순식간에 일어난 일이었지. 하지만 내 생각에는 우리에게 뭔가 이야기를 하고 싶었던 것 같아. 아는 사람으로 착각을 한 걸 수도 있고. 데이지가 처음에는 여자를 피해서 반대편 차선 쪽으로 운전대를 꺾었다가 순간 겁을 먹은 건지 다시 운전대를 반대로 돌리고 말았어. 내가 핸들을 다시 꺾으려고 하는데 여자가 차에 부딪히는 충격이 그대로 전해지더군. 그 정도면 아마도 그 자리에서 죽었을 거야."

"충격으로 온몸이 찢겨서…."

"그만해, 친구." 그가 눈을 찌푸렸다. "아무튼, 데이지는 사고를 내고도 계속 가속 페달을 밟았어. 내가 멈춰보려고 애를 써봤지만, 도저히 멈출 수가 없었어. 결국 핸드 브레이크를 당길 수밖에 없었지. 그제야 데이지가 내 무릎 위로 쓰러졌고. 그다음부터는 내가 운전을 한 거야."

"내일이면 괜찮아질 거야." 개츠비가 말을 이었다. "난 여기서 기다리면서 혹시 오후에 있었던 불쾌한 상황 때문에 남편에게 괴롭힘을 당하지는 않는지 지켜볼 생각이야. 지금은 방에 들어가 있는데, 혹시라도 그 자가 난폭하게 굴면 방의 불을 껐다가 다시 켜기로 했어."

"폭력을 쓰지는 않을 거야." 내가 말했다. "지금은 다른 데 정신이 팔려 있으니까."

"난 그를 믿지 않아, 친구."

"언제까지 기다릴 생각인가?"

"필요하다면 밤새도록이라도 기다릴 거야. 둘 다 잠이 들 때까지는 기다릴 작정이라네."

그제야 새로운 관점이 생각났다. 만약 데이지가 운전했다는 사실을 톰이 알게 된다면 그때는 어떻게 될까? 어쩌면 운전자와 사고 사이의 연관성이 있다고 생각할지도 모른다. 톰이 무슨 생각을 할지는 누구도 모르는 일이니. 나는 뷰캐넌 부부의 저택을 돌아보았다. 아래층 창문 두세 개가 환히 밝혀져 있었고, 1층 데이지의 방에서는 분홍색 불빛이 비추고 있었다.

"잠깐만 여기서 기다려." 나는 말했다. "혹시 무슨 소동이 벌어질 낌새라도 있는지 살펴보고 올 테니까."

나는 잔디밭의 가장자리를 따라 돌아가서 발소리를 죽이며 자갈길을 건넌 다음, 베란다 계단을 조심스럽게 오르기 시작했다. 거실 커튼이 열려 있었는데 안에는 아무도 보이지 않았다. 3달 전, 그러니까 6월의 어느 저녁에 식사를 했던 현관을 가로질러 식료품 저장실의 창문으로 보이는 작은 직사각형 불빛에 도착했다. 블라인드가 내려와 있었지만 창틀 사이에 작은 틈이 나 있었다.

데이지와 톰이 식은 닭튀김과 에일 맥주 두 병을 사이에 둔 채로 테이블 위에 마주 앉아 있었다. 그는 테이블 건너편에서 뭐라고 열심히 이야기를 했고 뭔가 진지한 이야기를 하면서 손을 뻗더니 그녀의 손을 감싸기까지 했다. 데이지는 이따금 얼굴을 들고 그를 보며 동의한다는 듯 고개를 끄덕였다.

물론 두 사람은 행복해 보이지 않았다. 둘 다 닭튀김이나 맥주에는 손도 대지 않았다. 그렇다고 해서 불행해 보이는 것도 아니었다. 두 사람의 모습에는 분명 자연스러운 친밀감이 가득했다. 누가 보더라도 머리를 맞대고 음모를 꾸미는 것 같다고 생각했을 정도였다.

살금살금 현관으로 걸어 나가고 있자니 조금 전에 부른 택시가 어두운 도로를 따라서 천천히 저택으로 들어오는 소리가 들렸다. 개츠비는 방금 전 이야기를 나누었던 그 자리에서 기다리고 있었다.

"위쪽은 조용해?" 그가 초조하게 물었다.

"응, 아주 조용해." 나는 잠시 머뭇거렸다. "자네도 이만 집에 가서 쉬는 게 좋겠어."

그가 고개를 저었다.

"데이지가 잠자리에 들 때까지 여기서 기다리겠네. 잘 가게, 친구."

그는 코트 주머니에 손을 찔러 넣고서 마치 나라는 존재가 그의 신성한 불침번에 흠집이라도 낸 것처럼 진중한 태도로 돌아서더니 저택 주변을 유심히 살펴보기 시작했다. 결국 나는 달빛 아래서 아무것도 아닌 것을 지켜보면서 조용히 서 있는 개츠비만 남겨둔 채로 자리를 떠났다.

8장

나는 밤새 잠을 이루지 못했다. 해협에서는 안개의 위험을 알리는 경적이 끊임없이 울려 퍼졌고 기괴한 현실과 야만적이고 무서운 꿈 사이에서 반쯤 앓다시피 하며 뒤척였다. 새벽이 되자 택시가 개츠비의 저택 진입로를 따라 올라가는 소리를 들었고 나는 즉시 침대에서 뛰어나와 옷을 입기 시작했다. 그에게 뭔가를 말해야 했고 경고를 해야 했기 때문이다. 아침이 되면 너무 늦을 것 같았다.

저택 잔디밭을 가로지르다 보니 현관문이 아직 열려 있었다. 그는 피곤에 지친 표정으로 홀의 테이블에 기대어 있었다.

"아무 일도 없었어." 그가 창백한 얼굴로 말했다.

"계속 기다렸는데, 새벽 4시쯤 데이지가 창문 쪽으로 와서 잠깐 서 있다가 불을 끄더군."

우리는 담배를 찾아 큰 방들을 헤매고 돌아다녔고 그의 집이 그렇게 거대하게 느껴진 적이 없었다. 거대하고 묵직한 커튼을 옆으로 밀어내고 어두운 벽의 곳곳을 따라 전기 스위치를 더듬었다. 한 번은 유령 같은 피아노의 건반 위로 넘어져 물에 빠진 것처럼 허우적대기도 했다. 사방에 헤아릴 수 없을 정도로 먼지가 수북했고 방 곳곳이 며칠 동안 환기조차 해 두지 않은 것처럼 퀴퀴한 냄새가 났다. 겨우 낯선 테이블 위에 담배상자를 발견했는데 그 안에 오래되고 말라비틀어진 담배 두 개비가 있었다. 우리는 응접실의 프랑스 창문을 열고 어둠 속에 앉아서 담배를 피웠다.

"당장 이곳을 떠나도록 해." 내가 말했다. "분명 네 차를 추적할 거야."

"지금 떠나라는 건가, 친구?"

"일주일 정도 애틀랜틱시티에 가 있어, 아니면 몬트리올에 갔다가 오던가."

개츠비는 그럴 생각이 추호도 없었다. 데이지가 어떻게 할 생각인지 알기 전까지는 도저히 떠날 수 없다는 거였다. 여전히 마지막 희망의 끈을 붙잡고 있었기 때문에 나로서는 차마 그 손을 억지로 떼어낼 수가 없었다.

그날 밤 개츠비는 자신이 보냈던 기이한 젊은 시절의 이야기를 나에게 들려주었다. 아마도 '제이 개츠비'라는 인물이 톰의 냉혹한 악의에 의해 산산이 부서져 버렸고 이제는 은밀하고 화려했던 이야기가 모두 끝이 났기 때문이리라. 이제 와 생각해 보면, 당시 그는 뭐든 솔직히 인정할 마음의 준비가 된 상태였지만 그중에서도 데이지에 대해서 가장 먼저 이야기하고 싶어 했다.

데이지는 그가 태어나서 처음 만난 '괜찮은' 여성이었다. 물론 다양한 방식과 능력을 가진 후부터 상류층 여성들과 접촉할 기회는 많았으나, 언제나 눈에 보이지 않는 철조망 같은 것이 서로를 가로막고 있었다. 개츠비는 데이지라는 여성에게 흥미를 느꼈다. 그래서 처음에는 캠프 테일러의 다른 장교들과 함께 그녀의 집을 찾았고 나중에는 혼자서 그녀를 만나러 갔다. 정말 놀라운 일이었다. 전에는 그렇게 아름답고 멋진 집에 가 본 적이 없었다. 무엇보다 그를 숨 막히게 만들고 강렬한 인상을 자아낸 것은 바로 데이지가 그 집에 살고 있었기 때문이다. 개츠비에게 캠프의 허름한 텐트가 그러한 것처럼 데이지에게 그 집은 너무나 평범한 것이었다.

데이지의 집에는 농익은 신비로움이 느껴졌다. 다른 침실보다 더 아름답고 시원한 위층 침실들, 복도에서는 뭔가 화려하고 활기찬 일이 벌어질 것 같았고 라벤더 속의 낡고 먼지 끼고 묵은 로맨스가 아니라 번쩍이는 최신형 자동차와 시들지 않은 꽃들, 화려한 춤으로 가득한 그런 곳일 것만 같았다. 이미 많은 남자들이 데이지를 흠모했다는 사실도 그를 흥분시켰다. 그의 눈에 비치는 그녀의 가치를 증폭시켰다고 할까. 그는 집안 곳곳에서 과거 그녀를 사랑했던 남자들의 존재를 느꼈고, 그 감정의 흔적은 아직도 그림자로, 또 메아리로 생생히 남아 집안 공기를 가득 채우고 있는 것 같았다.

엄청난 우연으로 인해 그 집에 발을 들이게 되었음을 그 역시 잘 알고 있었다. 제이 개츠비라는 사람으로 그의 미래가 아무리 찬란하다고 해도, 지금 현재로서는 무일푼의 젊은이에 불과했고 제복이라는 보이지 않는 망토가 언제든 어깨에서 흘러내려 버릴지 모를 일이었다. 그래서 그는 자신의 시간을 최대한 활용했다. 모든 수단과 방법을 동원하여 원하는 것을 얻으려 애를 써서 결국 어느 고요한 10월의 밤, 데이지를 완전히 가지고야 말았다. 그의 입장에서는 당시로서는 그녀의 손을 만질 권리조차 허락되지 않았기 때문에 그렇게 했던 것이었다.

분명 거짓된 구실로 그녀를 취한 것이기 때문에 스스로를 경멸할 수도 있었지만, 그는 그러지 않았다. 엄청난 부자라고 속인 게 아니라 그저 안정감을 불어넣은 것에 불과했기 때문이다. 그냥 그녀와 비슷한 계층의 사람이고 충분히 그녀를 돌볼 수 있는 능력을 가졌다고 믿도록 만들었다. 사실 그에게는 그럴만한 능력이 없었다. 자신을 뒷받침해 줄 든든한 가족도 없었고 비인간적인 정부의 변덕스러움에 의해서 언제 어디로 이동하게 될지 예측조차 할 수 없었다.

하지만 그는 스스로를 경멸하지 않았고 주변 상황도 그의 예상대로 전개되지 않았다. 최대한 많은 것을 취하고 나서 어디론가 떠날 계획이었을지도 모른다. 하지만 스스로가 성배를 얻기 위해 모든 힘을 다했다는 사실을 깨닫게 되었다. 데이지가 특별한 여자라는 건 알고 있었지만, '괜찮은' 여성이 얼마나 특별할 수 있는지는 미처 깨닫지 못한 탓이었다. 그녀는 부유한 집과 풍요로운 자신의 삶 속으로 사라져 버렸다. 개츠비에게는 아무것도 남기지 않은 채로. 개츠비는 그녀와 결혼한 거나 다름없다고 느꼈으나, 그것이 전부였다.

이틀 후, 두 사람이 다시 만났을 때 그는 숨이 막힐 듯했고 배신당한 기분이 드는 것도 바로 개츠비 자신이었다. 데이지의 집 현관은 별빛처럼 빛나는 사치품으로 반짝였다. 그녀가 그를 향해 몸을 돌리고 그가 데이지의 호기심 많고 사랑스러운 입술에 키스를 퍼붓는 동안 라탄으로 만든 소파가 삐걱 소리를 냈다. 감기에 걸린 그녀는 그 어느 때보다 허스키한 목소리를 냈는데 그 목소리는 어느 때보다 매력적이었다. 개츠비는 부유함이 가두어 보존하는 젊음과 신비, 수많은 의류의 생기로움, 가난한 자들의 열띤 투쟁

위에 뽀얀 은처럼 안전하고 자랑스러운 빛을 발하는 데이지의 존재감을 압도적으로 느끼게 되었다.

"그녀를 사랑하게 되었음을 깨닫고 나 스스로 얼마나 놀랐는지 말로는 도저히 설명할 수가 없을 정도야, 친구. 얼마 동안은 그녀가 나를 차버렸으면 하고 바랐지만, 그녀는 그러지 않았어. 그녀역시 나를 사랑했으니까. 자신이 알지 못하는 걸 내가 알고 있으니 여러모로 통달한 사람인 줄 알았겠지…. 사실, 언젠가부터 야망은 뒤로 한 채 서서히 더 깊은 사랑에 빠져들고 있었던 거야. 야망 따위는 전혀 상관이 없게 되어버렸지. 내가 앞으로 무엇을 할지 말하는 것으로도 충분히 즐거운데 굳이 거창한 일을 하겠다고 설친들 무슨 소용이 있겠나?"

해외로 떠나기 전날 늦은 오후, 그는 데이지를 품에 안고 오랜시간을 가만히 있었다. 서늘한 가을 저녁이라 방에 불을 떼 두어서 데이지의 두 볼이 불그스레하게 달아올라 있었다. 이따금 그녀가 뒤척일 때면 그는 자세를 고쳐가며 그녀를 안고 있었고 그럴때마다 검고 윤기 나는 머리칼에 입을 맞추어 주었다. 다음 날 약속된 이별에 대비해 깊은 추억이라도 만들려는 듯, 두 사람은 오후 내내 고요하고 차분한 시간을 함께 보냈다. 한 달여 동안 가까이 지내면서도 그날 저녁 그의 코트 어깨에 가만히 입술을 대거나그녀가 잠들어 있는 것처럼 손끝을 조심스레 만질 때처럼 아무 말없이 서로를 친밀하게 느끼고 더 깊이 소통한 적은 없었다.

개츠비는 군대에서 승승장구했다. 전선에 배치되기 전부터 대위에 임명되었고, 아르곤 전투 후에는 소령으로 진급하여 기관총부대를 지휘하게 되었다. 휴전 뒤에는 최대한 빨리 귀국하려 했으나 어떤 착오가 있었는지 예기치 않게 옥스퍼드 대학으로 파견되고 말았다. 그때부터 걱정이 되기 시작했다. 데이지가 보낸 편지들에는 날이 선 신경질과 절망감이 묻어 있었기 때문이다. 그녀는 그가 왜 돌아오지 않는지 이해하지 못했다. 데이지는 외부로부터 압박감을 느끼고 있었고, 그를 만나고 싶었다. 곁에서 지켜주기를 바랐으며 어쨌거나 자신이 옳은 일을 하고 있다는 확신을 느끼고 싶었다.

데이지는 아직 한창 나이였다. 그녀가 속한 인공적인 세계에는 난초의 향기, 활발하고 쾌활한 속물근성, 인생의 슬픔과 온갖 암시가 새로운 멜로디로 축약된 오케스트라의 선율로 가득했다. 색소폰은 밤새 '빌 스트리스 블루스'의 절망적인 세상사를 노래했고, 그 사이 수백 켤레의 금색과 은색 실내화가 반짝이는 먼지를 일으켰다. 어둠이 내리고 차를 마실 시간이 되면 나지막하고 달콤한 열기가 방마다 요동쳤고, 구슬픈 호른 연주에 이끌린 새로운 얼굴들이 바람에 흩어져 바닥을 나부끼는 장미꽃잎처럼 곳곳을 헤매고 다녔다.

계절이 바뀌면서 데이지는 황혼의 세상 속에서 다시 움직이기 시작했다. 갑자기 하루에도 여섯 명의 남자들과 대여섯 번씩 데이트를 하고, 새벽녘이 되어서야 침대 옆 바닥에서 시들어가는 난초 사이에 구슬 장식이 달린 시폰 드레스와 뒤엉켜 잠이 들고는 했다. 그 사이 그녀 안의 무언가 어느 쪽이든 결정을 내려야 한다고 끈질기게 요구했다. 그녀는 자신의 삶이 어떻게든 확실하게 윤곽을 잡기를 바랐다. 그 결정을 내리기 위해서는 무엇보다 사랑, 돈, 의심할 여지없이 명확한 실용적인 힘이 필요했다.

그 힘이라는 것은 봄이 무르익어갈 무렵, 톰 뷰캐넌이 등장함에 따라 명확한 실체를 드러냈다. 그의 풍채와 지위에는 누구도 범접

하지 못할 무게감이 있었다. 덕분에 데이지는 그와 함께 있을 때 왠지 모르게 우쭐해지고는 했다. 얼마 동안 갈등을 느낀 것은 사실이지만 그와 동시에 안도감도 느낀 게 분명했다. 옥스퍼드에 머무는 개츠비에게 그간의 사연이 담긴 편지 한 통이 도착했다.

어느새 롱아일랜드에 새벽이 찾아왔고 우리는 아래층 창문을 모두 열어 집안을 잿빛과 금빛으로 가득 채웠다. 나무 그늘이 이슬 위로 드리우고 푸른 잎사귀 사이에서 새들이 지저귀기 시작했다. 바람 한 점 불지 않았고 뭔가 여유롭고 상쾌한 움직임만이 가득해 하루 종일 시원하고 화창한 날이 약속된 느낌이 완연했다.

"데이지가 그를 사랑한 적이 없다고 생각해." 개츠비가 창문에서 돌아서더니 도전적인 눈으로 나를 보며 말했다. "어제 오후에 그녀가 굉장히 흥분해 있었다는 걸 잊으면 안 돼, 친구. 그가 온갖 이야기를 떠들어대는 바람에 그녀가 겁을 먹었잖아. 나를 싸구려 사기꾼으로 몰아가면서까지 말이야. 그래서 데이지는 자신이 무슨 말을 하는지도 잘 알지 못했던 거야."

개츠비는 우울한 표정으로 자리에 앉았다.

"물론 처음 두 사람이 결혼했을 당시에는 잠시 사랑했을 수도 있겠지. 하지만 그때마저도 나를 더 사랑했어, 이해하겠나?"

순간 그는 말도 안 되는 이야기를 했다.

그가 말했다. "어쨌거나 그건 개인적인 일에 불과해."

판단하기 힘든 일에 괜히 집착하는 경향이 있는 게 아닐까 싶은 의구심을 가지는 것 말고는 달리 그의 말을 이해할 길이 없었다.

그는 톰과 데이지가 한창 신혼여행을 즐길 당시 프랑스에서 귀국했다. 그리고 군에서 받은 마지막 봉급을 가지고 정말로 비참하지만 달리 저항할 수도 없는 상태에서 루이빌을 찾아갔다. 그는 일주일 동안 그곳에서 지내면서 11월의 밤에 거닐었던 거리를 배회하고 그녀의 새하얀 자동차를 타고 드라이브를 갔던 외딴 곳들을 다시 찾아갔다. 데이지의 집이 언제나 다른 집보다 더 신비하고 유쾌하게 보였던 것처럼, 그녀는 그곳에 없지만 루이빌이라는 도시 자체에 대한 그의 생각은 여전히 우울한 아름다움으로 가득 차 있었다.

조금 더 열심히 찾으려고 애쓰면 그녀를 찾을 수도 있을 것만 같았고, 왠지 그녀를 남기고 떠나는 기분이 들었다. 무일푼 신세가 된 개츠비는 일반 객차에 올라탔고 그곳은 찌는 듯이 더웠다. 그는 문이 열린 객차 통로로 나가서 접이식 의자 위에 앉았다. 열차는 서서히 역을 출발했고 낯선 건물들이 하나둘 스쳐 지나갔다. 마침내 봄의 들판으로 열차가 나오고 나서야, 노란색 전차한 대가 나타나서 마치 경주를 하듯 나란히 달리기 시작했다. 어쩌면 전차에 탄 사람들은 창백하고 매혹적인 데이지의 얼굴을 우연히 한 번쯤 보았을지도 모른다.

열차 선로가 꺾이면서 서서히 태양으로부터 멀어지기 시작했다. 점차 저무는 해는 그녀가 숨을 쉬었던 도시 위로 마치 축복을 내리듯 천천히 퍼져나갔다. 그는 필사적으로 손을 뻗쳤다. 마치그를 위해 아름답게 만들어주었던 그 도시의 한 움큼이라도 손아귀에 쥐려는 사람처럼. 하지만 눈물에 젖은 그의 눈앞의 모든 것들이 너무 빠르게 흘러가고 있었다. 그는 가장 새로웠고 가장 행복했던 부분을 이제는 영원히 잃어버렸다는 사실을 깨닫게 되었다.

아침 식사를 마치고 현관으로 나갔을 때는 이미 9시가 된 후였다. 밤사이 날씨가 급격히 변해서인지, 어느새 가을 기운이 완연히 느껴졌다. 개츠비와 예전부터 일하던 하인 중 유일하게 남은 정원사가 현관 계단 아래로 다가왔다.

"오늘 수영장 물을 빼려고 합니다. 얼마 후면 낙엽이 떨어지기 시작할 텐데, 그러면 배수관 파이프에 항상 문제가 생기거든요."

"오늘은 그냥 둬요." 개츠비가 대답했다. 그리고 사과를 하듯 나를 돌아보았다. "알다시피 친구, 이번 여름에는 단 한 번도 수영장에 들어간 적이 없어서 말이야."

나는 시계를 확인하고 자리에서 일어섰다.

"기차 시간이 12분밖에 안 남았어."

나는 시내에 나가고 싶지 않았다. 업무를 수행할 만한 상태도 아니었고, 무엇보다 중요한 것은 개츠비를 혼자 두고 떠나고 싶지가 않아서였다. 결국 나는 그 기차를 놓쳤다. 그리고 다음 기차도 놓친 후에야 비로소 자리를 털고 일어설 수 있었다.

"이따가 전화할게." 마침내 내가 말했다.

"그래, 친구."

"12시쯤."

우리는 천천히 계단을 따라 내려갔다.

"데이지한테도 전화가 오겠지." 그는 동의를 구하듯 간곡한 눈으로 나를 쳐다보았다.

"그렇겠지."

"그래, 어서 가 봐."

그와 악수를 나눈 뒤 나는 걸음을 옮기기 시작했다. 저택 울타리에 도착하기 직전, 뭔가 머릿속에 떠올라 갑자기 뒤를 돌아보았다.

"그 인간들은 완전 속물이야." 나는 잔디밭 너머에서 소리쳤다.
"그 사람 전부를 합친 것보다 자네가 더 대단한 사람이야."

나는 지금까지도 그때 그 이야기를 했던 것을 다행이라 생각하
고 있다. 처음부터 끝까지 그의 행동을 못마땅하게 봤던 터라 그
말이 유일하게 그에게 했던 칭찬이었기 때문이다. 내 말을 들은 개
츠비는 처음에는 정중히 고개를 끄덕였고, 그런 다음 오랫동안 그
사실에 대해 은밀히 공모라도 했던 것처럼 밝고 이해심 넘치는 미
소를 지었다. 화려한 핑크색 정장이 새하얀 계단을 배경으로 밝게
빛나는 점처럼 빛나는 모습에 석 달 전 유서 깊은 그의 저택에 처
음 방문했던 저녁의 기억이 떠올랐다. 드넓은 잔디와 진입로에는
그가 부정한 짓을 저지르고 있다고 의심하는 얼굴들로 북적이고
있었고, 그는 절대로 타락하지 않을 꿈을 숨긴 채로 그들에게 작
별 인사를 건네기 위해 그 자리에 서 있었다.

나는 그의 환대에 고마움을 표했다. 우리는 언제나 그의 환대
에 감사함을 표현하고는 했다. 나는 물론이고 다른 사람들도 마찬
가지였다.

"잘 있어." 내가 소리쳤다. "그리고 아침 잘 먹었어, 개츠비."

뉴욕에 도착한 후 한동안 산더미처럼 쌓인 주식 시세표를 정리
해 보려고 애썼지만 곧바로 회전의자에 앉은 상태로 잠이 들고 말
았다. 정오가 되기 직전, 전화벨 소리에 놀라서 잠에서 깨 보니 이
마에 땀방울에 맺혀 있었다. 조던 베이커의 전화였다. 호텔과 골
프클럽, 집을 오가느라 워낙 스케줄이 일정치 않은 터라 서로 연
락할 도리가 없어서 정오 무렵에 전화를 걸곤 했다. 평소에는 사
무실 창문으로 초록 골프장 잔디 조각이 날아온 것처럼 상큼하고

시원하게 들리던 목소리가 그날따라 왠지 모르게 귀에 거슬리고 건조하게 들렸다.

"데이지의 집에서 나왔어요." 그녀가 말했다. "지금 헴스테드에 있는데 오후에 사우샘프턴으로 가려고요."

데이지의 집에서 나오는 편이 현명한 처사였겠으나, 그 말을 듣자 짜증이 버럭 났고 그녀의 다음 말을 듣는 순간 온몸이 돌처럼 굳어지고 말았다.

"어젯밤에는 나에게 친절하지 않더군요."

"그 상황에서 내 행동이 중요했나?"

잠시 무거운 침묵이 흘렀다. 잠시 후 그녀가 입을 열었다.

"그래도… 보고 싶기는 해요."

"나도 보고 싶어."

"사우샘프턴에 가지 말고 오후에 그쪽으로 갈까요?"

"아니, 오늘 오후에는 힘들 것 같아."

"알겠어요."

"오늘 오후에는 정말 힘들 것 같아. 여러 모로…."

우리는 그렇게 이야기를 나누다가 갑자기 아무 말도 하지 않고 가만히 있었다. 둘 중 누가 먼저 전화를 끊었는지는 알 수 없다. 하지만 당시에는 어느 쪽이든 별로 중요치 않았다. 앞으로 평생 그녀와 대화를 나눌 기회가 없더라도 그날만큼은 테이블을 사이에 두고 앉아서 태연하게 이야기나 나눌 수가 없었기 때문이다.

그로부터 몇 분 후, 나는 개츠비의 집에 전화를 걸었지만 통화 중이었다. 네 번이나 전화를 걸었더니 화가 난 전화 교환원이 디트로이트에서 올 장거리 전화를 기다리느라 연결이 되지 않는다고 말했다. 나는 기차 시간표를 꺼내서 3시 50분 운행 예정인 기차에 작게 동그라미를 그렸다. 그때가 정확히 12시였다.

그날 아침 재의 언덕을 지날 때, 나는 일부러 객차 반대편으로
가서 앉았다. 온종일 호기심 가득 찬 사람들이 사건이 벌어진 현
장으로 모여들 거라 예상이 되었기 때문이다. 어린아이들은 먼지
속에서 검은 얼룩을 찾고, 수다쟁이는 계속해서 무슨 일이 벌어졌
는지 이야기할 게 분명했다. 그러다 보면 마침내 그 이야기는 점점
현실감을 잃어 더는 이야기할 거리가 없어지고 말 것이다. 결국 머
틀 윌슨의 비극적인 종말은 그대로 잊히게 될 것이다.

이쯤에서 다시 되돌아가서 전날 밤 우리가 자동차 정비소를 떠
난 이후, 그곳에서 어떤 일이 있었는지 이야기하고 싶다.

경찰은 동생 캐서린을 찾는데 꽤나 애를 먹었다. 아마도 그날
밤은 술을 마시지 않겠다는 원칙을 깨버린 모양이었다. 왜냐하면
이미 술에 떡이 되어서 현장에 도착한 터라 구급차가 이미 플러싱
으로 떠났다는 이야기조차 제대로 이해하지 못했기 때문이다. 사
람들이 납득이 가도록 찬찬히 설명을 해 주었는데 듣자마자 기절
하고 말았다. 구급차가 떠나버린 것이 이번 사건에서 가장 참을
수 없는 결정적인 한방이라도 되는 것처럼. 결국 친절인지 호기심
인지 모를 의도를 가진 누군가 자비를 베풀어 그녀를 차에 태워
서 언니의 시신이 보관된 곳까지 데려다 주었다.

자정이 훨씬 지난 시간이 된 후에도 자동차 정비소 앞으로 하
나둘 구경꾼이 몰려들었다. 조지 윌슨은 정비소 안의 긴 의자에
앉아서 앞뒤로 몸을 흔들고 있었다. 한동안 사무실 문이 열려 있
었기 때문에 몰려든 사람들 누구든 어쩔 수 없이 그 모습을 들
여다볼 수밖에 없었다. 마침내 누군가 그 모습을 구경하는 건 수

치스러운 일이라며 문을 닫았다. 미카엘리스와 몇몇 남자들이 그의 곁을 지켰다. 처음에는 네댓 명, 나중에는 두어 명으로 줄었다. 나중에는 미카엘리스가 15분만 더 기다려 달라고 부탁을 하기에 이르렀다. 그는 잠시 집으로 돌아가 커피 주전자 하나를 준비해 왔고 그 후로는 새벽에 동이 틀 때까지 윌슨의 옆을 지켜주었다.

새벽 3시쯤 앞뒤 없이 중얼거리던 윌슨의 말이 서서히 달라졌다. 그는 아까보다 한층 차분해진 상태에서 노란색 자동차에 대해서 이야기하기 시작했다. 그는 노란색 차가 누구의 것인지 알아낼 방법이 있다고 큰소리로 선언하고는 몇 달 전에 아내가 얼굴에 멍이 들고 코가 부은 채로 시내에서 돌아온 적이 있다고 불현듯 말했다. 그러고는 자기가 한 말에 지레 놀라 움찔하더니 신음하듯이 외쳤다.

"오, 맙소사!" 미카엘리스는 그의 주의를 돌려볼 요량으로 서툴게 이런 저런 시도를 했다.

"결혼한 지 얼마나 되었어요, 조지? 자, 잠깐 앉아서 질문에 대답을 해 보세요. 결혼한 지 정확히 얼마나 된 거죠?"

"12년."

"아이는 없어요? 조지, 잠깐만 앉아서 대답해 보세요. 아이는 없어요?"

딱딱한 갈색 딱정벌레가 둔탁한 빛을 향해 몸을 날렸고 미카엘리스는 도로를 질주하는 자동차 소리를 들을 때마다 몇 시간 전에 멈추지 않고 달렸던 자동차 소리를 듣는 기분이었다. 그는 정비소로 들어갈 엄두가 나지 않았다. 시신이 눕혀져 있던 작업대가 피로 얼룩이 져 있었기 때문이다. 그래서 사무실 주위를 불안한 듯 서성였고 아침이 되기 전 사무실 내부의 모든 물건 위치를 파악할 정도가 되었다. 그는 윌슨 옆에 앉아서 어떻게든 그를 진정시켜 보려고 애썼다.

"조지, 가끔 가는 교회 없어요? 오랫동안 가지 않았더라도 괜찮아요. 교회에 전화해서 목사님을 불러 주면 잠시 이야기를 나눌 수 있을 거예요."

"난 다니는 교회가 없어."

"이럴 때를 대비해서라도 교회에 다녀야 해요, 조지. 한 번쯤 교회에 가 봤을 것 같은데. 교회에서 결혼식을 했지요? 조지, 내 말들어봐요. 교회에서 결혼하지 않았어요?"

"그건 옛날 일이지."

대답을 하려 노력을 해서인지 소파에서 앞뒤로 몸을 흔들던 리듬이 깨졌다. 잠시 침묵이 흘렀다. 그러다가 뭔가를 반쯤은 알고 반쯤은 혼란스러운 표정이 흐릿해진 눈동자에 떠올랐다.

"저기 서랍을 봐."

"어떤 서랍이요?"

"저기… 저쪽 서랍 말이야."

미카엘리스가 가장 가까운 서랍을 열었다. 안에는 가죽과 은을 엮어서 만든 작고 비싸 보이는 개 목줄 하나만 들어 있었다. 분명 새 것처럼 보였다.

"이거요?" 그가 목줄을 손에 들고 되물었다.

윌슨이 개 목줄을 보며 고개를 끄덕였다.

"어제 오후에 발견했어. 마누라는 나름대로 변명을 하려고 했지만, 아무리 봐도 뭔가 수상쩍다 싶었어."

"부인이 이 목줄을 샀다는 건가요?"

"화장지에 싸서 화장대에 올려 두었더군."

미카엘리스는 목줄에서 이상한 점을 찾지 못했고, 윌슨의 아내가 개 목줄을 샀을 만한 이유를 열 가지 넘게 나열하기 시작했다. 하지만 "오, 맙소사!"라고 중얼거리는 걸 보니, 그중 일부는 이미 머틀에게 들어본 내용이었다. 미카엘리스는 위로하는 말을 몇 마디 더 보태려고 했으나 그만 두기로 했다.

"그러니까 그 자식이 죽인 거였어." 윌슨이 말했다. 순간 그의 입이 쩍하고 벌어졌다.

"누가 말이에요?"

"다 알아내는 방법이 있지."

"조지, 당신 지금 정상이 아니에요." 미카엘리스가 말했다. "이번 일로 너무 충격을 받아서 무슨 소리를 하는지 모르는군요. 아침까지 안정을 취하는 게 좋겠어요."

"그 자식이 내 마누라를 죽였어."

"그건 사고였어요."

윌슨은 고개를 가로저었다. "흠!" 하고 소리를 내면서 실눈을 뜨더니 마치 귀신처럼 입술이 양옆으로 당겨졌다.

"난 모든 걸 알고 있어." 단호한 목소리였다. "나는 누구에게도 해를 끼치지 않는 믿음직한 사람이야. 그렇지만 내가 일단 무언가를 안다고 하면 그건 정말로 맞는 거라고. 그 차에 타고 있던 남자가 바로 그 놈이었어. 마누라가 그놈에게 말을 걸려고 쫓아나갔는데, 그놈이 차를 세우지 않았던 거야."

미카엘리스도 당시 상황을 목격하기는 했지만, 특별한 의미가 있을 거라고 생각하지는 않았다. 윌슨 부인이 특정한 차를 멈추려고 했다기보다는 오히려 남편을 피해서 도망치려고 했던 거라고 생각했기 때문이다.

"부인이 왜 그랬을까요?"

"속을 알 수 없는 여자니까." 윌슨은 그 말로 충분한 대답이라도 되는 듯 말했다. "아… 아… 아…."

그는 다시 몸을 앞뒤로 흔들어대기 시작했고 미카엘리스는 개 목줄을 비틀어 손에 쥐고 있었다.

"혹시 제가 대신 연락할 만한 친구는 없으세요?"

이 질문 또한 전혀 희망이 없는 것이었다. 누가 봐도 윌슨에게는 친구가 하나도 없어 보였다. 친구는 물론이고 아내 하나로도 벅찼을 게 분명했다. 잠시 후 창가에 푸른빛이 서서히 짙어지고 새벽이 밝아오는 모습을 보면서 그는 내심 기뻐하는 눈치였다. 5시 정도가 되자 불을 꺼도 될 정도로 날이 밝았다.

윌슨의 흐릿한 눈동자가 재의 언덕으로 향했다. 잿빛의 작은 구름들이 희미한 새벽의 바람을 타고 이리저리 흩어지며 기묘한 풍경을 자아냈다.

"내가 마누라에게 말했어." 그는 오랜 침묵을 깨고 조용히 중얼거렸다. "나는 속일 수 있을지 몰라도 하나님은 속일 수 없을 거라고. 나는 마누라를 창가로 데려갔어." 그는 애써 몸을 일으켜 뒤쪽 창문으로 걸어가 얼굴을 유리에 기대고 섰다. "그리고 이렇게 말했지. '하나님은 당신이 무슨 짓을 했는지 알고 계셔. 당신이 나는 속일 수 있을지 몰라도 하나님을 속일 수는 없어!'라고 말이야."

미카엘리스는 그의 등 뒤에 서서, 윌슨이 T. J. 에클버그 박사의 눈동자를 쳐다보고 있다는 사실에 깜짝 놀랐다. 서서히 아침이 밝아오면서 어둠이 걷힌 언덕 위로 박사의 눈동자가 거대한 형체를 드러내고 있었다.

"하나님은 모든 걸 지켜보고 계셔." 윌슨이 같은 말을 반복했다.

"저건 광고판에 불과해요." 미카엘리스가 그를 진정시킬 요량으로 말했다. 그는 잠시 창가에서 몸을 돌려 방안을 쳐다보았다. 하지만 윌슨은 다시 창문 유리에 얼굴을 가까이 댄 채로 황혼을 바라보면서 고개를 끄덕이며 한참을 그렇게 서 있었다.

6시가 되어 미카엘리스는 완전히 지쳐 있었던 터라 정비소 밖에 자동차가 멈추는 소리를 듣자 너무나 반가웠다. 어젯밤에 다시 돌아오겠노라고 약속했던 사람 중 하나였다. 그는 셋을 위한 아침 식사를 준비했지만 윌슨을 제외하고 둘만 아침을 먹었다. 이제 윌슨은 조금 더 차분해졌고 미카엘리스는 잠시 집으로 가서 눈을 붙였다. 4시간 후 잠에서 깨어 서둘러 정비소로 돌아와 보니, 윌슨은 이미 사라지고 없었다.

윌슨은 내내 도보로 이동했다. 이후 추적된 바에 따르면, 그의 이동 경로는 루즈벨트 항구에서 개즈힐까지 걸어가서 샌드위치 하나를 샀지만 먹지 않았고 커피 한 잔만 마셨다. 정오까지도 개즈힐에 도착하지 못한 걸로 보아 피곤한 나머지 천천히 걸어간 게 분명해 보였다. 여기까지는 그가 보낸 시간을 계산하는 데 어려움이 없었다. 다행히 '미친 사람처럼 보이는' 아저씨를 보았다는 소년들도 있었고 도로에서 이상한 눈으로 노려보았다는 운전자들의 증언도 확인했기 때문이다. 그 뒤로 3시간 동안 윌슨의 행적은 묘연했다. 경찰은 미카엘리스의 증언을 바탕으로 그가 노란색 자동차를 찾기 위해서 근처 정비소를 배회했을 것이라고 추정했다. 하지만 그를 목격했다는 정비소 직원은 하나도 나오지 않았다. 아마도 자신이 알고 싶은 바를 더 쉽고 정확히 알아낼 나름의 방법이 있었던 모양이었다. 2시 반쯤 그는 웨스트에그에 도착했고 누군가에게 개츠비의 저택으로 가는 길을 물었다. 그때쯤에는 이미 윌슨도 개츠비의 이름을 정확히 알고 있었던 것이다.

오후 2시, 개츠비는 수영복을 챙겨 입고 누구든 전화가 오면 수영장으로 알려달라고 집사에게 지시했다. 그는 여름 내내 손님들을 즐겁게 했던 공기 매트리스를 찾기 위해 차고에 들렀고 운전사가 매트리스에 공기 넣는 것을 도왔다. 개츠비는 무슨 일이 있더라도 오픈카를 밖에 꺼내지 말라고 지시했다. 운전사는 우측 흙받기 부분을 수리해야 하는데 차를 꺼내지 말라고 지시하는 것이 이상하다고 생각했다.

개츠비는 매트리스를 어깨에 둘러메고 수영장으로 향했다. 걷다가 잠시 멈추어 매트리스를 어깨에 고쳐 메자, 운전사가 도움을 주려고 했지만 그는 고개를 저으며 거절하더니 서서히 단풍이 지기 시작한 나무들 사이로 사라졌다.

아무에게도 전화가 오지 않았다. 하지만 집사는 잠을 자지 않고 4시까지 기다렸고 혹시 연락이 왔더라도 전화를 받을 사람이 없어진 지 오랜 후의 일일 것이다. 물론 개츠비도 전화가 올 거라 생각하지 않았을 것이고 더는 신경 쓰지 않았을 것이다. 만약 그렇다면 그는 예전의 따스한 세상을 잃었다는 사실과 오직 하나의 꿈을 지나치게 오랫동안 품고 살아온 것에 대해서 엄청난 대가를 치렀다고 느꼈을 것이 분명하다. 무시무시한 나뭇잎 너머로 낯선 하늘을 바라보며 장미가 얼마나 기괴한 모습인지, 갓 자라난 잔디 위로 쏟아지는 햇살이 얼마나 거친 것인지를 깨닫고 온몸을 부르르 떨었을 것이다. 비현실적인 세계, 공기처럼 꿈을 들이마시고 내쉬는 가련한 유령들이 방황하는 세계, 명확한 형체도 없는 나무 사이로 그를 향해 서서히 다가오는 잿빛의 형상.

울프심의 부하 중 하나였던 운전사가 총소리를 들었다. 나중에 조사한 바로는 총소리를 듣고도 별로 심각하게 생각하지 않았다고 했다. 나는 기차역에서 곧바로 차를 끌고 개츠비의 저택으로 향했다. 걱정스러운 마음으로 계단을 뛰어 올라간 후에야 처음으로 사람들이 놀란 표정을 지었다. 내가 도착했을 당시, 이미 그들은 모든 걸 알고 있었던 거라고 지금도 나는 확신한다. 운전사, 집사, 정원사 그리고 나까지 4명은 아무런 말도 없이 서둘러서 수영장을 향해 내려갔다.

수영장 한쪽 끝에서 흐르는 맑은 물이 반대쪽 배수구로 흘러가면서 물 위로 잔잔한 물살이 일었다. 개츠비를 태운 매트리스는 감지할 수도 없을 정도로 잔잔한 물살을 타고 수영장 아래로 불규칙하게 움직였다. 우연히 수면 위로 물살을 일으키지 않을 정도로 잔잔한 바람이 불어온다면 우연히 짐을 싣게 된 매트리스의 경로를 그야말로 우연히 방해하기에는 충분했다. 물 위에 떠 있던 나뭇잎 사이로 매트리스가 닿자 천천히 회전하면서 마치 컴퍼스의 다리처럼 수면 위로 새빨간 동그라미를 그렸다.

우리가 개츠비의 시신을 수습해서 집으로 출발한 뒤에 정원사가 현장에서 조금 떨어진 잔디 위에서 윌슨의 시체를 발견했고, 그것으로 대학살은 막을 내리게 되었다.

9장

그로부터 2년이 흘렀지만, 그날 오후와 저녁, 그리고 다음날까지 경찰과 사진기자와 신문기자들이 개츠비의 저택을 끊임없이 들락날락했던 기억은 생생히 남아 있다. 정문 앞에는 밧줄이 쳐져 있었고, 경찰이 호기심 어린 눈으로 몰려드는 군중을 저지하고 있었다. 얼마 후 어린아이들이 우리 집 마당을 통해 저택으로 들어갈 수 있다는 사실을 알아낸 이후부터 수영장 주위에 입을 떡하니 벌린 몇 명의 아이들 무리를 쉽게 볼 수 있었다. 사건 당일 오후, 아마도 형사였을 것으로 추정되는 누군가가 월슨의 시신을 살피고는 당당한 목소리로 '미친놈'이라는 표현을 사용했고, 그의 목소리에 우연히 권위가 담기게 되면서 다음 날 아침 신문 기사의 기준점이 되었다.

그날 사건을 보도하는 기사들은 하나같이 끔찍하기 짝이 없었다. 다들 정황만 가지고 터무니 없고 무분별한 거짓을 쏟아냈다. 미카엘리스의 증언을 통해 월슨이 생전에 아내에 대한 의심을 품고 있었다고 밝혔을 때만 해도 얼마 후면 모든 이야기가 그저 자극적인 풍자로 마무리될 거라 생각했다. 나름대로 할 말이 있을 거라고 생각했던 캐서린은 한마디도 하지 않았다. 오히려 예상치 못할 만큼 놀라운 연기력을 보여주었다. 말끔하게 새로 그린 눈썹 아래, 단호한 눈빛으로 검시관을 쳐다보면서 언니는 개츠비를 만난 적이 없고 남편과 행복하게 지냈으며, 부정한 행위는 한 번도 하지 않았노라고 맹세까지 했다. 스스로가 자신의 말에 납득이라도 된 것처럼 언니의 부정에 대한 암시 자체만으로도 견딜 수 없는 듯 손수건에 얼굴을 묻고 오열하기도 했다. 결국 윌슨은 '아내가 죽은 슬픔에 못 이겨 정신이 나간' 사람으로 결론지어졌고 그렇게 단순한 사건으로 축소된 채로 사건이 종결되었다.

하지만 지금까지 나열한 이야기는 핵심과는 동 떨어진 것이고 그다지 중요한 일이 아니었다. 그제야 내가 개츠비의 편에 서 있음을 깨달았다. 물론 그의 편은 나 하나뿐이었다. 그 비극적인 사건을 웨스트에그에 전화로 알린 순간부터, 그를 둘러싼 온갖 억측과 온갖 현실적인 의문점이 모두 나에게 돌아왔다. 처음에는 놀랍고 혼란스러웠다. 하지만 움직이지도 숨을 쉬지도 말을 하지도 않은 채로 몇 시간 동안 누워 있는데도 아무도 그에게 관심을 가지지 않자 서서히 내가 그 일에 책임을 져야 한다는 생각이 들었다. 결국 누구라도 죽음의 순간에 처하게 되면 비록 아무리 개인적인 관심이라고 할지라도 어느 정도 존경을 받을 권리가 주어지는 법이니까.

개츠비의 시신을 발견하고 30분이 지나고 나서, 나는 본능적으로 데이지에게 전화를 걸었다. 하지만 데이지와 톰은 그날 오후 일찍 집을 떠났다. 짐까지 챙겨서.

"어디로 간다고 하던가요? 혹시 주소는 남겼나요?"

"아니요."

"언제 돌아온다고 했지요?"

"몰라요."

"어디로 갔는지 혹시 연락할 방법이 있을까요?"

"몰라요. 저는 말씀 드릴 수가 없습니다."

나는 개츠비를 위해서 누군가를 데리고 오고 싶었다. 그가 누워 잠든 방으로 가서 그에게 말하고 싶었다. "개츠비, 걱정 마. 자네를 위해 내가 누구든 데리고 오겠네. 나만 믿어. 내가 누구든 꼭 데리고 올 테니까…."

전화번호부에도 마이어 울프심의 연락처는 없었다. 집사가 브로드웨이에 있는 그의 사무실 주소를 알려주었고, 나는 그 주소로 전화번호 안내소에 연락을 했지만 연락한 시간이 5시가 훨씬 넘은 시각이라 아무도 전화를 받지 않았다.

"다시 한번 연결해 주시겠어요?"

"세 번이나 걸어봤어요."

"정말 중요한 일이라서 그래요."

"죄송합니다. 그쪽에 아무도 없는 것 같아요."

나는 응접실로 돌아갔다. 어느새 방안 가득 사람들이 들어 차 있었다. 대부분 공식적인 업무 때문에 자기 의도와 상관없이 이곳을 찾았다는 사실이 머릿속을 스쳤다. 시신을 덮어두었던 시트를 걷어내고 무표정한 눈으로 개츠비를 들여다보는데, 머릿속에 개츠비의 항의하는 목소리가 맴돌았다. '이봐, 친구. 나를 위해 누군가를 데려와 줘. 노력 좀 해 봐. 나 혼자서는 도저히 감당을 못 하겠어.'

누군가 나에게 질문을 쏟아냈지만 나는 그를 뿌리치고 위층으로 올라가 책상 서랍 중에 잠기지 않은 곳을 모조리 뒤졌다. 한 번도 부모님이 돌아가셨다는 이야기는 듣지 못했다. 하지만 아무것도 찾을 수 없었다. 그저 잊힌 폭력의 증거인 댄 코디의 사진 한 장만이 벽에서 내려다보고 있을 따름이었다.

다음 날 아침, 나는 울프심에게 편지를 써서 집사를 통해 뉴욕으로 보냈다. 개츠비의 신상에 대해서 뭐든 아는 바가 있으면 알려달라는 부탁과 부디 다음 열차편으로 이곳으로 와 주십사 한다는 내용이었다. 하지만 편지를 쓰면서도 쓸데없는 짓이라는 생각이 들었다. 정오가 되기 전 데이지로부터 연락이 올 거라고 확신했던 것처럼 만약 신문을 봤더라면 울프심 역시 곧바로 이곳으로 출발했을 테니까. 하지만 그에게는 전화 한 통도 없었고 찾아오지도 않았으며 오히려 처음보다 더 많은 경찰과 사진기자, 신문기자만이 구름처럼 몰려들었을 뿐이다. 집사가 울프심의 답장을 들고 왔을 때 나는 개츠비와 한편에 서서 그들 모두에게 맞서는 듯한 냉소적인 연대감과 반항심이 들기 시작했다.

친애하는 캐러웨이 씨.

이번 일은 내 인생에서 가장 끔찍한 충격이라 그것이 사실이라는 것조차 믿기지 않을 정도입니다. 그 사람이 저지른 미친 행동은 우리 모두에게 뭔가를 다시 생각해 보도록 하는군요. 지금은 매우 중요한 업무로 인해 그곳에 갈 수 없으며, 이번 일에 연루될 수가 없는 상황입니다. 만약 내가 도울 일이 있다면 에드거를 통해 서면으로 알려주시기 바랍니다. 이번 일을 듣고 나니, 나 자신이 어디에 있는지조차 모를 정도로 혼란스러운 상황입니다.

진심을 담아
마이어 울프심

다음으로 급히 덧붙인 내용이 있었다.

　장례식 등에 대해서 알려주시기 바랍니다. 개츠비의 가족에 대해서는 저로서도 아는 바가 없습니다.

　그날 오후 전화 한 통이 걸려왔고, 시카고에서 온 장거리 전화라는 교환원의 말에 마침내 데이지에게 연락이 온 것이라 생각했다. 하지만 수화기 너머로 들리는 건 무척 가늘고 멀게 들리는 남자의 목소리였다.
　"슬레이글입니다…."
　"누구요?" 낯선 이름이었다.
　"정말 끔찍한 일이에요. 제가 보낸 전보 받으셨나요?"
　"아니요, 아직 못 받았습니다."
　"신참 파크가 곤경에 처해 있어요." 그가 빠르게 말을 이었다. "계산대에서 채권을 넘기다가 바로 붙잡혔어요. 뉴욕에서 5분 전에 채권 번호를 받았거든요. 혹시 들은 이야기 없습니까? 이런 촌구석에서 도저히 알 길이 없어서…."
　"여보세요!" 나는 가쁜 숨을 몰아쉬며 상대의 말을 잘랐다. "이보세요, 난 개츠비가 아닙니다. 개츠비 씨는 죽었어요."
　수화기 너머에서 무슨 소리가 들리더니 긴 침묵이 흘렀다. 그리고 뭔가 불평하는 웅얼거림이 들리더니 전화가 끊겼다.

　내 기억으로는 3일째 되던 날에 미네소타 주의 한 마을에서 헨리 C. 개츠라는 서명이 적힌 전보가 도착했다. 전보 발신인이 즉시 출발할 것이니 도착할 때까지 장례식을 연기해 달라는 내용이 전부였다.

바로 개츠비의 아버지였다. 포근한 9월의 날씨에도 불구하고 두툼한 싸구려 오버코트로 몸을 감싼 무기력하고 당황한 표정의 노인이 침통한 표정으로 도착했다. 격한 감정을 이기지 못해 붉어진 눈가에서 눈물이 끝없이 흘러내렸고 내가 그의 손에서 가방과 우산을 받아들었을 때까지도 드문드문한 회색 수염을 계속해서 쓰다듬는 통에 코트조차 제대로 벗지 못했다. 당장이라도 쓰러질 것 같은 모습을 본 나는 그를 음악실로 데려갔고 사람을 시켜 요기할 거리를 챙겨오도록 했다. 하지만 그는 아무것도 먹으려고 하지 않았고 바들바들 손이 떨려서 들고 있던 우유를 쏟을 정도였다.

"시카고 신문에서 봤습니다." 그가 말했다. "시카고 신문마다 이번 사건을 보도했더군요. 그래서 보자마자 바로 출발한 겁니다."

"아버님께 연락드릴 방법이 없었습니다."

아무것도 눈에 보이지 않는데도 그는 끊임없이 방안을 오갔다.

"완전 미친놈이에요." 그가 말했다. "분명 미친 게 틀림없어요."

"커피 좀 드릴까요?" 내가 마실 걸 권했다.

"아무것도 마시고 싶지 않아요. 이제는 괜찮소이다. 성함이….."

"캐러웨이입니다."

"그래요, 난 이제 괜찮아요. 지미는 어디에 있습니까?"

나는 그를 데리고 아들의 시신이 있는 응접실로 안내했고, 혼자 있도록 자리를 피해주었다. 몇몇 소년들이 계단 위로 올라와 홀을 몰래 들여다보고 있었는데 방금 도착한 사람이 누군지 설명해 주자 소년들도 마지못한 표정으로 자리를 떠났다.

잠시 후 개츠 씨가 응접실 문을 열고 나왔다. 살짝 벌린 입, 불그스름하게 상기된 얼굴, 눈가에서 눈물방울이 간간이 흘러내렸다. 이제 그는 죽음이 더 이상 섬뜩하고 놀랍지 않은 나이에 이르렀다. 그는 저택에 도착한 후 처음으로 홀을 둘러보았다. 화려한 장식과 드높은 천장, 다른 방과 서로 연결된 커다란 방들을 보자 슬픔 속에서도 아들이 내심 자랑스러운 모양이었다. 나는 그를 위층 침실로 데리고 갔다. 그가 외투와 조끼를 벗는 동안, 연락을 받고 모든 장례 절차를 연기해 두었노라고 말했다.

"어떻게 하실지 알 수가 없어서요, 개츠비 씨….'

"개츠비가 아니라 개츠예요."

"… 개츠 씨, 시신을 서부로 옮기고 싶으실 것 같아서요."

그가 고개를 저었다.

"지미는 어릴 때부터 동부를 더 좋아했다오. 동부에서 지내면서 지금의 자리까지 간 거고. 혹시 내 아들과 친구였나요?"

"아주 가까운 친구였습니다."

"잘 알겠지만, 우리 아들에게는 밝은 미래가 있었어요. 아직 젊은데도 머리가 엄청나게 좋았으니까." 그는 눈에 띄는 동작을 하며 머리를 만졌다. 나는 고개를 끄덕였다.

"우리 애가 살아 있었다면 큰 인물이 되었을 거요. 제임스 J. 힐 같은 인물 말이오. 아마 국가 발전에도 큰 도움이 되었을 거예요."

"옳은 말씀이십니다." 나는 못 이긴 척 맞장구를 쳐주었다.

그는 손을 더듬거리며 자수가 놓인 침대보를 걷어내리려고 하다가 결국 뻣뻣한 자세로 침대에 누웠고 그대로 잠이 들었다. 그날 밤, 잔뜩 겁에 질린 목소리로 누군가 전화를 걸어와 자기 이름을 밝히기 전에 먼저 내 이름이 뭔지 물었다.

"캐러웨이라고 합니다만…." 내가 말했다.

"아!" 그가 안도한 듯 말했다. "클립스프링어입니다."

나 역시 안도감을 느꼈다. 개츠비의 장례식에 참석할 친구가 하나 더 생겼다 싶었다. 괜히 신문에 부고기사를 내서 구경꾼들이 몰려드는 것은 원하지 않았기 때문에 혼자 몇몇 사람에게 직접 전화를 돌리고 있었다. 그런데도 장례식에 참석하겠다는 사람을 찾기가 쉽지 않았다.

"장례식은 내일이에요." 나는 말했다. "3시에, 집에서요. 혹시 참석하고 싶은 사람들이 있으면 전해주세요."

"그렇게 하지요." 그는 서둘러 말했다. "물론 만날 사람은 따로 없지만 혹시라도 누구를 만나게 되면 그렇게 전하도록 할게요."

그의 말을 듣자 의구심이 들었다.

"물론 당신은 오시겠지요?"

"글쎄요, 최선을 다해 볼게요. 제가 전화를 한 이유는…."

"잠시만." 내가 말을 가로막았다. "확실하게 온다고 대답을 해주시죠."

"그게, 사실은… 여기 그리니치에 일행들과 함께 있어서요. 내일 함께 일정을 해주길 기대하고 있는 눈치라서. 사실, 소풍인가 뭔가를 같이 하기로 했어요. 하지만 참석할 수 있도록 노력할게요."

나도 모르게 '허!' 소리가 튀어나왔고, 상대의 말투가 초조하게 바뀐 것으로 보아, 분명 그 소리를 들은 모양이었다.

"제가 전화 드린 건 그 집에 신발 한 켤레를 두고 와서요. 집사를 시켜서 보내주실 수 있을까 싶어서요. 테니스화인데 그게 없으면 영 불편해서 말이에요. 주소는 B. F…."

곧바로 전화를 끊어버려서 나머지 주소는 듣지 못했다.

그 후 나는 개츠비에게 약간의 수치심이 느껴졌다. 나와 통화를 했던 한 신사는 개츠비가 그런 일을 당한 건 스스로 자초한 거라는 식으로 넌지시 말했기 때문이다. 하지만 그 잘못은 오히려 나에게 있었다. 그 신사는 개츠비가 제공하는 술을 코가 삐뚤어지게 마시고 오히려 개츠비를 신랄하게 헐뜯었던 사람 중 하나였기 때문이다. 애초에 그런 사람에게 전화를 걸지 말았어야 했다.

장례식 당일 아침, 나는 뉴욕으로 마이어 울프심을 만나러 갔다. 다른 방법으로는 도저히 연락이 닿지 않아서였다. 엘리베이터 안내원이 알려준 대로 찾아간 사무실 문에는 '스와스티카 지주 회사'라는 간판이 붙어 있었다. 문을 열고 들어가서 처음에는 아무도 없는가 보다 싶었다. 하지만 대답이 없을 걸 예상하면서도 "저기요?"라고 몇 번 소리쳐 불렀더니, 사무실 칸막이 뒤에서 말씨름을 하는 소리가 들리는 것이었다. 마침내 곱상하게 생긴 유대인 여성 하나가 안쪽 문가에 나타나더니 적대감이 가득한 눈으로 나를 유심히 뜯어보기 시작했다.

"지금 아무도 없는데요." 그녀가 말했다. "울프심 씨는 시카고에 가셨어요."

하지만 그 말은 사실이 아니었다. 안쪽에서 누군가 휘파람 소리로 〈로사리오〉를 심지어 음정도 틀리게 불어대기 시작했기 때문이다.

"캐러웨이가 찾아왔다고 전해주세요."

"그렇다고 제가 시카고에 가서 데려올 수는 없잖아요."

순간 문 너머로 "스텔라!"라고 그녀를 부르는 소리가 들렸고 분명 울프심의 목소리 같았다.

"책상 위에 메모 남겨주세요." 그녀가 서둘러 말했다. "돌아오시면 전해드리죠."

"저 안에 계신 것 같은데요."

그녀는 나를 향해 한 걸음 다가오더니 화가 난 듯 손으로 엉덩이 위아래를 문지르기 시작했다.

"젊은 사람들은 언제든 마음만 먹으면 밀고 들어와도 된다고 생각하는 모양이군요." 꾸짖는 말투였다. "우리는 그런 태도에 아주 진절머리가 난다고요. 내가 시카고에 갔다고 하면 시카고에 간 거예요."

내가 개츠비의 이름을 댔다.

"어머!" 그녀가 나를 다시 한번 살폈다. "잠시만요… 이름이 뭐라고 했죠?"

그녀가 안쪽 문으로 사라졌다. 잠시 후 마이어 울프심이 문가에 나타나 비통한 표정으로 두 손을 내밀었다. 그는 침울한 목소리로 지금은 모두에게 힘든 시간이라고 말하고는 나를 사무실로 데려가 시가를 권했다.

"처음 개츠비를 만났을 때가 기억나는군." 그가 말했다. "군에서 막 제대한 젊은 소령이 온몸에 전쟁터에서 받은 훈장으로 도배를 하고 있었지. 워낙 사정이 좋지 않아서 옷을 살 돈이 없었을 때라 매일 군복만 입고 다닐 정도였어. 그를 처음 본 건 43번가에 와인브레너 당구장에 찾아와 일자리를 구할 때였는데 며칠 동안 제대로 먹지도 못했다더군. 그래서 '나랑 점심이나 같이 하자'고 했어. 그랬더니 30분 만에 4달러어치 음식을 먹어치우더군."

"사업을 시작할 수 있도록 도와주신 건가요?" 내가 물었다.

"시작뿐인가! 내가 키운 거나 다름없어."

"아."

"완전히 빈털터리였던 사람을 시궁창에서 끌어올린 거지. 처음 보는 순간부터 출중한 외모에 신사 같은 젊은이라는 걸 알아차렸 거든. 오그스퍼드에 있었다고 말했을 때 잘 써먹을 수 있겠구나 생각이 들었지. 그래서 미국 재향군인회에 가입하도록 했더니, 곧 바로 높은 자리를 꿰차는 거야. 얼마 후에는 올버니로 가서 내 고객을 위해 일처리도 해주었고. 우리는 모든 면에서 꽤 두터운 관계를 유지했어." 그는 엄지손가락 두 개를 치켜 올리며 말을 이었다. "이 손가락처럼, 항상 함께했지."

나는 두 사람의 파트너십이 1919년 월드시리즈 때까지 포함되는 건지 궁금했다.

"이제 개츠비는 세상에 없어요." 잠시 후에 내가 말했다. "당신과 가장 가까운 사이였으니까 당연히 오후에 열릴 장례식에 참석하고 싶을 거라고 생각했는데요."

"물론 가고 싶네."

"그러면 오시면 됩니다."

그의 콧잔등의 털이 살짝 떨리는가 싶더니 고개를 좌우로 흔드는 그의 눈가에 눈물이 촉촉하게 맺혔다.

"나는 갈 수가 없어. 그 사건에 휘말리면 안 되는 입장이라서." 그가 말했다.

"휘말릴 일 같은 건 없어요. 이제 모든 게 끝났는걸요."

"어쨌거나 사람이 죽었잖아. 그런 일에는 애초에 휘말리지 않는 편이 나아. 나는 그럴 때면 한발 뒤로 물러서 있는 편이니까. 젊었을 때는 그렇지 않았지. 친구가 죽으면 어떻게든 끝까지 함께 했어. 하지만 지금은 달라. 감상적이라고 생각할지 모르지만, 당시에는 정말로 그랬지. 아무리 힘들어도 마지막까지 함께 했어."

그가 나름의 이유로 장례식에 참석하지 않기로 했다는 사실을 깨달은 나는 곧바로 자리에서 일어났다.

"당신도 대학교를 나왔나?" 갑자기 그가 물었다.

순간적으로 '비즈니스'를 제안하려는 건가 생각했지만, 그저 고개를 끄덕이며 악수를 나누는 것으로 끝났다.

"죽은 후가 아니라, 친구가 살아 있을 때 우정을 지키는 것으로 하지." 그가 권유하듯 말했다. "세상을 떠난 후에는 모든 걸 그냥 내버려 두는 편이 낫다는 게 나의 신조라서."

울프심의 사무실 밖으로 나왔을 때는 이미 하늘이 어두워져 있었다. 나는 보슬비를 맞으며 웨스트에그로 돌아왔다. 옷을 갈아입고 개츠비의 저택에 가보니, 개츠 씨가 흥분한 상태로 홀을 오가고 있었다. 아들은 물론이고 아들이 소유한 물건에 대한 자부심이 점점 커진 이유에서였다. 나에게도 뭔가 보여줄 것이 있다고 했다.

"지미가 이 사진을 보냈었어요." 그는 떨리는 손으로 지갑을 꺼냈다. "이것 좀 봐요."

다름 아닌 개츠비의 저택을 찍은 사진이었다. 자주 만져서인지 손때가 묻고 구석구석 갈라져 있었다. 그는 사진 속을 하나하나 짚어가며 설명을 시작했다. "이것 좀 봐요!" 그러더니 감탄하는 기미가 보이는지 기대감에 차서 내 눈을 살폈다. 워낙 사진을 사람들에게 자주 보여주어서 실제 저택보다 이 사진을 더 실감나게 느끼는 것 같았다.

"지미가 이걸 나한테 보냈더군요. 정말 근사한 사진 아닌가요? 아주 잘 나왔어요."

"정말 그렇군요. 최근에 만난 적이 있으세요?"

"2년 전인가, 나를 보러 와서 지금 사는 집까지 사주더군요. 물론 처음 그 애가 집을 나갔을 때만 해도 상황이 아주 좋지 않았다오. 이제와 생각해 보니, 우리 애가 집을 나간 데는 다 이유가 있었던 거요. 자신의 미래가 밝다는 걸 애초에 깨달았던 거지요. 성공한 후부터는 애비에게도 무척 잘 해줬고."

그는 사진을 다시 지갑에 넣고 싶지 않은 듯 한동안 그대로 들고 있었다. 그런 다음 지갑에 사진을 넣고 주머니에서 '호펄롱 캐시디'라고 적힌 누더기처럼 낡은 책 한 권을 꺼냈다.

"이것 좀 봐요. 어릴 때 우리 애가 가지고 있던 책인데, 이걸 보면 모든 걸 알 수 있을 거요."

그는 맨 뒤 페이지를 펴더니 내가 볼 수 있도록 책을 내밀었다. 아무것도 적히지 않은 백지 위에 '일정표'라는 단어와 함께 1906년 9월 12일이라는 날짜가 적혀 있었다. 그리고 아래에는 다음의 내용이 적혀 있었다.

기상	오전 6시
아령과 벽 타기	오전 6시 15분~30분
전기학 등 공부	오전 7시 15분~8시 15분
일	오전 8시 30분~4시 30분
야구 및 스포츠	오후 4시 30분~5시
연설 연습과 자세 유지법	오후 5시~6시
발명 연구	오후 7시~9시

'나의 다짐'

섀프러스나 ○○○[글자 해독 불가]에서 시간 낭비하지 않기

담배 끊기, 씹는 것도 삼가

이틀에 한번 샤워하기

매주 도움 되는 책과 잡지 한 권씩 읽기

매주 5달러(줄을 그어 지움), 3달러씩 저금하기

부모님에게 더 잘해드리기

"우연히 이걸 발견했어요." 노인이 말했다. "이것만 봐도 어떤 아이였는지 충분히 알 수 있겠지요?"

"정말 그렇군요."

"지미는 반드시 성공할 아이였어요. 언제나 이런 결심을 하고 있었으니까. 본인을 갈고 닦으려고 얼마나 애썼는지 아시겠지요? 항상 노력했어요. 언젠가는 나더러 돼지처럼 음식을 먹는다고 말하기에 흠씬 두드려 팬 적도 있었어요."

그는 책을 이대로 덮기 싫은 사람처럼 잠시 주저하다가 각 항목을 소리 높여 읽고 나서 간절한 눈빛으로 나를 바라보았다. 아무래도 아들의 계획표를 받아 적은 후 그대로 따라서 하기를 바랐던 모양이었다.

3시가 되기 조금 전에 플러싱에서 루터교 목사가 도착했다. 나는 무의식적으로 창문 너머로 다른 차들이 도착했는지 살피기 시작했다. 그건 개츠비의 아버지도 마찬가지였다. 점점 시간이 흐르고 하인들이 홀에 자리를 잡고 나자, 그는 불안과 초조로 눈을 깜빡이기 시작했다. 그리고 걱정스러운 목소리로 괜히 비가 내리는 것을 탓했다. 목사는 몇 번이나 시계를 들여다보았다. 나는 목사님을 따로 옆으로 데리고 가서 30분만 더 기다려 달라고 부탁했다. 하지만 소용없는 짓이었다. 아무도 나타나지 않았다.

굵은 빗방울을 맞으면서 5시쯤 자동차 3대가 장례 행렬을 이루며 묘지 입구에 멈추어 섰다. 선두에는 비에 흠뻑 젖어 끔찍할 정도로 검어진 영구차, 그다음으로 개츠 씨와 목사님 그리고 내가 탄 리무진, 마지막에 개츠비의 스테이션왜건에는 웨스트에그에서 온 하인 네댓과 우편 배달원 하나가 타고 있었는데 너나 할 것 없이 속옷까지 흠뻑 젖은 채 묘지로 향했다. 묘지 입구를 지나려는데, 어디선가 자동차가 멈추는 소리가 들렸다. 이어서 질퍽거리는 땅을 밟으면서 서둘러 우리 뒤를 따라오는 소리가 들렸다. 뒤를 돌아보니, 석 달 전 어느 저녁, 개츠비의 서재에 꽂힌 어마어마한 장서를 보며 감탄을 금치 않았던 올빼미 안경을 쓴 남자였다.

그 후로는 한 번도 그를 본 적이 없었다. 어떻게 장례식에 대해 알게 된 건지, 심지어 그의 이름이 무엇인지조차 알지 못했다. 두툼한 안경 너머로 굵직한 빗방울이 연신 쏟아져 내렸다. 그는 개츠비의 무덤을 덮어두었던 캔버스 천을 거두는 모습을 보기 위해 안경을 벗어서 물기를 닦았다.

그 순간 나는 개츠비에 대해 떠올려 보려고 애썼다. 하지만 그는 이미 너무나 먼 곳에 있었다. 조화 한 송이도 메시지 하나도 보내지 않은 데이지에 대해서도 아무런 분노 없이 머릿속에 떠오를 따름이었다. 누군가 '빗속에 잠든 자에게 복이 있도다'라고 나지막한 목소리로 중얼거렸다. 그 말이 끝나자 올빼미 안경을 쓴 남자가 용감한 목소리로 '아멘'이라고 대답했다.

우리는 삼삼오오 흩어져서 쏟아지는 비를 피해 서둘러 자동차 쪽으로 이동했다. 올빼미 안경을 쓴 남자가 묘지 입구에서 나를 붙잡고 말했다.

"집에는 가보지 못했어요." 그가 말했다.

"다들 그랬어요."

"맙소사!" 그는 놀란 목소리로 말했다. "어떻게 그럴 수가! 전에는 수백 명도 넘게 그곳에 드나들었잖아요." 그는 안경을 벗어서 다시 앞뒤를 닦았다.

"정말 불쌍한 사람이군요."

지금까지도 기억 속에 생생한 장면 중 하나는 사립학교 예비과정을 마치고, 이후에는 대학교를 마치고 서부로 돌아오던 때였다. 시카고보다 더 먼 곳으로 떠났던 아이들은 12월 저녁 6시, 낡고 어두침침한 유니언 역에 모여 이미 휴일의 즐거움에 빠져 있는 몇몇 시카고 친구들과 서둘러 작별 인사를 나누었다. 한바탕 미모를 겨루고 돌아오는 소녀들의 두툼한 모피 코트, 추위에 얼어붙은 숨결로 나누는 수다, 오랜 지인을 만나 머리 위로 손을 흔드는 모습. '오드웨이의 파티'와 '허시', '슐츠'의 파티 중 어디를 갈 거냐며 파티 초대장을 맞추어 보던 일까지. 그리고 장갑 낀 손에 꼭 쥐고 있던 초록색 표도 기억이 난다. 마지막으로 '시카고, 밀워키 세인트 폴' 철도사의 누런 노란색 열차들이 선로에 멈추어 선 모습 그 자체로도 크리스마스인 것처럼 활기차게 느껴졌었다.

열차를 타고 겨울의 밤으로 나아가면 진짜 눈, 새하얀 눈이 사방으로 흩뿌리며 차창 밖으로 반짝이기 시작했고 아담한 위스콘신 역의 흐릿한 불빛이 지나고 나면 따끔하고 거칠어진 공기가 느껴졌다. 저녁을 먹고 차가운 통로를 지나 좌석으로 돌아오면서 그 공기를 깊숙이 들이마셨다. 다시 차가운 공기 속에 완전히 녹아들기 전까지 대략 한 시간가량 우리는 서부와 다시금 완전한 하나로

녹아들게 되었다.

그것이 바로 나의 중서부였다. 밀밭이나 대초원, 사라진 스웨덴 마을이 아닌 두근대는 가슴을 안고 고향으로 돌아오는 기차, 서리가 내린 어둠 속의 가로등과 썰매 종소리, 그리고 불 켜진 창문에서 눈 위로 드리우는 크리스마스 화환의 그림자였다. 그 속에 일부가 된 나는 길고 긴 겨울을 체감하면서 조금은 장엄한 기분에 젖어 수십 년 동안 캐러웨이라는 가문의 후손으로 자라난 것에 대한 다소간의 자부심을 느끼곤 했다. 이제야 그 모두가 결국은 서부의 이야기였다는 것을 깨닫게 되었다. 톰과 개츠비, 데이지와 조던 그리고 나, 우리 모두는 서부 사람이었고 어쩌면 우리는 동부의 생활에 미묘하게 적응하지 못하는 결함을 공통적으로 가졌는지도 모르겠다.

동부가 나를 가장 흥분시켰을 때도, 아이와 늙은 노인만 제외하고 모든 걸 캐묻는 게 일상인 오하이오 주 너머의 지루하고 따분한 도시보다 동부가 훨씬 우월하다는 점을 인식했을 때조차 내게 동부는 항상 왜곡된 인상을 주었다. 특히 웨스트에그는 여전히 꿈속에 기이한 모습으로 등장하곤 한다. 나에게 그곳은 엘 그레코의 밤 풍경처럼 느껴진다. 수백 채의 기괴한 모습의 집들이 음침한 하늘과 빛을 잃은 달 아래 웅크리고 있는 모습. 그림 앞부분에는 야회복을 입은 네 명의 남자가 새하얀 드레스를 입고 술에 취한 여자를 들것에 들고 인도를 따라 걷고 있다. 들것 아래로 축 늘어진 그녀의 손에는 보석이 서늘하게 빛나고 있다. 어느 집으로 여자를 데리고 간다. 하지만 집을 잘못 찾았다. 아무도 그녀의 이름을 알지 못하고 관심을 두지도 않는다.

개츠비의 죽음 이후, 동부의 이미지는 그런 식으로 왜곡되어 끝없이 머릿속에 떠오르고는 했다. 바스락거리는 잎사귀의 푸른 연기가 공기 중에 떠돌고 줄 위에 걸린 젖은 빨래가 바람에 둔탁하게 펄럭일 무렵, 나는 고향으로 돌아가기로 결심했다.

떠나기 전 마지막으로 해야 할 일이 하나 있었다. 그냥 두는 편이 더 나았을지도 모를 불편하고 어색한 일이었다. 하지만 나는 모든 것을 정리하고 떠나고 싶었고 무심한 바다가 내 쓰레기를 거두도록 내버려두고 싶지 않았다. 나는 조던 베이커를 만나 그동안 우리 사이에 있었던 일과 그 이후 나에게 일어난 일에 대해 이야기했다. 그녀는 커다란 의자에 앉아 미동도 없이 가만히 듣고만 있었다.

골프복 차림으로 살짝 턱을 치켜올린 채 가을 빛깔의 머리칼과 손가락 없는 장갑처럼 갈색으로 그을린 얼굴을 보면서 한편의 멋진 삽화 같다고 생각했다. 나의 이야기가 끝나자 그녀는 앞뒤 설명도 없이 다른 남자와 약혼했다고 말했다. 물론 고개만 끄덕이면 결혼할 수 있는 남자가 여럿 있었겠지만 왠지 모르게 의심스러웠다. 그래도 애써 놀란 척했다. 내가 실수를 하는 건가 싶은 생각이 아주 잠깐 들기는 했지만, 다시 생각한 끝에 작별 인사를 하기 위해 자리에서 일어섰다.

"어찌 됐든 당신이 나를 차버린 거예요." 조던이 갑자기 말했다. "그것도 전화로 나를 찼지요. 지금은 당신에게 전혀 관심이 없지만 당시에는 잠시 현기증을 느낄 정도였어요. 그런 일은 처음이라서 말이에요."

우리는 악수를 나누었다.

"아, 기억해요?" 그녀가 덧붙였다. "언젠가 자동차 운전에 대해서 이야기했던 거."

"글쎄, 정확히는….."

"부주의한 운전자는 똑같이 부주의한 운전자를 만나기 전까지만 안전하다고 했죠? 그러니까 결국 내가 부주의한 운전자를 만난 셈이네요, 그렇죠? 내가 헛된 추측을 했다는 게 부주의했다는 이야기예요. 나는 당신이 정직하고 솔직한 사람이라고 생각했거든요. 그게 당신의 비밀스러운 자부심일 거라고."

"난 서른 살이야." 내가 말했다. "나 자신에게 거짓말을 하고 그걸 명예라 부르기에는 5살이나 더 먹었어."

그녀는 아무 대답도 하지 않았다. 한편으로는 화도 났고 그녀를 어느 정도는 사랑했기 때문에 미안한 마음을 가지고 그대로 발길을 돌렸다.

10월이 저물어가던 어느 오후에 톰 뷰캐넌을 우연히 보게 되었다. 그는 여느 때처럼 공격적인 자세로 잔뜩 경계를 세우고 나보다 앞서 5번가를 따라 걷고 있었다. 누구든 방해가 되면 걷어낼 기세로 손을 몸에서 약간 뗀 채로 머리는 불안한 시선에 적응하려 애쓰며 연신 주변을 두리번거렸다. 그를 따라잡지 않으려고 일부러 걸음을 늦추었고 그는 갑자기 거리에 멈추어 눈살을 찌푸리며 보석상의 진열대를 들여다보기 시작했다. 그러다가 돌연 나를 향해 뒤를 돌면서 걸어와 손을 내밀었다.

"무슨 일이야, 닉? 나랑 악수하기 싫은가?"

"그래. 내가 자네를 어떻게 생각하는지 알잖아."

"정신 나갔군, 닉." 그가 재빨리 덧붙였다. "완전히 미쳤어. 자네가 왜 그러는지 전혀 모르겠는데."

"톰." 내가 물었다. "그날 오후에 윌슨에게 뭐라고 했나?"

그는 말없이 나를 응시했고, 윌슨의 묘연했던 행적에 대한 나의 추측이 옳았다는 것을 깨달았다. 나는 돌아서서 걸었고 그가 한 발자국 다가와 내 팔을 붙잡았다.

"그냥 진실을 말했을 뿐이야." 그가 말했다. "우리가 떠날 준비를 하고 있을 때 그가 문 앞까지 찾아왔어. 사람을 시켜서 우리가 없다고 전했는데도 억지로 위층까지 올라오려고 했지. 차 주인이 누구인지 말하지 않으면 금방이라도 나를 죽일 기세였어. 우리 집에 와 있는 내내 주머니에 든 리볼버를 잡고 있는데다…." 그는 곧바로 호전적인 태세로 바뀌었다. "내가 그 말을 한 게 어떻단 건가? 본인이 자초한 일이야. 데이지도 속였고 마찬가지로 자네도 속인 거야. 머틀을 차로 들이받고도 멈추지 않은 걸 보면 아주 지독한 놈이었던 게 분명해."

나는 아무 말도 할 수 없었다. 그건 진실이 아니라는 한 가지만 제외하면 그건 사실이 아니었다.

"내가 아무 고통도 겪지 않았다고 생각하는 모양인데, 이것 봐. 마지막으로 아파트를 처분하러 갔을 때 그 빌어먹을 사료 상자가 찬장에 놓인 걸 보고 그대로 주저앉아서 애처럼 엉엉 울었다고, 맙소사. 정말 끔찍했어."

그를 용서하거나 좋아할 수는 없었지만, 그의 입장에서는 자신이 한 일이 완벽히 정당한 것이었다고 생각했다. 모든 것이 부주의하고 뒤죽박죽이었다. 톰과 데이지는 정말 부주의한 사람들이었다. 사람이든 물건이든 모두 망가뜨리고 나서, 돈이나 엄청난 무관심 또는 그들을 하나로 묶어주는 무언가의 뒤로 물러나서 다른 사람이 대신 쓰레기를 치우도록 만드는 부류였다….

나는 그와 악수를 했다. 피하는 것이 오히려 어리석은 짓처럼 보였기 때문이다. 어느 순간부터 어린아이와 이야기를 하는 느낌이 들었다. 그는 진주 목걸이, 아니, 커프스단추 한 쌍을 사기 위해 보석 가게로 들어갔다. 그때 나는 촌스러운 결벽증으로부터 완전히 벗어났다.

내가 떠나는 날까지 개츠비의 저택은 여전히 비어 있었다. 어느새 잔디도 우리 집 잔디만큼 길게 자랐다. 마을의 택시 기사 중 하나는 개츠비의 저택 입구를 지나 잠시 멈추어 섰다가 손가락으로 안을 가리키고 나서야 요금을 지불하도록 했다. 어쩌면 사고가 있던 날 밤, 데이지와 개츠비를 이스트에그로 태우고 간 기사였을지도 모른다. 그래서 나름대로 사건에 대한 자신만의 이야기를 만들어냈을 수도 있을 것이다. 하지만 나는 그 이야기를 듣고 싶지 않았다. 그래서 역에 내려서 일부러 그를 피해버렸다.

나는 토요일 밤은 뉴욕에서 보냈다. 개츠비의 저택에서 벌어졌던 파티들이 워낙 반짝이고 눈부셔서 아직까지도 내 기억 속에 생생했기 때문이다. 아직까지도 그의 정원에서 흘러나오는 음악과 웃음소리, 저택 진입로를 오가는 자동차 소리가 귓가에 남아 있었다. 어느 날 밤, 개츠비의 저택에서 실제로 차 소리가 들렸고, 헤드라이트 불빛이 현관 앞 계단을 환히 비추는 것을 보았다. 하지만 누구인지 알아보려고 하지 않았다. 아마도 지구 반대편으로 여행을 떠났다가 파티가 끝난 줄 모르고 찾아온 마지막 손님이었을 것이다.

마지막 날 밤, 나는 트렁크에 짐을 챙기고 자동차를 식료품 가게 주인에게 판 후에 개츠비의 저택으로 건너가 예기치 못하게 몰락해버린 거대한 실패의 현장을 바라보았다. 새하얀 계단 위에는 어린아이가 벽돌 조각으로 새겨놓은 외설적인 낙서가 밝은 달빛 아래 선명히 드러나 있었다. 나는 계단을 오르며 구둣발로 낙서를 긁어서 지워버렸다. 그리고 해변으로 가서 모래사장 위에 드러누웠다.

해안가의 거대한 별장은 대부분 문을 굳게 걸어 잠갔고 해협을 가로지르며 희미하게 이동하는 배의 불빛만 제외하고는 사방이 칠흑처럼 어두웠다. 하늘 위로 달이 서서히 높이 떠오르면서 별다른 의미가 없는 집들이 하나둘 사라지기 시작했고, 나는 한때 네덜란드 선원들의 눈에 화려하게 꽃 피웠던 이 오래된 섬을 더욱 명확히 인식할 수 있게 되었다. 신선하고 푸른 언덕이 펼쳐진 화려한 신세계. 개츠비의 저택을 짓고 길을 내어주기 위해 잘려나간 나무들은 한때 인간이 꿈꾸었던 모든 꿈 중에서 가장 원대한 마지막 꿈을 향해서 속삭였을 것이다. 그리고 한순간, 그들은 대륙 앞에 숨을 멈추고 이해할 수도, 감히 바랄 수도 없는 미학적 성찰에 빠져들었을 것이다. 역사상 마지막으로 그의 능력에 상응할 정도로 경이로운 무엇과 마주한 채로.

그리고 나는 그곳에 앉아서 오랜 미지의 세계에 대해 곰곰이 생각하면서 개츠비가 데이지의 저택이 있는 이스트에그의 부두 끝에서 맨 처음 녹색 불빛을 발견했을 때의 경이로움에 대해 떠올려 보았다. 그는 이 푸른 잔디밭까지 오랜 길을 걸어왔고 이제는 자신의 꿈이 손에 닿을 것처럼 느꼈을 것이다. 하지만 그 꿈이 이미 그의 등 뒤로 공화국의 어두운 들판이 밤하늘 아래 펼쳐진 도시 저쪽의 광대한 어둠 속으로 사라졌음을 미처 깨닫지 못했다.

개츠비는 녹색 불빛을 믿었다. 매년 우리 눈앞에서 서서히 멀어져 가는 경이로운 미래를. 한때 그것은 우리를 피해 갔지만 그것은 중요하지 않다. 내일이 되면 우리는 조금 더 빨리 달리고 조금 더 멀리 팔을 뻗을 것이다⋯. 그리고 어느 맑게 갠 아침이 되면⋯.

그러한 이유로 우리는 물살을 거스르는 배처럼 끊임없이 과거로 밀려나면서도 앞으로 계속해서 나아가는 것이다.

1896년	9월 24일, 미네소타주 세인트폴의 로럴 애비뉴에서 태어난다.
1898년	아버지 에드워드 피츠제럴드의 사업 실패로 뉴욕주 버펄로로 이주한다. 아버지가 세일즈맨으로 취직한다.
1901년	여동생 애너벨 피츠제럴드가 태어난다.
1908년	아버지가 직장을 잃고 다시 세인트폴로 돌아온다. 피츠제럴드는 '세인트폴 아카데미'에 입학한다.
1911년	뉴저지주에 있는 가톨릭 명문 '뉴먼 스쿨'에 입학한다.
1913년	프린스턴 대학교에 입학한다.
1914년	지니브러 킹을 만나 사귀게 된다. 하지만 가난하다는 이유로 그녀에게 거절당하는데, 이 경험은 뒷날 피츠제럴드의 작품에서 중요한 모티프로 사용된다. 7월에 1차 세계대전이 발발한다.
1915년	프린스턴 대학교 3학년 재학 중 질병으로 중퇴한다.
1916년	대학 졸업을 위해 프린스턴 대학교에 복학한다.
1917년	10월에 미 육군 보병에 입대하여 소위로 임관한다. 장편소설 《낭만적 에고이스트》를 집필한다.
1918년	프린스턴 대학교에 돌아와 《낭만적 에고이스트》의 초고를 완성, 출판사에 보내지만 거절당한다. 원고를 수정하고 개작한다. 평생의 연인 젤더를 만난다. 11월에 1차 세계대전이 휴전에 들어간다.
1919년	군대를 제대하고 젤더와 약혼한 뒤, 뉴욕의 '배런 콜리어' 광고회사에서 근무한다. 하지만 젤더는 경제적 이유로 피츠제럴드와의

약혼을 파기한다. 피츠제럴드는 광고회사를 그만두고 세인트폴로 돌아가 부모와 함께 살면서 《낭만적 에고이스트》를 개작한다. 9월에 편집자 맥스웰 퍼킨스가 《낭만적 에고이스트》를 《낙원의 이쪽》이라는 제목으로 출간하기로 결정한다.

1920년 한동안 두 사람의 약혼 상태는 계속 유지된다. 첫 장편소설 《낙원의 이쪽》이 출간된다. 뉴욕에서 젤더와 결혼식을 올린다. 첫 번째 단편집 《말괄량이 아가씨들과 철학자들》이 출간된다.

1921년 첫 번째 유럽 여행을 떠난다. 10월에 딸 프랜시스 스코티가 태어난다.

1922년 3월에는 《저주받은 아름다운 사람들》이, 9월에는 두 번째 단편집 《재즈 시대의 이야기들》이 출간된다.

1924년 젤더가 프랑스 비행사 에드아르 조장과 애정 행각을 벌인다. 피츠제럴드는 여름부터 가을까지 《위대한 개츠비》를 집필한다.

1925년 4월 10일, 《위대한 개츠비》가 출간된다.

1926년 《위대한 개츠비》가 브로드웨이에서 연극으로 상연된다. 극본은 오웬 데이비스가 맡았다. 2월에는 세 번째 단편집 《모든 슬픈 젊은이들》이 출간된다.

1927년 유나이티드 아티스트 영화사에서 〈립스틱〉을 각색한다. 이곳에서 젊은 여배우 로이스 모런을 처음 만나 교제한다.

1930년 젤더가 처음으로 정신 질환을 앓기 시작한다.

1931년 아버지 에드워드 피츠제럴드가 사망한다. 11월에는 젤더의 아버지 세이어 판사가 사망한다.

1932년 젤더가 두 번째로 정신 질환을 앓는다. 10월 7일, 젤더의 장편소설 《나를 위해 왈츠를 남겨 주오》가 출간된다.

1934년 잡지 《스크리브너스 매거진》에 네 번째 장편소설 《밤은 부드러워》를 연재한다. 2월에는 젤더가 세 번째로 정신 질환을 앓는다. 4월 12일, 《밤은 부드러워》가 출간된다.

1935년 3월 20일, 네 번째 단편집 《기상나팔 소리》가 출간된다.

1936년 젤더가 노스캐롤라이나주 애시빌에 위치한 하일랜드 병원에 입원한다. 9월에 어머니 몰리 맥퀼런이 사망한다.

1937년   돈 문제를 해결하기 위해 세 번째로 할리우드에 간다. 할리우드에
        있으면서 칼럼니스트인 셰일러 그레이엄을 만나 교제한다.
1938년   〈배신〉, 〈마리 앙투와네트〉, 〈여인〉, 〈마담 큐리〉 등의 작품을 각색
        한다.
1939년   1월에 잠시 마거릿 미첼의 장편소설 《바람과 함께 사라지다》의 각
        색에 참여한다. 할리우드의 파라마운트, 유니버셜, 20세기 폭스,
        컬럼비아 영화사 등에서 프리랜서로 일한다. 하지만 술 문제로 어
        려움을 겪는다. 9월, 독일의 폴란드 침공으로 2차 세계대전이 일어
        난다.
1940년   12월 21일, 할리우드에 있는 셰일러 그레이엄의 아파트에서 심장
        마비로 사망한다. 12월 27일, 메릴랜드주 록빌에 있는 록빌 유니
        온 공동묘지에 묻힌다.
1941년   유작 《마지막 거물》이 출간된다.
1948년   3월 10일, 젤더가 하일랜드 병원 화재로 사망한다. 3월 17일, 젤더
        가 피츠제럴드와 함께 묻힌다.
1975년   피츠제럴드 부부가 메릴랜드주 록빌 세인트 메리 교회 묘지에 다
        시 함께 묻힌다.

위대한 개츠비

초판 1쇄 인쇄 2024년 8월 12일
초판 1쇄 발행 2024년 8월 16일

지은이 F. 스콧 피츠제럴드
옮긴이 정윤희
펴낸이 이효원
편집인 음정미
마케팅 추미경
디자인 이용석(표지), 이수정(본문)
펴낸곳 올리버
출판등록 제395-2022-000125호
주소 경기도 고양시 덕양구 삼송로 222, 101동 305호(삼송동, 현대헤리엇)
전화 070-8279-7311   **팩스** 02-6008-0834
전자우편 tcbook@naver.com

ISBN 979-11-93130-85-8 03840

올리버 세계교양전집 목록